UM DUQUE PARA DIANA

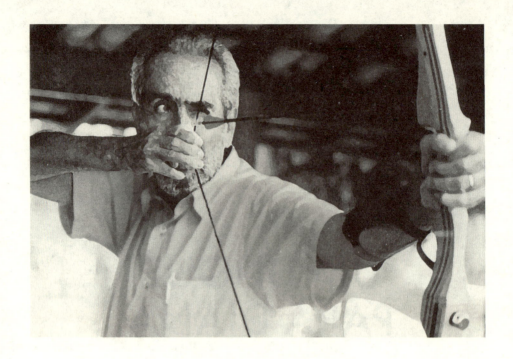

O Arqueiro

GERALDO JORDÃO PEREIRA (1938-2008) começou sua carreira aos 17 anos, quando foi trabalhar com seu pai, o célebre editor José Olympio, publicando obras marcantes como *O menino do dedo verde*, de Maurice Druon, e *Minha vida*, de Charles Chaplin.

Em 1976, fundou a Editora Salamandra com o propósito de formar uma nova geração de leitores e acabou criando um dos catálogos infantis mais premiados do Brasil. Em 1992, fugindo de sua linha editorial, lançou *Muitas vidas, muitos mestres*, de Brian Weiss, livro que deu origem à Editora Sextante.

Fã de histórias de suspense, Geraldo descobriu *O Código Da Vinci* antes mesmo de ele ser lançado nos Estados Unidos. A aposta em ficção, que não era o foco da Sextante, foi certeira: o título se transformou em um dos maiores fenômenos editoriais de todos os tempos.

Mas não foi só aos livros que se dedicou. Com seu desejo de ajudar o próximo, Geraldo desenvolveu diversos projetos sociais que se tornaram sua grande paixão.

Com a missão de publicar histórias empolgantes, tornar os livros cada vez mais acessíveis e despertar o amor pela leitura, a Editora Arqueiro é uma homenagem a esta figura extraordinária, capaz de enxergar mais além, mirar nas coisas verdadeiramente importantes e não perder o idealismo e a esperança diante dos desafios e contratempos da vida.

SABRINA JEFFRIES

UM DUQUE PARA DIANA

Escola de Debutantes

1

Título original: *A Duke for Diana*

Copyright © 2022 por Sabrina Jeffries
Copyright da tradução © 2023 por Editora Arqueiro Ltda.

Todos os direitos reservados. Nenhuma parte deste livro pode ser utilizada ou reproduzida sob quaisquer meios existentes sem autorização por escrito dos editores. Os direitos morais da autora estão assegurados.

tradução: Michele Gerhardt MacCulloch
preparo de originais: Sheila Til
revisão: Carolina Rodrigues e Pedro Staite
diagramação: Ana Paula Daudt Brandão
capa: Kensington Publishing Corp.
adaptação de capa: Miriam Lerner | Equatorium Design
imagens de capa: Laura Ranftler / Arcangel (mulher); Evelina Kremsdorf / Arcangel (fundo)
impressão e acabamento: Bartira Gráfica

CIP-BRASIL. CATALOGAÇÃO NA PUBLICAÇÃO
SINDICATO NACIONAL DOS EDITORES DE LIVROS, RJ

J49d

Jeffries, Sabrina
    Um duque para Diana / Sabrina Jeffries ; tradução Michele Gerhardt MacCulloch. - 1. ed. - São Paulo : Arqueiro, 2023.
    272 p. ; 23 cm.   (Escola de debutantes ; 1)

    Tradução de: A duke for Diana
    Continua com: O que acontece no baile
    ISBN 978-65-5565-515-5

    1. Romance americano. I. MacCulloch, Michele Gerhardt. II. Título. III. Série.

23-83289   CDD: 813
                                CDU: 82-31(73)

Meri Gleice Rodrigues de Souza - Bibliotecária - CRB-7/6439

Todos os direitos reservados, no Brasil, por
Editora Arqueiro Ltda.
Rua Funchal, 538 – conjuntos 52 e 54 – Vila Olímpia
04551-060 – São Paulo – SP
Tel.: (11) 3868-4492 – Fax: (11) 3862-5818
E-mail: atendimento@editoraarqueiro.com.br
www.editoraarqueiro.com.br

*Para minhas amigas escritoras Rexanne Becnel e a
falecida Claudia Dain – obrigada por me ensinarem
tudo sobre moda e como adequar as roupas ao
tipo de corpo e coloração pessoal de cada um.
Sou imensamente grata pelos nossos muitos anos
de diversão juntas.*

PRÓLOGO

Londres
Primavera de 1807

Depois de horas no baile mais vazio da cidade, nem sequer um cavalheiro tirara lady Diana Harper para dançar. Isso não a surpreendia. Tornar-se pária na alta sociedade significava passar todos os eventos sociais sentada em um canto, tomando chá de cadeira. Ela e a irmã mais nova, Verity, vinham tomando altas doses desse chá amargo.

Ainda assim, não dariam a ninguém a satisfação de ficarem em casa, escondidas. E daí que a mãe delas tinha causado um escândalo ao fugir com o general de divisão Tobias Ord? E daí que o pai, o poderoso conde de Holtbury, estivesse se divorciando por esse motivo? Não era culpa de Diana nem de Verity, então elas se recusavam a agir como se fosse. Em vez disso, iam a todos os eventos sociais a que eram convidadas.

Não eram muitos.

A irmã mais velha, a Sra. Eliza Pierce, tivera a sorte de já ser casada quando a mãe resolveu ir atrás da própria liberdade. Sempre que alguém lhe fazia uma crueldade, Eliza podia correr para os braços fortes do marido. Já Diana e Verity só podiam fingir que nada de ruim acontecera e desafiar a alta sociedade a atormentá-las por algo que *não era culpa delas*.

Diana suspirou. Quem sabe, se repetisse isso várias vezes, passasse a acreditar? Talvez, assim, finalmente elas fossem chamadas para dançar, em vez de serem forçadas a ficar num canto, vendo a própria juventude passar.

Deus do céu, estava melancólica! E, para piorar, aquela orquestra tocava alto demais, o que a deixava com dor de cabeça. Talvez fosse melhor ir para casa, onde, pelo menos, poderia escutar os próprios pensamentos.

Pela graça divina, a música terminou naquele instante. A amiga delas, a

Srta. Isolde Crowder, se aproximou, com os cachos castanho-acinzentados balançando.

– Estou tão feliz por vocês terem vindo! Mamãe queria que a festa fosse um sucesso, mas eu sabia que era pouco provável.

Isolde e Diana tinham 20 anos e a amizade entre elas começara ao embarcarem juntas em sua primeira temporada de eventos sociais. Estavam na segunda e, a julgar pelo andar da carruagem, ambas precisariam de uma terceira. E uma quarta, quinta…

Diana não queria pensar naquilo. Isolde deixara de fisgar um marido no ano anterior não por conta de algum escândalo, mas por ser da cidade. Casar-se com uma mulher da cidade, mesmo rica, não era algo em voga. Diana não tinha conseguido ninguém por causa dos boatos sobre as traições de seus pais.

E Verity tinha acabado de ser apresentada à rainha e de debutar em seu primeiro baile quando a pista de dança lhe foi tirada, por assim dizer, por causa da fuga da mãe delas. Aos 19 anos, fora condenada e excluída dos círculos sociais. Não era justo.

Verity ergueu uma sobrancelha.

– Fiquei surpresa por sua mãe nos querer aqui, considerando a nossa fama.

O toque de amargura na voz dela fez com que Diana se lembrasse que a irmã tinha motivo para ser amarga, já que perdera um bom pretendente por causa do comportamento dos pais.

– Ela não queria, mas ameacei não vir caso não convidasse vocês três – contou Isolde, indignada.

– Você é uma boa amiga, Isolde, e nós somos gratas – disse Diana. – Infelizmente, todas as outras pessoas acham que fomos maculadas pelo pecado da nossa mãe, como se tivéssemos entrado naquela carruagem com ela.

– Espero que a situação não seja tão ruim quanto parece – comentou Isolde, sempre otimista.

Diana abriu um sorriso malicioso.

– Nós duas sabemos que a temporada de Verity e a minha ainda não deram os frutos esperados.

Uma dama que estava por perto riu, o que chamou a atenção de Diana. Era a segunda vez naquela noite que percebia a mulher entreouvindo suas conversas. Diana não a conhecia, mas, como não havia outra pessoa por perto, só podia estar rindo do que ela dissera.

Diana não podia nem imaginar por quê.

– Melhor mudarmos de assunto.

Deu as costas para a dama e apontou para o traje de Isolde, um vestido de seda cinza com uma sobreposição em renda prateada e lindas manguinhas bispo com acabamento de fita.

– Seu vestido ficou ótimo. Combina com você.

Isolde abriu um sorriso para a amiga.

– Obrigada por desenhá-lo. Tenho certeza de que foi graças a ele que fui tirada para dançar tantas vezes esta noite. Se tivesse deixado nas mãos da mamãe, eu estaria com um vestido de cetim amarelo com enormes flores cor-de-rosa cobrindo o meu… colo.

– Meu Deus! – exclamou Verity. – Isso seria horrível!

A dama ao lado começou a rir, e Diana se lembrou de quanto ela e as irmãs eram vigiadas nos últimos tempos.

– Verity – chamou Diana, baixinho. – Essa não é uma conversa apropriada para uma jovem dama.

– Enormes flores cor-de-rosa cobrindo o colo também não são algo apropriado para uma jovem dama – rebateu Verity, de mau humor. – Graças a Deus você interferiu. Até eu sei que Isolde ficaria deplorável com aquele tom. O amarelo é perfeito para mim, mas…

Ela pediu desculpas à amiga com um sorriso.

– A sua pele branquíssima ficaria muito pálida.

– Na certa a modista teria convencido sua mãe a mudar de ideia – comentou Diana.

– Duvido – retrucou Isolde. – Mamãe é a dama que mais encomenda vestidos na loja da Sra. Ludgate, então a modista nunca ousaria contrariá-la. *Eu* mal consigo contrariá-la. Ela é muito teimosa.

Isolde tocou seu colar de contas de azeviche.

– Por falar nisso, nem pude perguntar o que ela achou do meu colar, porque não confio no gosto dela.

– Com razão – murmurou Verity.

Isolde fingiu não ter escutado a amiga.

– Mas quero que me digam se o colar combina com meu vestido.

– Combina muito – assegurou Diana. – E a sua bolsinha é perfeita. As fitas de seda cinza e pretas contrastam bem com a renda brilhosa. Como sempre, você tem muito mais bom gosto do que imagina.

– Obrigada – disse Isolde, corando de leve. – Que alívio!

Ela se virou para Verity.

– Tentei implementar suas ideias de decoração, mas mamãe...

Ela arregalou os olhos.

– Ah, meu Deus, ela me viu. É melhor eu ir conversar com os outros convidados ou ela não vai parar de falar sobre isso nunca mais.

Quando Isolde se afastou, Verity soprou os cachos castanho-dourados da própria testa.

– Está tão quente aqui!

Pegou o leque de Diana e começou a abanar o colo imaculado.

Diana balançou a cabeça.

– Eu avisei para não usar veludo na primavera. Nesta época do ano, o clima é imprevisível.

– Mas eu gosto de veludo.

– E eu gosto de pais que não estão em uma guerra pública um com o outro, mas nem sempre conseguimos o que queremos.

Diana olhou para a frente, ignorando a senhora que as encarou e fingiu não conhecê-las.

O semblante da irmã se fechou.

– Enfim, agora que me livrei de lorde Minton, estou decidida a vestir o que eu quiser. Ele odiava veludo, então eu não usava. Nunca mais farei algo assim por um homem. O que consegui com isso? Vou usar o que bem entender. E que se dane o que os outros pensam.

– Você não deveria praguejar.

– Vou praguejar se tiver vontade. Você deveria fazer mais isso. Acredite em mim, é libertador.

Verity espirrou e então apontou com o leque de Diana para os enormes arranjos de lírios, glicínias e rosas colocados a cada três metros.

– A mãe de Isolde faz o que quer e consegue tudo o que quer. Por que eu não posso? Sinceramente, quem pensaria em juntar essas três flores? O cheiro fica forte demais.

– Talvez ela quisesse amenizar o cheiro das tortas de salmão.

– Você não comeu nenhuma, comeu? – perguntou Verity, preocupada. – Só de sentir o cheiro, eu saí correndo.

– Não cheguei nem perto. Confesso que fiquei decepcionada com os biscoitos também. Estão enjoativos de tão doces. Só os de amêndoa se salvam. Isolde me disse que ela mesma os escolheu. São os preferidos dela.

– Não comente com Isolde, mas, exceto pelos biscoitos de amêndoa, acho que a comida deixou a desejar. As perdizes assadas estavam muito secas, as empadas de caranguejo, molhadas demais. E, apesar de o manjar ter ficado lindo com formato de cesta de frutas, tinha gosto de alho. Fico arrepiada só de pensar nos ingredientes.

– Alho, talvez? – sugeriu Diana. – Acredite em mim, Isolde tentou dar conselhos à mãe sobre tudo neste baile, mas a mulher não ouve. Pobre Isolde… ter uma mãe como essa…

– Nada de pobre Isolde. – Verity balançou a cabeça. – Ela deixa isso acontecer. Deveria enfrentar a mãe.

– Da mesma forma que enfrentamos o papai?

– É diferente. Ele é homem.

– Verdade.

Um homem de quem elas dependiam. Diana amava o pai, mas, às vezes, ele era tão rigoroso que ela queria gritar. Porém não ousava. Ele tornava a vida delas um inferno quando queria provar algo – em geral, que sua forma de resolver as coisas era melhor.

Era o que ele vinha fazendo, ao buscar o divórcio. Tentara fazer com que a esposa se envergonhasse de seu comportamento e voltasse para casa, mas ela estava a par do que metade da sociedade também sabia: que o marido não se comportava como um homem casado. Ao mesmo tempo, algumas pessoas diziam que Diana tinha os mesmos olhos castanhos, o cabelo ruivo horroroso e as sardas do primeiro amor da mãe. Era a única na família com esses traços.

Ainda assim, esse boato com certeza era falso. Ela *esperava* que fosse, pelo menos. Se era verdade, o pai nunca deixara transparecer. Era igualmente duro com todas as filhas. E a mãe nunca falara nada a respeito. Às vezes Diana se perguntava…

Verity olhou para o salão.

– Só estou dizendo que Isolde deveria ser mais segura quanto à própria opinião. Ela é inteligente e bonita. E tem um ótimo gosto para roupas quando não dá ouvidos à mãe. Se a mãe dela não a levasse pelo caminho errado… e Isolde não aceitasse… ela já estaria casada, eu diria.

Eliza se juntou a elas.

– Concordo. Isolde seria um tesouro para qualquer homem.

– Não está dizendo isso só porque ela aceitou seu conselho sobre o cabelo, está? – indagou Verity.

– Não.

Eliza sorriu.

– Eu fiquei feliz de verdade em ajudá-la com o penteado. E muito satisfeita por ela ter escolhido a minha ideia de usar um arranjo de fitas em vez do turbante. Ela é jovem demais para usar turbante em um baile.

A música começou de novo, ainda mais alta do que antes. Eliza fez um gesto para que as irmãs a acompanhassem até a varanda.

– Ah, muito melhor – disse Diana, enquanto iam para a outra ponta da varanda, bem longe da porta. – Eu juro que meus tímpanos estavam estourando.

Eliza assentiu.

– Qualquer pessoa que contrate vinte músicos para tocar quando três seriam suficientes não deveria ter permissão para dar um baile.

Ela suspirou.

– Isolde merece mais do que isso. A Sra. Crowder é o exemplo perfeito da regra que diz que não se deve fazer algo só porque você *pode*.

– Devo salientar que, infelizmente, a mamãe é outro exemplo disso – acrescentou Verity. – Por que ela não podia esperar até que todas nós estivéssemos casadas para fugir e forçar o papai a pedir o divórcio?

– Tenho certeza de que ela diria que foi porque estava apaixonada – opinou Diana. – Embora eu desconfie que foi mais porque ele era um viúvo bonitão e ela ficou com medo de que outra mulher o conquistasse antes.

Alguém deu uma tossidinha. Assustadas, elas se viraram e perceberam que a dama que estivera escutando a conversa delas as seguira até a varanda.

– Sei que isso não está de acordo com as regras de etiqueta – disse ela, com um sotaque que Diana não conseguiu reconhecer –, mas eu gostaria de me apresentar. Sou a nova esposa do conde de Sinclair. Suponho que sejam as três filhas de lady Holtbury, certo?

Apesar de desconfiar do motivo da pergunta, Diana fez as apresentações.

– Muito prazer em conhecê-las – disse a condessa, abrindo um sorriso genuíno. – Garanto que nem todos estão contra vocês. Eu mesma acho uma pena que sejam julgadas pelos erros de sua mãe. De toda forma, não pude deixar de escutar a avaliação de vocês sobre este baile e gostaria de saber como teriam melhorado a situação.

Ela piscou para Eliza.

– Além de contratar menos músicos.

Eliza ficou com as bochechas coradas, então Diana logo disse:

– A senhora deve estar nos achando muito rudes por criticar um evento para o qual fomos convidadas de forma tão generosa...

– Nem um pouco. Concordo com tudo o que disseram. E vou além.

Lady Sinclair fechou a porta que levava ao salão de baile.

– Na verdade, ficaria muito grata se me fizessem companhia e respondessem a algumas perguntas. Tenho que dar um baile em breve, sou americana e nunca fiz nada parecido em Londres. Conselhos seriam muito bem-vindos. Por exemplo, lady Diana, que traje escolheria para que eu usasse em minha festa?

Diana decidiu ser cautelosa.

– Pelo que me parece, a senhora já tem muito bom gosto para roupas. Seu vestido de musselina e seu xale xadrez são muito elegantes e combinam com seu estilo.

– Isso porque foi minha criada que montou todo o meu figurino para esta noite. Mas, na semana passada, ela escolheu uma gola elisabetana para acompanhar um vestido diurno. Até eu sei que não tenho pescoço para aquilo.

Diana relaxou.

– Ninguém tem pescoço para uma gola elisabetana, nem mesmo a própria Elizabeth I.

Ela olhou para o corpo esbelto e o pescoço comprido da irmã.

– Bem, talvez Verity. Mas nenhuma outra pessoa que eu conheça.

– De toda forma – disse a condessa –, não posso confiar no meu gosto nem no de minha criada. Ela é muito nova e muito escocesa. Ainda estou aprendendo a lidar com os escoceses. E com os ingleses também.

– Se a senhora está em busca de alguém que lhe dê conselhos sobre moda – disse Diana –, eu ficaria muito feliz em ajudá-la. Minha vida social não está muito agitada atualmente.

E seria bom para a Sra. Ludgate ter uma cliente de vulto como lady Sinclair.

– Eu adoraria! – exclamou a condessa. – Mas, antes de começarmos nossos planos, gostaria de fazer uma pergunta à sua irmã. Lady Verity, se a senhorita pudesse mandar na cozinha, o que serviria?

Verity, a quem nunca faltara autoconfiança, respondeu de forma audaciosa:

– A família Crowder é rica o bastante para oferecer vários pratos, então as *minhas* escolhas seriam uma variedade de frios fatiados, incluindo carne assada de veado e de peru desfiado, torta de lagosta, bolinhos da Vestfália, diversos tipos de conserva...

– Nada de cebolas assadas e torradas com anchovas, como a cozinheira da Sra. Crowder está servindo? – indagou a condessa.

– Decerto que não.

Verity se inclinou para chegar mais perto de lady Sinclair.

– Quem quer ficar com hálito de cebola ou anchova ao cortejar alguém? As damas até conseguem evitar essas comidas nos bailes, mas os cavalheiros nem sempre pensam da mesma forma. Eles comem de tudo, sem o menor cuidado com o cheiro que exalarão depois.

A condessa parecia segurar o riso.

– Verdade. E o que são esses bolinhos da Vestfália?

– Existem diferentes receitas, mas, basicamente, a massa é feita de purê de batata misturado com ovos, manteiga e leite, então moldamos bolinhos e fritamos. Podemos colocar pedacinhos de bacon ou queijo também.

– Parecem deliciosos! – comentou lady Sinclair. – E para a sobremesa? Precisamos de sobremesas: lorde Sinclair é uma formiguinha. O que a senhorita sugere?

– Talvez a senhora não saiba – respondeu Verity –, mas a confeitaria Gunter's fornece doces, sorvetes e tortas para eventos como o seu. São muito populares nos bailes.

– E acredito que muito caros – acrescentou a condessa em um tom irônico.

– Desculpe-me – disse Verity, preocupada. – Isso seria um obstáculo? Posso sugerir outros doces se a senhora preferir.

Lady Sinclair riu.

– Segundo meu marido, não seria o menor obstáculo. Mas as senhoritas sabem como são os homens: preferem pagar menos se puderem.

Ou conseguir o dinheiro de alguma outra pessoa.

No momento, no processo de divórcio, o pai delas tentava forçar o general de divisão Ord a lhe pagar uma soma considerável por alienação de afeto. Era sua forma de se vingar. Mas nenhum dos pombinhos parecia se importar com essa retaliação. O militar era riquíssimo, então as exigências do pai delas não seriam uma vingança tão grande assim.

– Bem – disse a condessa, parecendo perceber o silêncio de Diana. – Eu adoro os sorvetes da Gunter's, ainda mais no verão. São muito refrescantes.

– São mesmo – concordou Verity e sorriu. – Eu poderia negociar com os donos em seu nome, lady Sinclair, se a senhora quiser contratá-los para seu evento.

– Que coincidência a senhorita mencionar isso. Veja, embora seja muito útil receber os conselhos de vocês três, prefiro *contratá-las* para planejar todo o evento.

Ela abriu um sorriso acanhado.

– Principalmente porque ele acontecerá daqui a duas semanas.

Eliza perdeu o ar, Verity sorriu e Diana fitou a condessa, boquiaberta.

Diana foi a primeira a falar.

– A senhora sabe que… bem… não seria muito bem-visto aceitarmos pagamento por ajudá-la.

Lady Sinclair piscou.

– Ah! Claro. Eu me esqueci que a sociedade inglesa não aceita esse tipo de coisa. Mas a verdade é que não tenho a quem recorrer. Meus criados são novos ou acostumados apenas a cuidar da casa de um solteiro, e meu marido não tem mulheres da família por perto. Nem eu… não na Inglaterra.

Diana se apressou em tranquilizá-la.

– Não estou dizendo que não ficaríamos encantadas em ajudá-la, só que não podemos aceitar receber por isso. A senhora entende?

– Fale por si mesma – retrucou Verity e devolveu o leque de Diana como se fosse sair naquele momento para ajudar lady Sinclair. – Fico feliz em aceitar qualquer tipo de pagamento, contanto que tenha carta branca para decidir tudo na cozinha para o jantar do baile.

– Verity! – exclamou Diana. – Papai nunca mais falaria conosco.

– E isso seria ruim? – Verity deu de ombros. – Além do mais, ele nem vai perceber – acrescentou ela, e então seu tom se tornou mais duro. – Está ocupado demais tentando destruir o general Ord.

Diana estremeceu ao escutar a perspectiva fria, porém precisa, da irmã.

– Basta.

Ela se virou para a condessa.

– Se a senhora não se importar, preferimos discutir isso a sós antes de tomarmos uma decisão. Moramos na Hanover Square. Se a senhora puder nos visitar amanhã, teremos uma resposta sobre o pagamento. Creio que falo por mim e por Verity quando digo que ficaríamos muito felizes em ajudá-la, com ou sem remuneração. Não temos exatamente muitos homens nos tirando para dançar, nos visitando ou convidando para festas. E os que fazem isso têm certas expectativas…

Verity ergueu uma sobrancelha.

– Digamos que eles supõem que sejamos como a nossa mãe... inaceitáveis para nos tornarmos esposas, mas adequadas para papéis menos respeitáveis – explicou a caçula. – Tenho certeza de que a senhora entende.

– Infelizmente, entendo.

Os olhos azuis de lady Sinclair faiscaram de indignação.

– Alguns homens querem colocar qualquer jovem bonita nesse tipo de papel... se conseguirem.

Ela olhou para Eliza.

– Mas pelo menos uma de vocês conseguiu um casamento respeitável.

– Sim, foi antes do incidente.

Como a condessa pareceu não entender, Diana se apressou em explicar:

– É assim que nos referimos à fuga da nossa mãe com outro homem. Como uma amiga minha disse, "mamãe é casada, mas está namorando".

– Entendo.

Lady Sinclair encarou Eliza mais uma vez.

– Gostaria de se juntar às suas irmãs, Sra. Pierce? Eu certamente precisarei dos seus conselhos musicais.

– O dinheiro me seria muito útil – respondeu Eliza, baixinho.

Isso surpreendeu Diana. Desde quando Eliza e o marido tinham começado a ter dificuldades financeiras?

– Então, sim, eu ficaria encantada – acrescentou a irmã mais velha.

A condessa sorriu como se o fato de elas concordarem fosse uma conclusão inevitável.

– Bem, já me demorei demais longe do meu marido. Vejo as senhoritas amanhã de manhã.

E, com isso, a condessa se encaminhou para a porta.

Diana se virou para as irmãs.

– Não posso acreditar que pretendem receber dinheiro para fazer isso.

Verity estreitou os olhos.

– Por acaso não pensou que, por causa do incidente, talvez nós nunca consigamos nos casar? Nossas únicas opções seriam morar com papai ou nos tornarmos governantas. Que divertido! – acrescentou ela de forma ácida. – Ou, pior, podemos acabar como acompanhantes de matronas idosas que vão nos dar sermões sobre moralidade e falar mal de nossa mãe.

– Papai vai nos sustentar enquanto precisarmos – opinou Diana, determinada a não pensar nas outras opções.

– Até depois que ele se casar? Você sabe muito bem que, assim que conseguir o divórcio, ele vai se casar com outra mulher; ainda precisa de um herdeiro. Vai encontrar alguma jovem corpulenta e logo nós seremos as solteironas que vão cuidar dos filhos da nova esposa dele.

– Você *precisa* parar de ler esses livros góticos, Verity – repreendeu-a Diana. – Nós não moramos em um castelo sombrio e papai não é um vilão cruel que nos maltrata.

– Não, ele é pior – intrometeu-se Eliza. – Ele é o pai de *A Bela e a Fera* que aceita que a filha fique em seu lugar como "convidada" da Fera. Fingir que nada acontece e não defender a própria família é um ato de vilania. Onde está nosso pai quando precisamos dele? Indo ao tribunal para lavar roupa suja na frente de todos. Quem está sofrendo com isso? Vocês duas. E eu, do meu jeito. Deus sabe que a mamãe não. Ela provavelmente está se divertindo como nunca.

Algo no tom desesperado da irmã fez com que Diana sentisse a dor dela. Para todas as outras pessoas, Eliza parecia a esposa perfeita e feliz. Mas Diana tinha percebido que o sorriso da irmã era forçado, que seus olhos azuis estavam preocupados e que suas palavras eram amarguradas. Será que Eliza estava tendo problemas por causa da mãe delas?

Diana descobriria a razão daquilo. Eliza merecia o melhor que o mundo podia oferecer.

– A propósito, eu ia comentar mais cedo como você está linda hoje.

O cabelo brilhoso de Eliza estava preso com uma fita delicada no tom exato de marrom que acentuava o louro de suas madeixas. O vestido de seda rosa valorizava sua forma de ampulheta e seus sapatos lhe acrescentavam os centímetros de que tanto precisava. Claro que Diana escolhera o traje de Eliza – moda era sua paixão. Mas a joia de ouro parecia presente do marido, pois Diana não reconheceu a peça intrincada e ficou surpresa de ele ter comprado algo tão romântico.

– Eu me sinto chamativa, interessante demais – resmungou Eliza.

As irmãs se aproximaram mais dela.

Verity foi a primeira a perguntar:

– Você está esperando?

– Esperando quem?

Eliza levou alguns instantes para entender a pergunta.

– Ah, se estou grávida? Não. Nada disso – respondeu ela, então suspirou.

– E acho melhor contar logo, já que vão descobrir em breve. Aparentemente, sem me consultar, meu marido decidiu ir para a guerra. Ele adquiriu uma patente de oficial e pretende se juntar ao seu novo regimento em Portugal o quanto antes. E *não* quer que eu o acompanhe, mesmo sendo permitido.

– Faz sentido.

Diana pegou as mãos da irmã. Seu coração palpitava só de pensar na doce Eliza seguindo o marido para a guerra.

– Seria perigoso. Ele está pensando em você.

– Está mesmo? Três anos de casado e ele não vê a hora de me deixar.

– Para servir ao país – destacou Verity. – É muito nobre, pelo menos.

– Talvez. Mas ele não disse que esse é o motivo. Nunca se interessou em ser oficial. Com a posição dele, poderia ter feito isso antes. A única razão em que consigo pensar é que ele odeia o escândalo e a fofoca que nos cercam. Ele garante que não é por isso, mas...

– Você deveria escutar o que ele diz – aconselhou Verity e abraçou a irmã. – Além disso, o motivo não importa. Só o que importa é que estamos aqui para apoiá-la sempre que precisar.

– Eu agradeço.

Eliza estava à beira das lágrimas.

– A casa ficará muito solitária sem ele. Não sei como vou suportar.

– Se continuarmos ajudando damas com os eventos sociais – disse Diana secamente –, teremos que ir morar com você para o papai não ver.

O rosto de Eliza se iluminou.

– Que ideia brilhante! Será muito mais fácil coordenar os planos se estivermos todas sob o mesmo teto.

– Eu falei de brincadeira, Eliza – disse Diana.

– Mas nós poderíamos fazer isso, não é? – indagou Verity. – Seria fácil convencer o papai de que Eliza precisa de nós, já que o Sr. Pierce vai para a guerra.

– Ah, sim – disse Eliza. – E, desde que me casei, aprendi muito sobre como administrar a casa e as contas. Não deve ser tão mais difícil administrar um negócio. Podemos até cobrar taxas altas, assim só trabalharemos para clientes de quem gostarmos ou conhecermos pessoalmente.

– Exato! – exclamou Verity. – Além disso, a alta sociedade só dá valor ao que lhe custa rios de dinheiro. Quanto mais alto o nosso preço, mais vão querer nos contratar. E, se Eliza vai precisar viver com a renda de um oficial, o dinheiro será útil.

Diana fechou a cara para as duas.

– Verity, você não percebe que, uma vez que nós comecemos a fazer isso, *se nós fizermos*, não teremos como voltar atrás? Não haverá mais temporadas, não teremos mais chances de encontrar um marido respeitável.

A jovem bufou.

– Como se tivéssemos alguma esperança agora. Além do mais, perdi a vontade de ir a bailes só para tentar conversar por uns instantes com algum homem ou, quem sabe, dançar. Prefiro mil vezes encher o cofre para meu futuro como uma grande dama da sociedade, dando meus conselhos para as damas que eu considerar dignas deles.

Ela lançou um olhar malicioso para Diana.

– Admita que seria uma ótima vingança contra todas as matronas da sociedade que estão virando a cara para nós. Lady Sinclair se ofereceu para nos pagar. Por que não aceitar?

Porque Diana temia se arrepender. Ainda que o canto da sereia que falava de uma chance de independência, de viver como bem entendesse, fosse uma forte tentação.

– Suponho que, se quisermos manter nossa posição atual, podemos doar os lucros para a caridade.

– Isso! – disparou Eliza e seu rosto mostrava toda a sua empolgação. – Eu não precisaria de muito para mim. O restante poderia ir para as instituições de caridade que escolhermos.

Às vezes Diana entendia por que a mãe se cansara de ficar sob as asas do pai, presa a ele: todos os afazeres domésticos dela tinham recaído sobre Diana e Verity. Se elas fossem embora também, conseguiriam escapar das constantes críticas e das exigências sem fim do pai. Estariam em outra casa – supondo que Samuel Pierce permitisse que as cunhadas fossem morar lá.

E por que não? Isso manteria Eliza ocupada enquanto ele estivesse na guerra e ele ficaria mais tranquilo por saber que haveria alguém para cuidar de sua esposa, já que ela teria as irmãs por perto.

Aquela era a questão principal. Eliza precisava delas. Como poderiam recusar?

– Muito bem – anunciou Diana. – Podemos, pelo menos, fazer uma experiência e ver como nos saímos nesse trabalho.

Naquela noite, nasceu a Ocasiões Especiais.

CAPÍTULO UM

Londres
Primavera de 1811

Geoffrey Brookhouse, o novo duque de Grenwood, abaixou a janela da carruagem e colocou a cabeça para fora a fim de ver melhor a ponte Putney, que estava com tráfego lento. Toda vez que ia de seu chalé de caça em Richmond Park para Londres, ele cruzava o rio Tâmisa por uma ponte diferente, para que pudesse examinar sua engenharia. Infelizmente, aquela seria a última viagem dessas que ele faria por um longo tempo. Estavam de mudança para a Casa Grenwood, em Londres.

Determinado a observar cada pedacinho da ponte, ele foi para o outro lado da carruagem e olhou para fora. Enquanto se maravilhava com a forma como a estrutura de madeira se mantinha havia mais de oitenta anos, sua irmã, Rosabel, que era muito tímida, limpou a garganta. De novo.

Com relutância, ele parou de se perguntar por que os engenheiros tinham usado 26 arcos em um rio que tinha um tráfego regular de embarcações.

– Precisa de alguma coisa, Rosy? – perguntou ele, continuando a olhar para fora.

O apelido carinhoso pareceu deixá-la mais tranquila. Foi quando a mãe deles, também sentada em frente ao duque na carruagem, resolveu interferir.

– Ela precisa de toda a sua atenção, filho.

Maldição.

– Que seja.

Ele se recostou e fitou Rosabel.

Com 19 anos, ela era uma mulher em todos os sentidos. Mas, sendo onze anos mais nova do que ele, ainda lhe parecia uma criança, a garotinha de cachos pretos e olhos verdes que dava risadinhas enquanto ele a empurrava em uma miniatura de carruagem pela casa. Não ajudava nada o fato de ela estar usando um daqueles vestidos de musselina branca que sempre o faziam pensar em camisolas de batizado e inocência.

Ela fora protegida desde o nascimento, ao passo que *ele* tinha sido motivo de desavença entre seu falecido pai e seu falecido avô materno – Josiah Stockdon, dono da maior siderúrgica da Inglaterra. Pai e avô brigaram sobre o futuro dele, até que o avô venceu.

Geoffrey não se arrependia nem por um segundo de ter escolhido o caminho do avô, mas, se soubesse naquela época o que sabia agora…

Não teria feito diferença. Só teria feito com que lutasse com mais afinco para proteger sua irmãzinha da catástrofe que se assomaria sobre eles se alguém descobrisse…

– Não quero ir – disse Rosy, baixinho.

– Ir aonde? – perguntou ele.

– A esse lugar, a Ocasiões Especiais.

Os dedos dela brincavam com a barra de renda branca do vestido.

– Elas vão falar de mim pelas costas, como todo mundo faz…

– Elas não ousariam. E, de qualquer modo, eu não permitiria. Seu irmão é um duque agora, lembra?

– Você já era duque no concerto da semana passada e não adiantou, não é mesmo?

Ele suspirou, lembrando-se dos sussurros e olhares condescendentes. Para a sociedade de Londres, ele não era exatamente um duque. Com certeza não se encaixava no grupo. Por isso, entendia como a irmã se sentia, como era não pertencer a um lugar, como era ser um peixe fora d'água em um mundo de expectativas e responsabilidades que você não se sentia preparado para enfrentar. Ainda no dia anterior…

Ora, isso não tinha a ver com ele, mas com Rosy. E com a mãe deles também, soubesse ela ou não. Mas, considerando a forma atenta com que observava a conversa, talvez ela soubesse. Será que *ela* se sentia da mesma forma ao providenciar uma temporada de eventos sociais para Rosy em Londres?

Não importava. Ele precisava protegê-las, mesmo que isso significasse atirá-las no mundo real. Sua mãe ainda estava de luto pelo marido, então seria fácil justificar o sumiço dela por um tempo, mas Rosabel precisava encontrar um marido, agora que o período de luto dela chegara ao fim. Era a única forma que Geoffrey tinha de garantir que ela não acabaria pior do que estava. Na Inglaterra, um marido com um título de nobreza era a melhor proteção que o dinheiro poderia comprar.

– Tem razão – concordou ele. – Aquele concerto foi difícil. Mas nenhum de nós estava preparado, já que nunca tínhamos ido a um evento tão grandioso em Newcastle. É exatamente por isso que precisamos contratar pessoas para ajudá-la… nos ajudar.

Ele forçou um sorriso.

– Para que não desperdice outro evento social escondida em um canto em que ninguém possa notá-la. E você ouviu o que a amiga da mamãe disse: a empresa da Sra. Pierce, a tal Ocasiões Especiais, pode garantir isso.

Ele não chegara à cidade a tempo de pesquisar os futuros parceiros de negócios, como sempre fazia. Contudo, mesmo que houvesse tido essa chance, não teria mudado nada. Londres era diferente: ali ele não tinha amigos, exceto alguns engenheiros, e nenhum deles frequentava a alta sociedade. Porém, como a Sra. Pierce o surpreendera ao aceitar seu pedido e marcar um horário para que ela e sua equipe o recebessem naquele dia, ele aproveitaria a chance para descobrir sobre a empresa pessoalmente. No último minuto, resolvera levar junto a mãe e a irmã, o que já deveria ter planejado desde o início.

Ser o irmão mais velho começava a cansá-lo.

Rosy baixou o olhar para fitar as próprias mãos.

– Não preciso de uma temporada de eventos sociais. Eu poderia muito bem passar o resto da vida em casa com você e a mamãe. Ou poderia acompanhá--lo a qualquer lugar onde queira construir túneis ou pontes, essas coisas. Posso cuidar da casa para você.

Isso estava fora de cogitação. Infelizmente, ele nem ousaria dizer a ela por quê. Rosy não era dada a conversas, mas, se cometesse um deslize e revelasse a verdade sobre o pai à mãe ou qualquer outra pessoa…

Ele estremeceu só de pensar. Ao perceber que a mãe notara sua reação, ele estendeu a mão para pegar a da irmã.

– E quando eu for para a Bélgica e precisar ficar lá meses a fio? E a mamãe? Você a deixaria sozinha quando eu não pudesse estar com ela?

– Por favor, me deixe fora disso – pediu a mãe. – Já tentei e não consegui convencê-la sobre a ideia da temporada de eventos sociais.

Ele apertou as mãos de Rosy.

– De toda forma, você merece uma casa sua, bonequinha, com um marido e filhos que ame. Realmente acredito que vai encontrar alguém que combine com você se puder se preparar para uma temporada em Londres. Eu me atrevo a dizer que, assim que conhecer a equipe da Ocasiões Especiais e se sentir à vontade, já será meio caminho andado.

Ela levantou uma sobrancelha.

– Alguma vez me viu à vontade com estranhos?

– Não – concordou ele. – Mas talvez esteja na hora de aprender.

– Para que eu possa dançar com uma fila de cavalheiros que só estão interessados na minha fortuna?

– Isso é ridículo. Você é uma moça linda.

Ela puxou a mão para soltá-la da dele.

– Você tem que dizer isso porque é meu irmão. Mas sou corpulenta e já notei que os cavalheiros não gostam de mulheres assim.

– Eu gosto.

– Não conta. Repetindo: você é meu…

– Irmão. Certo. Só estou mostrando que homens gostam de mulheres de todos os tipos, incluindo o seu.

A mãe deles deu um tapinha no braço da filha.

– Lorde Winston Chalmers pareceu achá-la bem atraente no concerto. Por qual outro motivo ele teria ido visitá-la no dia seguinte?

– Porque ele e eu adoramos Beethoven. Ele só falou sobre música e poesia. Ah, e arte.

Ela corou.

– Ele estava muito interessado no meu caderno de desenho.

– Aposto que estava – murmurou Geoffrey.

Rosy se encolheu.

– O que quer dizer?

Ele precisou morder a língua para não dizer que as damas costumam amar arte, música e poesia, então o cretino se preparara, como qualquer bom caça-dotes.

Como ele continuou em silêncio, ela ficou pálida.

– Agora, a verdade apareceu. Acha que nenhum homem da alta sociedade vai me querer como esposa, a não ser por causa do meu dote.

Com uma ponta de desespero na voz, ela abaixou o olhar para o vestido.

– Eu certamente sou entediante e roliça demais para que um homem como lorde Winston se interesse por mim.

– Perdão, meu anjo, não foi isso que eu quis dizer. E, se eu a achasse maçante ou se achasse que ser "roliça" é um defeito, por que estaria disposto a gastar o que provavelmente vai ser uma fortuna na Ocasiões Especiais, apenas para que você se sinta mais à vontade na sua maldita temporada?

– Olhe a boca, Geoffrey – murmurou a mãe, como fazia pelo menos cinquenta vezes por dia nos últimos tempos.

Rosy se limitou a olhar pela janela.

Geoffrey cerrou os dentes. Se, pelo menos, ele também pudesse olhar para fora… Bem, agora não adiantava mais. Já tinham cruzado a ponte havia muito. Depois que estivessem acomodados na Casa Grenwood, teria que fazer uma viagem para vê-la.

Forçando-se a voltar ao assunto em questão, ele disse:

– Quanto a lorde Winston, você é boa demais para tipos como ele. Fiz umas perguntas sobre o sujeito. Não deixe que o título de lorde a engane: ele é apenas o quarto filho de um marquês, por isso só recebe uma mesada, nada mais, e nem é muito alta.

A jovem empalideceu e a mãe pareceu surpresa.

– Vocês não sabiam disso, sabiam? – acrescentou ele.

– Não importa.

Rosy fungou.

– Você o afugentou e, de qualquer forma, não vou vê-lo de novo mesmo.

Parecendo nervosa, ela puxou o vestido justo, recusando-se a encarar o irmão.

Isso o deixou preocupado.

– Não posso evitar que ele seja convidado para os bailes e festas de outras pessoas. Apenas quis preveni-la sobre ele e outros do mesmo tipo.

Rosy se virou para a mãe.

– *A senhora* entende, não entende, mãe? Papai abriu mão de tudo para se casarem. Não que lorde Winston quisesse necessariamente se casar comigo. Eu nem esperava isso, mas se ele quisesse…

– Eu não imaginava que Geoffrey já tivesse investigado a reputação do homem – disse a mãe. – Mas, como investigou, concordo com seu irmão. Devemos ter cuidado com o sujeito. Com *todos* os cavalheiros, para ser sincera.

A mãe soltou o ar.

– Quanto a seu pai… não pode compará-lo a lorde Winston. Diferente de você, eu não tinha fortuna. Isso foi antes de meu pai ficar tão rico. Então, não havia nada além de mim. Já lorde Winston… Ora, você mal o conhece. Não vai fazer mal ser apresentada a mais alguns cavalheiros antes de tomar uma decisão.

– É só o que estou dizendo – completou Geoffrey. – Por tudo o que fiquei sabendo, lorde Winston é conhecido por sua habilidade em levar as mulheres para a cama.

– Geoffrey! – ralhou a mãe. – Meu Deus do céu!

– Desculpe – disse ele, embora não estivesse arrependido. – Só de ficar perto dele, pode manchar sua reputação, Rosy. E eu odiaria que isso acontecesse quando você tem um futuro brilhante pela frente.

Rosy lançou um olhar triste para ele.

– Admita: você despreza homens assim por causa do papai. Sempre diz que as pessoas da alta sociedade agem como se fossem melhores do que os outros, da mesma forma que papai fazia às vezes. Mas você é tão ruim quanto ele: falando com o vovô sobre os "ricos" de Londres como se não tivesse nascido para ser um, dizendo que eles não fazem ideia de como é o mundo. São dois lados da mesma moeda. Você se acha superior a eles e eles se acham superiores a você. Agora que é um duque, pode se achar melhor e eles não se *atrevem* a menosprezá-lo.

Aquilo doeu, em parte porque era verdade. Ele e o falecido avô compartilhavam a fascinação pela engenharia civil, por isso Geoffrey – e não seu pai – acabara sendo sócio da Stockdon & Filhos, embora o avô tivesse deixado a empresa para seu pai no testamento. Mas quem poderia ter adivinhado que seu pai, que era apenas o terceiro filho de um visconde, herdaria o ducado de Grenwood se não fosse por sua morte prematura? E que Geoffrey acabaria herdando o ducado de seu primo distante?

De repente, Geoffrey se tornara dono de uma propriedade ducal – o castelo Grenwood, em Yorkshire – e de um chalé de caça em Richmond. Também havia a Casa Grenwood, em Londres, em frente ao Hyde Park, que ele mais tarde descobrira ser destinada aos solteirões da família Brookhouse. Ainda não tivera a chance de conhecê-la, ocupado demais com reuniões sobre a construção da eclusa de Teddington, embora sua intenção fosse usar a Casa Grenwood como residência principal da família enquanto a mãe e Rosy desfrutassem a temporada de eventos sociais da capital. O chalé de caça ficava longe demais, nada prático para o debute da irmã.

Quando sua carruagem de viagem parou, ele olhou para fora e deduziu que tinham chegado a seu destino. Pegou seu relógio de bolso e viu que eram dez da manhã. Pelo que sabia, não era cedo demais para uma reunião de trabalho na cidade.

Um cavalariço veio correndo pegar os cavalos e um dos seus lacaios colocou o degrau para que todos descessem da carruagem. Geoffrey pediu que o lacaio esperasse. Precisava terminar a conversa com Rosy antes de entrar.

– Vou lhe dizer uma coisa, bonequinha. Se concordar em participar do seu debute nesta temporada e se esforçar, caso não encontre um marido de quem goste, ou não consiga ficar à vontade nos eventos, ou acabe ficando infeliz no final, prometo que não vou insistir mais. Só peço uma temporada. Depois disso, você poderá fazer o que quiser. Só dê uma chance. Por mim. E por mamãe, claro.

Ela o fitou com olhos semicerrados.

– E se, no final, eu decidir que quero me casar com lorde Winston, supondo que ele peça a minha mão?

Ele ficou furioso só de pensar em tal coisa, mas de que outra forma a convenceria a se esforçar em seu debute? E ele tinha esperança de que, após conhecer vários cavalheiros respeitáveis, ela não pensasse mais em lorde Winston.

– Aí seria escolha sua – disse ele, tentando não engasgar com as palavras. – Mas ele ainda não tem permissão para visitá-la até que você tenha uma apresentação decente à sociedade.

Ela inclinou a cabeça, como se avaliasse se ele falava sério. Então assentiu como uma princesa que lhe concedesse um favor.

– Você jura, Rosabel Marie Brookhouse? – questionou Geoffrey. – Pelo túmulo de papai?

– Geoffrey! – exclamou a mãe. – Ela não deveria ter que fazer um juramento, muito menos pelo túmulo de Arthur. Não é de bom tom para uma dama da sociedade.

Ele bufou. Como se a mãe tivesse ideia do que uma *dama da sociedade* devesse fazer, embora não fosse falar isso para ela de forma alguma. Graças a seu pai, boas maneiras eram importantes para ela.

– Eu lhe dou minha palavra de honra – garantiu Rosy, com primor.

Geoffrey se segurou para não rir.

– Você nem sabe o que isso quer dizer.

Isso fez com que ela relaxasse um pouco.

– Tudo bem. Então eu juro, pelo túmulo de papai, que me esforçarei no meu debute. Certo?

Era uma bandeira branca que ela queria oferecer.

– Isso será ótimo, meu anjo.

Agora, ele só teria que ter esperança de que *algum* cavalheiro respeitável pedisse a mão dela em casamento antes do fim da temporada.

Depois de saltar da carruagem, ele ajudou as duas a descerem. Quando se virou, percebeu que o escritório da Ocasiões Especiais funcionava em uma imponente casa em uma rua elegante na Grosvenor Square. Que peculiar. Porém, como a empresa era gerenciada por uma mulher, talvez ela preferisse uma apresentação mais "distinta".

Ele acompanhou a mãe e a irmã pelas escadas até a entrada principal. Quando chegaram ao topo e ele bateu, a porta continuou fechada. Ele bateu de novo. Nada. Apenas na terceira batida atenderam. Quem abriu a porta foi um mordomo bastante antipático, sobretudo depois de olhá-los de cima a baixo e, aparentemente, julgá-los inferiores.

– Sou Grenwood – apresentou-se Geoffrey. – Estou aqui para uma reunião com a Sra. Pierce, da Ocasiões Especiais.

Isso não fez com que o sujeito mudasse em nada sua expressão.

– Esperem aqui.

Quando o mordomo fez menção de fechar a porta, Geoffrey colocou o pé na frente para impedir.

– Ela está à nossa espera.

Pareceu que o mordomo ia contestar, mas então suspirou.

– Muito bem.

Ele abriu mais a porta e fez um gesto para que o grupo entrasse.

– Preciso falar com minha patroa. Ela e as irmãs presumiram que fossem chegar mais tarde, durante o horário habitual de visitas.

Irmãs? Será que estava no lugar errado? Não. Considerando o mau humor do mordomo, ele os teria mandado embora se estivesse. Em vez disso, o homem puxou um lacaio para o canto e sussurrou algo no ouvido dele, então o rapaz subiu as escadas correndo.

Geoffrey encarou o mordomo.

– Não se trata de uma visita social, como deve saber. E esta é uma hora *habitual* para se tratar de *negócios*, concorda?

– Claro, Vossa Graça.

O empregado o fulminou com o olhar.

– Mas as damas ficaram acordadas até tarde ontem, em um evento importante para um cliente importante.

– Está tudo bem, Geoffrey – interrompeu a mãe, antes que ele pudesse perguntar quem poderia ser mais importante do que um duque. – Acho que a Gunter's fica aqui perto e já tem um tempo que quero experimentar os sorvetes de lá e descobrir se são tão bons como todo mundo diz. Podemos voltar um pouco mais tarde.

Ele percebeu o constrangimento na voz da mãe e isso o deixou furioso. Respondeu a ela, ainda encarando o mordomo:

– Não vamos embora. E, se formos, não voltaremos.

– Por mim, tudo bem – opinou Rosy, baixinho.

Maldição.

– Tem algum lugar onde possamos esperar? – indagou ao mordomo, os dentes cerrados.

– Queiram me acompanhar. Tenho certeza de que as damas estarão aqui embaixo a qualquer instante.

O alto e imponente mordomo pediu chá, depois os conduziu até uma sala de estar muito bem decorada, com mobília fina e tão adequada quanto uma folha de jornal para aguentar um homem do tamanho dele. Entre os móveis e as cortinas de tafetá amarelas, o duque se sentiu como um peixe fora d'água. Tudo ali era mais elegante do que qualquer lugar que Geoffrey tivesse visto em Newcastle. Elegante demais para ele.

A casa e os escritórios do avô eram mobiliados com o bom e sólido carvalho inglês, itens de couro e acessórios de bronze polido: a casa de um homem e o local de trabalho de um homem. Talvez fosse diferente na época da avó, mas Geoffrey nunca saberia, pois ela morrera dando à luz sua mãe. Talvez ela tivesse escolhido mobílias como as daquela sala ali, mas, por algum motivo, ele duvidava. Ela era filha de fazendeiro e se casara com um siderúrgico.

Enfim, Geoffrey achou o lugar suspeito. Quanto mais esperava, caminhando pelo requintado tapete francês, mais irritado ficava. Que tipo de negócio essas damas dirigiam? Ele era um duque, pelo amor de Deus! Duques devem ser bem recebidos em qualquer lugar – pelo menos, era o que diziam. Ainda assim, o mordomo da Sra. Pierce tratara a ele e sua família como se eles estivessem impondo sua presença na Ocasiões Especiais ao tentarem fazer negócios com a empresa.

Nenhum homem à frente de um empreendimento sairia impune com tais práticas. Geoffrey esperara que o escritório da empresa fosse um tipo de loja, não a casa de alguém. Então lembrou que o mordomo mencionara que as damas eram irmãs e considerou que a conexão familiar devia explicar o fato de trabalharem em uma casa.

Por fim, uma criada trouxe chá, mas Geoffrey estava irritado demais para tomar. Sem dúvida, esse tratamento precário que estavam recebendo era porque a empresa tinha descoberto que ele era quase um plebeu. Ou, pior ainda, que ele *trabalhava*.

Enquanto sua mãe e Rosy tomavam chá, ele se encaminhou até uma janela. Sua fúria aumentou ao ver que um cavalariço mantinha sua carruagem na frente da casa, aparentemente à espera da liberação do mordomo para levá--la em direção aos estábulos.

Como ousavam? A Sra. Pierce havia concordado com essa reunião, pelo amor de Deus. Não era culpa *dele* se ela achara que ele chegaria mais tarde.

Estava quase decidido a ir embora quando sua mãe sussurrou:

– Geoffrey.

Ele se virou para a porta e ficou sem palavras. Porque ali, emoldurada pela luz do sol, estava a criatura mais linda que ele já vira.

Sim, o cabelo cheio castanho-avermelhado parecia ter sido preso às pressas em um penteado simples e a forma como seu cenho estava franzido ao olhar para ele e sua família maculava a perfeição da testa cor de pérola. Mas ele só conseguia encará-la. Como um aprendiz de engenheiro ao se confrontar pela primeira vez com uma ponte esconsa, Geoffrey queria descobrir como todas as partes dela se encaixavam para criar algo tão magnífico.

Além de ser escultural, a dama tinha partes que não eram assim tão únicas: afetuosos olhos castanhos, rosto atraente com delicadas sardas no nariz e as curvas – ou quanto ele conseguia ver delas – necessárias para uma mulher. O simples fato de ele querer ver mais era perturbador. Assim como a forma como a mulher fez seu pulso acelerar, começando com um latejar nas têmporas, que desceu direto para a virilha.

Isso nunca tinha acontecido com ele, pelo menos não assim que conhecia a pessoa. Porém, dadas as circunstâncias, seria imprudente, para dizer o mínimo, dar atenção a esse fato ou considerar fazer algo a respeito.

Ela entrou na sala e lhe estendeu a mão.

– O senhor deve ser Grenwood.

– E a senhorita deve ser a proprietária da Ocasiões Especiais.

Ele pegou a mão dela e apertou por um instante a mais. Tinha tirado as luvas e ela tampouco as usava. O contato com a pele dela fez com que o pulso dele acelerasse ainda mais, o que era absurdo, claro.

– Sra. Pierce, certo?

Levantando uma das elegantes sobrancelhas, ela soltou a mão.

– Proprietária errada. Sou lady Diana Harper.

Ele ficou tenso.

– A senhorita tem um título?

Por Deus, deveria ter gastado mais tempo pesquisando sobre a Ocasiões Especiais. E, considerando a forma como se retesou, ela concordava com ele.

– Não entendo por que está aqui se não sabia disso.

Embora o nome dela soasse familiar, por alguma razão, ele não conseguia lembrar onde o escutara.

Sua mãe os interrompeu:

– Perdão. Estamos um pouco adiantados. Sou a Sra. Arthur Brookhouse. Meu filho marcou esta reunião porque uma grande amiga minha recomendou sua empresa. Acho que alguém da família dela usou seus serviços. Enfim, ela só nos deu o nome "Sra. Pierce" ao nos explicar como encontrá-las em Mayfair. Suponho que a Sra. Pierce trabalhe para a senhorita, correto?

– Não exatamente. Eliza Pierce é minha irmã viúva. Esta é a casa dela. Minha outra irmã é lady Verity Harper. Nós três dirigimos o negócio juntas, mas minhas irmãs ainda estão se vestindo. Os senhores nos pegaram de surpresa. Nós os esperávamos mais tarde.

– Foi o que nos disseram – comentou Geoffrey. – Como todos os negócios abrem cedo, presumi que as senhoras estariam disponíveis.

A expressão congelada dela mostrou que ele a deixara na defensiva. Isso lhe deu certa satisfação.

– A nossa empresa é única – explicou lady Diana em um tom irritado. – Grande parte do nosso trabalho exige que estejamos presentes em eventos sociais até altas horas. Então, espero que compreendam por que não funcionamos no horário habitual para os negócios comuns durante a temporada.

– Claro – respondeu a mãe, lançando um olhar de advertência para o filho. – Como poderiam? E estamos muito felizes por nos receberem hoje.

Lady Diana sorriu para a mulher. Aparentemente, ela só não sorria para ele, pois abriu um sorriso ainda mais radiante para Rosy. Cada centímetro do corpo dela se suavizou, como se ela pudesse perceber que a irmã dele não estava à vontade.

– A senhora deve ser a duquesa – supôs ela, com simpatia.

Antes que ele pudesse corrigi-la, Rosy pestanejou, depois soltou uma gargalhada nervosa.

– Deus me livre! Geoffrey, o duque, é meu irmão. Ele gostaria que a senhorita me ajudasse com meu debute.

Lady Diana pareceu ficar estranhamente constrangida.

– Por favor, me perdoem. Minha irmã não me disse exatamente a quem iríamos ajudar.

– É um erro perdoável – assegurou Geoffrey. – Não causou nenhum mal.

Ela o fitou como se tentasse decifrá-lo.

– Então, é por isso que o senhor e a sua mãe vieram aqui com sua irmã?

Ele assentiu.

– Deixe-me explicar. Nós… digo… Rosy… Rosabel…

– Minha filha é tímida, lady Diana – contou a mãe, olhando para ele perplexa. – Ela não está acostumada com a alta sociedade. Na verdade, nenhum de nós está. Meu falecido marido era o terceiro filho do visconde de Brookhouse, mas nunca fizemos parte do mundo da nobreza. Levávamos a nossa vida feliz, em Newcastle, até o falecimento de meu marido. Logo depois, um duque, primo distante dele, morreu também e Geoffrey herdou o ducado do nada. Agora estamos nesta situação.

Ela olhou para o filho.

– Certo?

– Isso resume bem – disse ele, aliviado ao ver a mãe explicar tudo.

Lady Diana o deixava nervoso com sua beleza, seus modos perfeitos e seus sorrisos difíceis de conquistar.

Lady Diana o encarou.

– Ah, o senhor é *esse* duque.

Ele ficou tenso.

– O que quer dizer?

– No ano passado, falou-se muito sobre um herdeiro do duque de Grenwood, mas eu tinha esquecido, principalmente porque os boatos sobre quem era o herdeiro eram bem desencontrados. Alguns diziam que ele era americano, de modo que ninguém o conhecia. Outros diziam que a família Brookhouse o deserdara por ser um canalha e só tinha deixado o título de duque para ele porque não havia como negá-lo. O boato mais afrontoso era um que dizia que ele estava bem embaixo do nosso nariz, trabalhando como engenheiro em Newcastle.

– O último é verdadeiro – informou Rosy com um tom alegre.

Todos olharam para ela.

– E um pouco do segundo também – acrescentou ela. – Bem, Geoffrey não é um canalha, e quem foi deserdado foi nosso pai, mas isso aconteceu antes de eu nascer.

Ela deve ter percebido que todos a fitavam, porque indagou:

– O que houve?

Lady Diana riu.

– Então, definitivamente não é americano? Só para me certificar.

Rosy piscou, então balançou a cabeça, fechando-se da forma que sempre fazia quando recebia a atenção de estranhos.

Lady Diana se virou para a mãe deles.

– A senhora disse que ela é tímida?

– Parece que nem sempre – declarou Geoffrey, seco. – Ou, pelo menos, não com a senhorita.

– Isso certamente facilita as coisas – comentou lady Diana. – Considerando que queiram contratar nossos serviços.

Antes que ele pudesse responder, ela acrescentou:

– Ah, aqui estão minhas irmãs, finalmente.

Enquanto ela fazia as apresentações, o duque chegou à conclusão de que nenhuma das duas era tão atraente quanto lady Diana. Sim, a Sra. Pierce era loira, tinha olhos azuis e um corpo cheio de curvas, uma combinação que ele costumava admirar, mas era baixa demais. Considerando sua altura, ele pareceria um gigante ao lado dela. Quanto a lady Verity, o cabelo era levemente mais escuro do que o da Sra. Pierce, tinha olhos verdes e, embora fosse tão alta quanto lady Diana, era magra demais.

Ele gostava de mulheres que tinham carne, sobretudo na hora da cama. Não queria pensar que esmagaria a companheira cada vez que se deitasse sobre ela. E, apesar da elegância de lady Diana – algo que ele sempre associara a fragilidade –, ela parecia capaz de suportar seu peso.

Ele bufou. Já estava pensando como um duque, analisando possíveis esposas para carregar seu herdeiro, peneirando-as até encontrar a que considerasse mais atraente. Mas nenhuma das mulheres ali era remotamente aceitável, mesmo que ele estivesse planejando se casar, o que não estava. Pelo menos, não em breve. Podia ser um duque, mas elas estavam muito à frente dele em questão de modos, educação e todas as outras coisas que importavam para pessoas feito elas. Não o olhariam duas vezes, mesmo que planejassem se casar, o que parecia não ser o caso, já que haviam aberto um negócio.

Era uma pena ele achar lady Diana tão bonita. De fato, se o trio de irmãs não tivesse sido tão altamente recomendado, ele daria meia-volta e sairia dali naquele instante. Mas, pela forma como a mãe e Rosy conversavam, animadas, podia perceber que tinham gostado delas, o que contava muito.

Após vários minutos de discussão, lady Diana sussurrou algo para as irmãs. Então a Sra. Pierce perguntou se a mãe deles gostaria de conhecer a casa, convite que ela aceitou prontamente. Enquanto as duas se afastavam, lady Verity chamou Rosy para experimentar alguns dos doces do evento da noite anterior. A jovem nunca rejeitava um doce, então assentiu e as duas saíram também.

Ele e lady Diana foram deixados a sós, obviamente de propósito. Então, quando ela acenou para que ele se sentasse, ele o fez, embora com relutância. A maldita poltrona era tão frágil quanto parecia.

Lady Diana sentou na ponta da cadeira em frente a ele com a graça de um cisne.

– Devo pedir mais chá, Vossa Graça?

– Não é preciso. Isso não deve demorar.

Franzindo a testa, lady Diana apanhou uma prancheta, do tipo que ele costumava usar nas obras. Quando ela pegou um lápis e lambeu a ponta dele, uma imagem fugaz e muito libidinosa tomou conta da cabeça de Geoffrey. Ele a afastou na mesma hora.

– Espero que não se importe em conversarmos em particular – disse ela. – Prefiro apresentar os serviços que oferecemos sem que haja três pessoas fazendo perguntas. Assim é mais rápido. O senhor pode me dizer que tipo de ajuda deseja de nós para o debute de sua irmã?

Ele dobrou a perna sobre o joelho.

– Não entendo o suficiente de debutes para dizer nem isso.

Lady Diana assentiu, como se aquilo não fosse raro.

– No mínimo, acredito que espere que a preparemos para a apresentação à rainha.

– Certamente. Quer dizer, tenho consciência de que ela deve ser apresentada, mas não sei o que isso implica.

Sentindo-se travesso, ele perguntou:

– Há uma orquestra durante a apresentação? Rosy tem que acenar para a rainha do outro lado de um salão? Ou fazer uma série de mesuras? Ou isso é a rainha quem faz?

Ela o fitou, desconfiada.

– O senhor não está levando isso a sério, está?

– Estou, sim. Mas é tão fora da minha realidade que não sei nem o que perguntar.

– O senhor prefere que sua mãe participe da conversa?

– Não será ela quem vai pagar a conta.

A jovem estremeceu quando ele fez menção ao pagamento.

– Além disso, infelizmente, minha mãe sabe tanto de debutes quanto eu. Ela nasceu em uma família de siderúrgicos e foi criada entre homens. Nenhum deles sabia porcaria nenhuma sobre debutes e moda feminina.

O linguajar dele fez com que ela franzisse a testa.

– Entendo. Então, o senhor nos procurou para garantir que sua irmã tenha sucesso ao ser apresentada à sociedade.

– Sim. Mas, antes de começar a discutir isso, preciso falar algumas coisas sobre Rosy.

Um esboço de sorriso cruzou os lindos lábios dela.

– O senhor já disse que ela é tímida.

– Ela é, apesar de ter me surpreendido com os comentários diretos sobre os boatos tolos alimentados pela alta sociedade.

– *Só* pela alta sociedade? – questionou ela. – O senhor entende que existe fofoca em toda aldeia, vila ou cidade da Inglaterra e, provavelmente, do mundo? Ou está dizendo que os siderúrgicos de Newcastle nunca fofocam?

Ele não poderia afirmar isso, considerando os boatos que começaram a circular depois da morte de seu pai. O pior deles afirmava que o próprio Geoffrey matara o pai para colocar as mãos no ducado, o que era um absurdo. Para começar, o ducado viera *depois* da morte do pai e ele não fazia ideia de que o herdaria. Além disso, Geoffrey devolveria o ducado se pudesse. Mas, se os poderes constituídos insistiram em nomeá-lo duque, achava que deveria aceitar o que quer que viesse com a droga do título, que não era tanto quanto as pessoas achavam.

– Não estou dizendo que nunca fofoquem – defendeu-se. – Só que estão ocupados demais colocando comida na mesa de suas famílias para se preocupar com essas coisas. Isso não está tão entranhado neles como está nas pessoas em Londres.

– Entendo. Então, são siderúrgicos com muitos princípios.

Ela fez uma anotação em seu caderno.

Ele se inclinou para a frente.

– O que a senhorita está escrevendo aí?

– O necessário para que eu entenda a situação peculiar de sua família, de modo que possa fazer o melhor por sua irmã. Além disso, fiz uma anotação para que minhas irmãs e eu passemos a chamá-la de lady Rosabel.

– Por quê? Fui eu que herdei o maldito título.

Isso fez com que ela anotasse algo mais no caderno. Ele só podia imaginar o que estava escrito, provavelmente algo como: *fazer Sua Graça medir suas palavras.* O que só lhe dava ainda mais vontade de praguejar.

Quando ela levantou o olhar para fitá-lo de novo, seus lábios formavam uma fina linha.

– As regras para se usar títulos têm suas idiossincrasias e uma delas é que, quando um homem herda um título, seus irmãos passam a ser chamados da forma que seriam se o pai tivesse vivido para usar o título. Supondo que o senhor tenha passado por todo o processo formal. Caso não tenha, devemos fazer isso imediatamente.

– Não passei. Mas, se a senhorita acha que isso aumentará as chances de Rosy, então façamos. Isso torna minha mãe uma duquesa viúva, então?

– As regras não se estendem à sua mãe, porque ela entrou na família pelo casamento. Apenas à sua irma. Então, sua mãe continua sendo a Sra. Brookhouse, mas sua irmã agora é lady Rosabel Brookhouse.

– Isso não faz o menor sentido.

– As regras não foram feitas para as circunstâncias pouco comuns em que sua família se encontra. Nesse caso, elas realmente parecem sem sentido.

– Para dizer o mínimo.

Ele olhou a hora e viu que já estavam ali havia 45 minutos. Levantou-se e se pôs a andar de novo.

– Vou me apressar, já que o senhor parece impaciente.

– Como percebeu? – disse ele, com sarcasmo. – O tempo que estou aqui seria suficiente para projetar uma ponte.

– Uma ponte inteira?

Ela usou o mesmo sarcasmo dele.

– Ou o senhor é um engenheiro muito talentoso ou esperou por mim muito mais tempo do que percebi. Eu não teria desenhado nem um único vestido nesse tempo.

As palavras ácidas o pegaram de surpresa. Ela certamente tinha mais coragem do que qualquer outra mulher da sociedade que ele conhecera.

– Eu... posso ter exagerado um pouco.

– Imagine isso... um homem exagerando. Nunca vi acontecer.

Ela apontou o lápis para ele.

– Veja bem, se o senhor está sendo sincero em querer nossa ajuda, precisamos ter certeza do que precisa e me parece que o senhor não sabe direito.

Ela lambeu a ponta do lápis e ele conteve um gemido. Enquanto ela escrevia mais alguma coisa no caderno, ele fitou a linda boca, imaginando como seria beijar aqueles lábios cheios e sedutores.

Quando ela voltou a falar, ele precisou de um momento a mais para conseguir assimilar o que ela dizia.

– Então, talvez eu deva enumerar todos os serviços que oferecemos para garantir que uma jovem dama tenha o melhor debute possível. A partir daí, o senhor pode escolher quais gostaria que oferecêssemos a ela.

– Muito bem.

– Gostaria de se sentar enquanto leio a lista?

– Prefiro ficar de pé. Fico inquieto sentado. Principalmente em uma poltrona frágil como essa.

Ele apontou para onde estivera sentado.

– O senhor andando de um lado para o outro *me* deixa inquieta – respondeu ela. – Não se engane por essa poltrona. Ela foi construída para aguentar até homens robustos como o senhor.

– Se a senhorita está dizendo... – resmungou ele e se sentou de novo. – Podemos prosseguir?

– Claro.

Ela pegou outro caderno e começou a ler.

– Em geral, quando ajudamos uma jovem dama em seu debute...

E assim Geoffrey começou a entrar no inferno.

CAPÍTULO DOIS

Diana tentava ser paciente ao explicar de novo por que deveriam oferecer um jantar íntimo na casa do duque depois da apresentação de lady Rosabel à rainha. Mas aquele homem a deixava desconcertada, e ela não conseguia entender por quê.

Nos últimos quatro anos, havia trabalhado com filhas e esposas de condes e barões, almirantes e generais. Chegara até a lidar com grandes empresários. Alguns deles não tinham modos, outros a olhavam com ar de superioridade por causa do escândalo. Mas ela sempre conseguira forçar um sorriso e prosseguir.

E os poucos que foram imprudentes a ponto de fazer alguma proposta indecorosa para ela ou suas irmãs? Esses receberam faturas bem altas pelo privilégio de a Ocasiões Especiais se dignar a aturá-los. Ainda assim, nem eles a enlouqueceram da forma como o duque estava fazendo naquele momento. Não fazia sentido.

Bem, fazia *um pouco* de sentido. Parecia que o homem não conseguia prestar atenção em nada que não fosse seu lápis. Cada vez que ela lambia a ponta, ele fazia uma expressão estranha e se concentrava só naquele movimento. Como naquele instante. Ela abaixou o lápis.

– Não concorda, Vossa Graça?

Ele a encarou sem entender.

– Com o quê?

Ele estreitou os olhos.

– Ah, certo, o jantar íntimo. Confio no seu conhecimento na área.

Impressionante. Ela temera que ele fosse embora por causa dos planos caros que tinha feito para lady Rosabel. Antes mesmo que ele chegasse, Eliza se certificara de que Diana e Verity compreendessem a importância de conseguirem aquele cliente em particular. Eliza presumira que o novo duque pagaria bem para que a irmã estivesse totalmente pronta para sua temporada. Pelo que Eliza descobrira, a jovem passara os anos anteriores no deserto industrial do norte, então o triunfo dela na sociedade seria o triunfo de toda a família, uma genuína transformação de lagarta em borboleta.

Eliza dissera que seria melhor aceitá-lo, mesmo que não simpatizassem com ele e com a irmã. Nunca alguém tão imponente quanto um duque havia requerido os serviços delas. E elas precisavam de dinheiro também nos duros oito meses do ano em que não havia grandes eventos sociais, até para poderem manter sua ajuda a obras de caridade durante o inverno.

Exatamente como Verity previra, o pai delas tinha se casado de novo, provavelmente na esperança de que uma viúva mãe de três meninos lhe desse um herdeiro. Quando se mudaram para a casa de Eliza, Diana e Verity disseram que seria para fazer companhia para a irmã, e ele aceitara. Contudo, ao descobrir sobre o negócio que elas estavam montando, ele dissera que as filhas só receberiam suas mesadas se morassem sob o teto dele. Era uma tentativa típica de forçá-las a voltar para casa, onde ele poderia maltratá-las a seu bel-prazer.

Ele conhecia pouco as filhas. Diana e Verity se mantiveram firmes e saíram de casa de vez. A Ocasiões Especiais as salvara, permitindo que saíssem de baixo da asa do pai. Depois da morte do marido de Eliza, a empresa também se tornara seu único sustento. O marido lhe deixara apenas uma ninharia, supondo que acabaria como um soldado coberto de glória, em vez de sangue.

– A senhorita ainda não falou sobre minha maior preocupação – disse Grenwood, impaciente. – De que vai adiantar tudo isso se Rosy ficar apenas sentada em um canto para evitar as pessoas? Foi isso que ela fez no concerto, e nem eu nem minha mãe conseguimos convencê-la a se aproximar de onde as pessoas estavam. Ela é tímida demais.

Diana ficou tensa. Outra menção à timidez da irmã. Estava na hora de colocar um ponto-final naquela ideia.

– Ela não é tímida. Só fica pouco à vontade com a própria aparência e está se sentindo sobrecarregada. Como qualquer jovem dama em circunstâncias parecidas.

Ele começou a falar, mas ela levantou a mão. Para sua surpresa, ele se calou, embora um pouco a contragosto. A maioria dos homens teria se imposto.

Francamente, Diana. A maioria dos homens não se daria a esse trabalho pelas irmãs.

– Muitas mulheres são inseguras em relação à própria aparência – explicou ela. – A única forma de mudar isso é encontrar meios, como, por exemplo, vestidos bonitos, joias mais refinadas, penteados mais apropriados, para exibir suas lindas qualidades de forma que elas mesmas consigam vê-las. Sua irmã é muito bonita, o que torna isso mais fácil. Quando terminarmos de refazer o guarda-roupa dela e de treinar a criada dela para penteá-la de forma adequada, ela se sentirá uma princesa. E o fato de estarmos assumindo essa tarefa por ela resolverá o outro problema: ela estar se sentindo sobrecarregada.

– Eu diria que o fato de eu estar pagando por isso vai ajudá-la a se sentir menos sobrecarregada.

Ela se segurou para não bufar diante do comentário vulgar sobre dinheiro. Aquele homem não sabia nada sobre como um duque deveria se comportar.

– Ela tem o próprio dinheiro para pequenas despesas?

Ele praguejou baixinho.

– Não. Eu deveria dar uma mesada a ela. Só agora me ocorreu isso.

Óbvio. Com muita dificuldade, ela conseguiu não responder.

– Então o senhor sabe sobre essas pequenas despesas?

O olhar dele ficou frio.

– Não sou tão bárbaro quanto imagina. Eu me formei na Academia de Newcastle-upon-Tyne e também sou membro da Sociedade Literária e Filosófica da cidade.

Isso a surpreendeu. Ele não parecia fazer o tipo literário.

– O senhor aprendeu em uma sociedade literária sobre as pequenas despesas de uma dama?

Ele contraiu o maxilar.

– Já ouvi falar a respeito, o suficiente para saber que mulheres como minha mãe e minha irmã precisam receber algum dinheiro. Mas não creio que haja necessidade de vestidos novos e coisas assim. Elas já têm muitos. Por que não podem usar os que já têm?

Como conseguiria colocar dentro daquela cabeça dura que um debute bem-sucedido exigia tudo novo?

– Conheço pessoas que se endividaram para pagar debutes.

Parecendo alarmado, ele tentou dizer algo, mas ela o cortou.

– E não eram nossas clientes. Tentamos economizar sempre que possível.

– Atrevo-me a dizer que o que eu entendo por "economizar" é bem diferente do que a senhorita e suas irmãs entendem – comentou ele.

– O senhor ficaria surpreso – disse ela. – De toda forma, vestidos novos são essenciais para o debute dela. A julgar pela forma como está hoje, me parece que os vestidos de lady Rosabel estão pequenos nela. Isso explica por que eles parecem mal ajustados e antiquados, o que significa que, sempre que ela se olha no espelho, vê uma *pessoa* mal ajustada e antiquada. Se ela se vê desse modo, pode-se esperar que os outros também vejam, sejam lordes, engenheiros ou lacaios. Até mesmo as mulheres que ela vai querer ter como amigas. E toda mulher da sociedade precisa de amigas influentes.

Tinha sido assim que elas conseguiram sucesso nos negócios. Lady Sinclair as elogiara para a irmã do marido, que contara à melhor amiga, e logo elas estavam cheias de trabalho para mantê-las ocupadas durante a temporada de eventos sociais.

– O senhor nunca ouviu dizer que as roupas fazem o homem? – indagou ela. – Bem, elas também fazem a mulher.

– Se a senhorita está dizendo... – respondeu ele, e não era a primeira vez na última hora.

Ela começava a suspeitar que ele queria dizer: "Está errada."

Cabeça-dura estúpido. Ah, ela não podia usar esse tipo de linguagem nem para si mesma, ou poderia acabar falando na cara dele.

– Suponho que o senhor discorde.

Ele se levantou para andar de um lado para o outro. De novo. Ela deveria fazer o mesmo, seguindo-o pela sala como uma professora atrás de um aluno indisciplinado.

Infelizmente, ele não chegava nem perto de ser seu aluno. Era grande demais, autoritário demais, onipresente demais. Assim como o pai rígido e exigente dela, Grenwood a deixava na defensiva a cada palavra. Mas seu pai não tinha a mesma dimensão do duque. Ela sabia lidar bem com o pai... às vezes. Mas não podia dizer se conseguiria administrar o duque. Embora fosse alta para uma mulher, diria que Grenwood tinha mais de 1,80 metro de altura, com tronco largo e braços musculosos, a julgar pela forma como preenchia as roupas. Isso lhe dava uma aura ainda mais ameaçadora.

E mais atraente.

Deus, em que ela estava pensando? Ele *não* era atraente. O que faltava nele era a suavidade que ela costumava associar ao título. Ele era todo marcante, a começar pelo maxilar esculpido e pelas maçãs do rosto protuberantes, até as botas de montaria pontudas. Nascido em uma família de siderúrgicos, ele só era um cavalheiro no nome. Diana tinha a impressão que, se ele se despisse, ela não encontraria nem um pingo de gordura nele. Isso fazia sentido, considerando a forma como ele aparentemente passara os últimos anos, porém não a deixava mais à vontade perto dele.

Não que ela fosse vê-lo sem roupas. Misericórdia!

Por outro lado, sendo uma mulher que desenhava tudo, apreciava a forma masculina em toda a sua glória. E a dele parecia ser bem impressionante, embora fosse difícil ter certeza. Lady Rosabel não era a única da família que precisava de roupas melhores.

Ele parou para encará-la, seus olhos de um tom peculiar de azul, que, sem dúvida, era acentuado pelo casaco de lã azul-cobalto. E ele tinha lindos cabelos negros e ondulados que imploravam para serem desarrumados por alguma dama ousada.

Como Diana. Ela piscou. De jeito nenhum.

– Deixe-me ver se entendi direito – disse ele. – Minha irmã vai precisar de um guarda-roupa novo. Várias pessoas, entre elas Rosy e a criada, serão treinadas segundo os caprichos da alta sociedade. Depois da apresentação dela, oferecerei um jantar para pessoas importantes que poderão apresentá-la a bons pretendentes. Um tempo depois, oferecerei um baile para o qual vários desses cavalheiros serão convidados. Como se isso já não fosse suficiente, preciso conseguir que Rosy entre no Almack's, o que quer que isso seja.

Diana escondeu a surpresa por Sua Graça arrogante ter prestado tanta atenção. Sem dúvida, ele aprendera muito bem a ser petulante como um duque.

– O senhor entendeu direito, sim. E sem nem tomar notas.

– Não preciso tomar notas. Meu cérebro está funcionando bem. Além disso, quando estou em uma floresta, buscando uma rota para um canal, é bom ter a capacidade de fazer anotações mentais.

Ele fez uma cara feia para ela.

– E as minhas anotações mentais dizem que será alta a quantia de dinheiro para fazer tudo isso.

– O senhor é um duque – afirmou ela. – Isso não deveria ser problema.

– Dinheiro sempre é problema, querida dama. Acabei de herdar, de repente, uma propriedade muito mal administrada e outras que precisam de reforma. Quem sabe quanto tudo *isso* vai custar?

– Um cavalheiro nunca deve falar sobre dinheiro de forma tão direta, entende? Faz com que pareça grosseiro.

Para sua surpresa, ele riu.

– Duques nem sempre são grosseiros?

– Não. Eles são condescendentes. Não é a mesma coisa.

– Certo.

Com um brilho travesso no olhar, ele fez um gesto para indicar repetição.

– Continue, a senhorita está demonstrando muito bem sua condescendência.

Ela não sabia se deveria rir ou repreendê-lo. Optou por balançar a cabeça.

– Agora vejo por que sua irmã é "tímida". Ela se sente intimidada pelo senhor.

– O quê? De jeito nenhum.

Ele franziu a testa, confuso, enquanto parecia considerar a possibilidade. Então sua expressão se suavizou.

– Não a Rosy. É como a senhorita disse: ela é insegura. Acha que ninguém olharia duas vezes para ela, por mais que eu garanta o contrário.

Isso fez com que Diana o visse de forma menos dura.

– Por ser irmão dela, o senhor é parcial.

– Foi o que *ela* disse. E eu afirmei que existem muitos homens que a achariam bonita.

– O senhor falou sendo sincero ou só para que ela se sentisse melhor?

– Claro que fui sincero! Minha irmã é um anjo... Ela é boa demais para a maioria dos homens da sociedade. Ainda assim, eu gostaria de vê-la casada com um sujeito respeitável que ela mesma escolhesse. É aí que a senhorita e a sua empresa entram.

– Exatamente – disse ela. – E ficaremos felizes em ajudar.

– Cobrando honorários altos.

Ela ergueu uma sobrancelha.

– Isso depende do que o senhor considera "alto". No mínimo, esperamos que o senhor cubra os custos do novo guarda-roupa dela e entretenimentos.

Enquanto uma parte dos honorários garantiria o sustento de Diana e das irmãs, o restante iria para um abrigo infantil e para a Fazenda Filmore para Mulheres Maculadas, as duas obras de caridade que vinham ajudando.

Ele se sentou de novo, graças a Deus, e cruzou os braços. Será que Diana preferia que ele ficasse sentado porque, assim, parecia menos autoritário? Ou ela simplesmente achava mais sensato olhar para o rosto dele do que para aquelas coxas e canelas fortes em movimento, moldadas perfeitamente pelas calças de camurça e botas de montaria gastas? Quando ele andava, ela sentia um desejo arrebatador e inesperado de desenhá-lo sem roupa.

Céus! Nunca tivera pensamentos como esses. Eram um tanto perturbadores.

Muitos homens já haviam flertado com ela, provocado-a e até beijado. Antes do incidente, ela era bastante popular com os cavalheiros, apesar do cabelo ruivo e das sardas. Mas os avanços deles sempre a espantavam.

Até então, ela tinha presumido que a mãe ficara com toda a paixão, deixando para ela uma casca vazia. Por que aquele cavalheiro em particular ameaçava essa suposição estava além da sua compreensão. Ele fazia com que a temperatura subisse em um nível inconcebível. Diana sempre achara que se, algum dia, conhecesse um homem que a despertasse dessa forma, poderia considerar seduzi-lo, apenas para ver se gostaria da parte física de ser uma esposa. Porque, se não gostasse, não havia razão alguma para tentar um casamento, supondo que encontrasse um homem que enfrentaria as línguas maldosas para se casar com ela.

Ela já até conseguira descobrir como uma mulher devia se proteger para não engravidar. Certamente, não queria se ver com um filho e forçada a abrir mão do bebê ou a levar uma vida reclusa no exterior. Ou, pior ainda, ter que ganhar seu sustento como as mulheres da Fazenda Filmore. Isso não estava nos seus planos. Felizmente, aquela mesma obra de caridade tinha moradoras mais do que dispostas a compartilhar o que sabiam sobre desfrutar seu status de "maculadas" sem sofrer as consequências de longo prazo. Diana dissera que precisava daquela informação para um panfleto que estava escrevendo. E elas não questionaram.

Graças a Deus. E graças a Deus também que Eliza fosse gentil o suficiente para explicar como era compartilhar a cama com um homem, apenas porque ela não queria que as irmãs fossem tão ignorantes quanto ela em sua noite de núpcias.

– Tem certeza de que Rosy vai se sair bem na sociedade se eu deixar o debute dela em suas mãos? – perguntou ele. – As senhoras vão mesmo conseguir aumentar a confiança dela e fazer com que os homens a notem?

Diana colocou de lado sua reação inoportuna ao duque.

– Certamente. Não tem nada de errado com sua irmã que um novo guarda-roupa e um pouco de treinamento não resolvam. O jantar íntimo é essencial, como se fosse um evento social para fins de prática, por assim dizer. Vai ajudá-la a não se sentir sobrecarregada e a fazer novas amigas.

– E a senhorita vai estar lá. Todas as três, quero dizer.

– Estaremos lá antes mesmo de começar, para garantir que a roupa e o penteado de lady Rosabel estejam perfeitos e reforçar a confiança dela quando necessário. Já teremos feito uma decoração sutil mas memorável e providenciado comidas que façam com que os convidados fiquem até tarde e conheçam melhor sua irmã. Mas nós não seremos convidadas.

Sobretudo por causa do escândalo ligado ao nome delas – que, estranhamente, Diana relutava em contar a ele.

– Ainda assim, depois que o jantar começar – prosseguiu Diana –, ela poderá falar conosco sempre que quiser, pois estaremos na sua casa, nos bastidores, orquestrando todo o evento.

– Ah, ela vai achar isso tranquilizador.

– Confie em mim: com o tempo, ela vai ganhar confiança suficiente para se sentir à vontade em diferentes grupos. O novo guarda-roupa já vai garantir isso. Eu, pessoalmente, supervisionarei o trabalho da modista para garantir que todos os vestidos da sua irmã sejam desenhados com exclusividade para ela. Depois que isso estiver resolvido e ela tiver passado pela apresentação e o jantar, marcaremos uma série de eventos que, nas duas primeiras semanas, crescerão em tamanho e na importância dos convidados. Dessa forma, podemos ir aumentando a confiança dela de forma gradual.

– Espero que não muito gradual. Ela vai precisar ter tempo ainda para conseguir pretendentes.

– Sinceramente, não acho que vá demorar muito a acontecer. Quando chegarmos ao auge, o baile de debutante de lady Rosabel, ela já será conhecida pela alta sociedade. Eu e minhas irmãs faremos tudo o que estiver a nosso alcance para garantir isso.

Ele a examinou como se avaliasse um adversário no ringue de boxe.

– Agora chegamos ao ponto. Quanto isso tudo vai custar?

Ela não estava acostumada a ter que fazer uma estimativa. As pessoas com que lidava liberavam o dinheiro sem ao menos pensar. Mas não diria isso a Sua Graça arrogante.

Rascunhou depressa alguns números e listou os serviços correspondentes. Incluiu os honorários da empresa e somou tudo. Então se inclinou para entregar o papel a ele.

O duque não pareceu analisar o que cada quantia significava. Seus olhos foram direto para a última linha.

– Nossa! Isso é um assalto!

Ele jogou o papel na mesa de centro entre eles.

– Não vou pagar isso.

– Certamente vai, Geoffrey Arthur Brookhouse! – decretou alguém que chegou naquele instante.

A mãe dele foi até a mesa e pegou o papel. Olhou e engoliu em seco. Então deu a volta na mesa e o entregou a Diana.

– Ele pode pagar.

Então ela encarou o filho.

– Por Rosy, ele pode.

Diana se preparou para que ele desse alguma resposta atravessada à mãe. No entanto, foi pega de surpresa por ele apenas esfregar as têmporas e resmungar.

– Parece que fui vencido, condenado a ser atormentado por intrometidas pelas próximas semanas.

Então ele fixou o olhar determinado em Diana.

– Pagarei por tudo o que a senhorita colocou na lista… com uma condição.

– E qual seria? – perguntou Diana, com cautela.

– Que a senhorita me garanta que seu trabalho fará com que Rosy tenha muitos pretendentes.

Aquilo a deixou perplexa.

– Não tenho certeza se entendi.

– A senhorita garante os seus serviços?

– Claro, mas…

– Nada de hesitação, lady Diana. Ou a senhorita garante ou não garante. Ele a encarou.

– Vou facilitar as coisas. Pagarei pelas *despesas* do debute, o que é justo. Sempre exijo isso nos meus contratos e a senhorita também deve exigir. Mas o pagamento dos seus honorários vai depender de seus esforços resultarem em pretendentes para Rosy.

– O senhor está exigindo algum número em particular de pretendentes? – perguntou ela com sarcasmo, enquanto a mãe dele assistia aos dois com muito interesse.

Ele se recostou e cruzou os braços.

– Eu deveria, não é mesmo? Não vou nem exigir que algum pretendente a visite no dia seguinte à apresentação e ao jantar. Mas, depois do baile de debutante, quero ver cinco rapazes por dia na primeira semana.

Ela não tinha como garantir que atenderia àquelas expectativas, mas a presunção dele a irritara tanto que a fez querer tentar. Que fossem cinco visitas, então.

– Se ela conseguir isso – continuou o duque –, não pagarei apenas seus honorários, pagarei o dobro.

O dobro!

– E se ela não conseguir cinco visitantes por dia? O que vai acontecer?

– Podemos negociar honorários reduzidos, dependendo do número de pretendentes que ela tiver. Mas já vou avisando: sem rapazes, sem pagamento.

– Geoffrey! – exclamou a mãe. – Isso é por Rosy.

– Exatamente – respondeu ele. – Se vou pagar por algo, então quero que meu dinheiro seja bem investido com Rosy. Caso contrário, de que adianta? O encanto do dobro dos honorários fará com que elas trabalhem ainda mais por ela.

– Nossa *reputação* fará com que trabalhemos ainda mais – afirmou Diana, lançando seu olhar mais frio a ele. – Pensando bem, também tenho uma condição.

– Hã? – disse ele com uma sobrancelha levantada.

– Terá que aceitar os nossos serviços para o senhor também.

Ela sentiu a deliciosa satisfação de pegá-lo desprevenido. Nunca vira um homem mudar de orgulhoso para insultado tão depressa.

– Nós nem cobraremos, contanto que cubra as despesas, o que é justo.

Ele ficou de pé em um pulo.

– Despesas! – resmungou ele. – Que tipo de despesas eu poderia causar?

Ela se levantou.

– Contas do alfaiate, do sapateiro, do luvista... Tenho certeza de que a lista seria infinita, a julgar por *isso*.

Ela apontou para os trajes dele.

– Seus trajes são inadequados para fazer uma visita.

– Não estou fazendo uma visita *social* – disse ele, irado. – Isto é uma reunião de negócios.

– O que não é desculpa para usar botas de montaria e calças de camurça. O senhor foi criado em um celeiro?

– Não foi – assegurou a mãe, sentando-se na poltrona. – Mas é como se tivesse sido. Ele não me escuta.

– Olhe aqui – ralhou ele e fitou Diana, furioso. – Não tem nada de errado com as minhas roupas. Eu só não esperava que damas da sociedade fossem donas do maldi... do negócio, certo? De qualquer forma, apesar da minha escolha errada do traje hoje, não vejo razão para contratar os seus serviços para mim.

– Não?

Ela começou a numerar as transgressões dele nos dedos.

– O senhor chegou em um horário que nunca é usado para visitas. O senhor profere xingamentos sem se desculpar e na frente de damas. O senhor fica andando de um lado para o outro de forma pouco cavalheiresca. O senhor se sentou com o tornozelo em cima do joelho, abrindo as pernas em uma pose vulgar.

– Muitos homens sentam dessa forma – argumentou ele em defesa própria, embora ficasse corado.

– Talvez nas tavernas rurais que o senhor obviamente frequenta – rebateu Diana. – Não na sociedade educada, posso garantir.

Gargalhadas vieram da porta. Diana se virou e viu que lady Rosabel e Verity tinham voltado.

Mas era lady Rosabel que estava rindo.

– Nunca vi uma mulher enfrentar o Poderoso Geoffrey.

Ela entrou na sala e bateu palmas.

– Impressionante, lady Diana!

– Alto lá, bonequinha! – alertou ele. – Sou eu que vou pagar por isso tudo.

– E outra coisa – continuou Diana, começando a se divertir. – O senhor discute assuntos financeiros da forma mais grosseira possível. Mesmo depois de eu dizer que era rude.

Havia um brilho furioso nos olhos dele.

– A senhorita disse que era grosseiro. Não é a mesma coisa.

– Quase a mesma coisa – redarguiu ela. – Então, Vossa Graça, concorda com a *minha* condição?

Ele buscou no rosto dela alguma fraqueza que pudesse explorar. Então olhou para as outras quatro mulheres na sala e soltou o ar, longa e ruidosamente. Ficou óbvio que estava desarmado e derrotado naquele momento.

– Se não tiver jeito.

A mãe dele se levantou.

– Não tem jeito, querido.

Ela piscou para Diana.

– Ou não poderemos contratá-las, certo, lady Diana?

– De forma alguma. Nossos esforços serão em vão se seu filho acabar com eles a cada palavra que sair de sua boca.

– Não precisa jogar na minha cara – resmungou ele. – Já concordei com sua condição.

– Excelente.

Ela se virou para lady Rosabel.

– Amanhã, farei uma visita à senhorita e à sua mãe na sua casa. Assim poderemos avaliar seu guarda-roupa antes de irmos à modista, onde encomendaremos vestidos novos e o que mais a senhorita precisar.

Lady Rosabel olhou para o irmão, nervosa.

– Eu não sei. Isso parece muito caro.

– A senhorita se lembra do que eu disse a seu irmão sobre não discutir sobre dinheiro? – indagou Diana, gentilmente.

– Certo – concordou lady Rosabel, corando um pouco. – Eu me lembrarei disso na próxima vez.

– Além do mais – acrescentou o irmão dela, com a voz gentil –, eu já concordei com os vestidos. Deve comprá-los. Você merece. E eu posso pagar.

O fato de ele ter falado com tanto carinho com a irmã fez com que um nó se formasse na garganta de Diana. Até ela se lembrar que o unha de fome fora contra os novos vestidos quando a irmã não estava por perto.

– Geoffrey, não deve falar de dinheiro, lembra? – repreendeu-o lady Rosabel.

– Tudo bem.

Ele lançou um olhar astuto para Diana.

– Já fui considerado rude e grosseiro. Não vai me fazer mal levar mais uma maldita repreensão. O que seria desta vez? Mal-educado? Estúpido? Sem modos?

– Cuidado, Vossa Graça – avisou Diana, esforçando-se para não rir. – Não me faça reconsiderar aceitá-lo como meu cliente. Principalmente depois de praguejar na presença de damas de novo.

Ele inclinou a cabeça para o lado.

– Por que eu falei "maldita"? Mas a senhorita falou "praguejar".

– Eu usei o verbo, que é perfeitamente aceitável. O senhor usou o adjetivo, que não é.

– Deus do céu, mulher! – exclamou ele, revirando os olhos. – É por isso que eu nunca quis entrar para a alta sociedade. Vocês são todos loucos. Tenham um bom dia. Não precisam me acompanhar.

Ele olhou para a mãe.

– Vou pedir que peguem a carruagem e espero a senhora e Rosy lá.

Com isso, ele se encaminhou para a porta com passos pesados.

Diana, porém, estava se divertindo demais para parar.

– Se isso faz com que se sinta melhor – disse ela com muita satisfação –, o senhor usou todos os verbos corretamente!

Ele se voltou para ela da porta e a fulminou com o olhar.

– Isso não faz com que eu me sinta melhor. Não faz com que eu sinta nada. Sentimentos não têm nada a ver com isso. Para o inferno. E, sim, eu sei que "inferno" e "Deus do céu" não são adequados para a sociedade culta. Mas simplesmente não me importo!

Então ele se virou e saiu.

Todas elas ficaram congeladas enquanto escutavam os passos dele descendo as escadas. Só depois que ouviram a porta da frente bater elas caíram na gargalhada.

– Ele é um *homem* e tanto – disse Eliza um pouco melancólica, pois sentia muita falta do falecido marido.

Diana, pensando no corpo robusto de Grenwood, disse:

– Isso ele é.

Então ela corou ao perceber que todas a fitavam sem entender nada.

– Porque as coisas sempre têm que ser do jeito dele, foi o que eu quis dizer.

E porque ele não tinha nada a ver com o último duque que ela conhecera: um sujeito velho, careca, com canelas esqueléticas e olhos que se detinham onde não deveriam.

Ao se lembrar dos olhos de Grenwood toda vez que ela lambia a ponta do lápis, Diana prendeu a respiração. Talvez todos os homens tivessem essa mania de olhar para onde não deveriam. Ele devia apenas estar se perguntando *por que* ela o lambia. Sim, devia ser isso. Afinal, o duque deixara bastante claro que não gostava dela.

– Esse menino só faz o que quer desde que nasceu – afirmou a Sra. Brookhouse, mas com orgulho transbordando em cada palavra. – Ele nunca permitiu que ninguém, a não ser o avô, mandasse nele. E, mesmo assim, se meu pai estivesse errado sobre o funcionamento de alguma coisa, Geoffrey falava para ele, mesmo aos 10 anos.

Ela passeou o olhar pela sala.

– Bem, Rosy e eu temos que ir. Provavelmente estamos atrapalhando o trabalho das senhoras. Além disso, Geoffrey deve estar se perguntando por que demoramos tanto.

– Tenho certeza que sim – concordou Diana.

E, provavelmente, culpando Diana por isso. Ou desejando nunca tê-las procurado. Do que a irmã o chamara? Poderoso Geoffrey. Diana não ousava chamá-lo pelo primeiro nome, mas Poderoso Grenwood soava perfeito para ele.

A mãe e a irmã dele se despediram e seguiram para as escadas, conversando. Então, como as três irmãs sempre faziam quando aceitavam alguém novo, se dirigiram para a sala íntima que tinha vista para a praça para trocarem suas observações sobre o cliente. Ou clientes, considerando o negócio que fechara com Grenwood.

Verity foi direto para a janela a fim de olhar para a rua e Diana a seguiu. Elas observaram as damas Brookhouse descerem os degraus até a carruagem, ainda conversando, de forma afável.

– Lady Rosabel parece promissora, um diamante bruto – comentou Verity enquanto as observava. – Contanto que seja treinada para se comportar na sociedade, é fácil transformá-la em uma joia rara. Ela tem beleza para isso… ou *terá* quando não estiver usando um vestido horrível e um penteado tão fora de moda. Vai ter uma ótima matéria-prima, Diana, e você é sempre ótima em transformar as damas em uma versão melhor delas mesmas.

– Obrigada – disse ela, então focou o olhar em Grenwood, que saíra da carruagem para ajudar a mãe e a irmã a subirem. – É *ele* quem me preocupa.

– O duque certamente não é como os outros cavalheiros – afirmou Verity.

Diana podia sentir os olhos da irmã nela.

– Não. Porque ele *não* é um cavalheiro, infelizmente. E ainda não sei se isso é bom ou ruim. Só Deus sabe se vamos conseguir controlá-lo. Só espero que o brutamontes não pegue algum pretendente e o atire de alguma varanda por não tratar lady Rosabel com o devido respeito.

– Isso eu gostaria de ver – disse Verity, rindo. – Embora eu não duvide que ele seja capaz disso. Ele é um espécime e tanto de beleza, não é? Está à altura de John Jackson.

– Tenho certeza de que papai não concordaria. Entre todos os pugilistas, John Jackson é o preferido dele.

Um pensamento desconcertante ocorreu a Diana.

– Não está interessada nele, está?

– Em John Jackson? – perguntou Verity.

– Claro que não. Grenwood.

A simples ideia deixou Diana alarmada, por razões que ela não queria examinar com atenção.

Verity riu.

– Não, mas você claramente está.

– Não seja ridícula – reclamou Diana. – Ele seria um marido tão ruim quanto papai, se não pior.

– Se você está dizendo…

Verity se afastou da janela.

– É verdade que Grenwood prometeu dobrar nossos honorários se conseguirmos cinco visitantes novos por dia para a irmã dele na semana depois do baile de debutante?

– É verdade – respondeu Eliza, sentada no seu lugar preferido no confortável sofá da sala. – Foi quando Diana o repreendeu e disse que ele teria que aceitar as condições *dela*.

– Ah, sim, bem na hora em que eu entrei.

Verity se sentou ao lado da irmã mais velha.

– Então, o que achou dele, Eliza?

– Acho que qualquer homem que esteja disposto a dobrar nossos honorários é perfeito – opinou Eliza. – Posso entender por que Diana está arrastando uma asa para ele.

Diana se virou para elas, irritada.

– Não estou arrastando asa nem coisa alguma para o duque.

– Ah, fico imaginando o que seria esse "coisa alguma" – brincou Verity, com o olhar atrevido. – Não me parece algo muito digno de uma dama.

– E você está soando pouco profissional – replicou Diana. – São negócios. Vocês duas precisam se lembrar disso.

– Sim, capitão – respondeu Verity, com uma continência. – Cuidado, Eliza, ou ela vai usar o chicote. Espere, será que é isso que o "coisa alguma" quer dizer? Duvido que Grenwood fosse gostar.

Diana suspirou.

– Vocês duas passaram tempo demais lendo romances góticos.

– Acredite em mim – disse Eliza, com os olhos brilhando –, não tem nenhum chicote nos romances góticos. Ficamos sabendo sobre *isso* nas visitas à Fazenda Filmore para Mulheres Maculadas. Eu já disse quanto odeio esse termo, "mulheres maculadas"?

– Diversas vezes – responderam Diana e Verity juntas.

Eliza as ignorou.

– O que eu quero dizer é que ninguém chama os homens que usam os serviços delas de "maculados", chama?

Verity bufou.

– Isso é porque vivemos em um mundo dominado pelos homens.

Mesmo depois de quatro anos, Verity ainda amargava ter perdido seu pretendente por causa do incidente.

– Falando em mundo dominado por homens, Eliza – falou Diana –, Grenwood é mesmo engenheiro civil?

– Como vou saber? Eu nunca tinha ouvido falar dele até nos enviar uma mensagem no papel timbrado do duque de Grenwood dizendo que desejava nos consultar sobre o debute da irmã.

– Você não me disse que era para a irmã dele.

– Não? – questionou Eliza. – Eu podia jurar que sim.

Diana sentiu o rosto corar.

– Achei que ela fosse *esposa* dele. Foi um momento bem constrangedor quando eles me corrigiram.

– Eu pagaria um bom dinheiro para ter visto essa cena – disse Verity. – Você constrangida em uma situação social… quem diria? Isso acontece tão pouco que podemos dizer que é raro.

Diana a fulminou com o olhar. Suas irmãs riram. Sinceramente, Diana não sabia por que elas sempre a tratavam como se fosse uma pessoa fria. Ela tivera diversos momentos difíceis na sociedade. Só não os ficava remoendo.

Hora de mudar de assunto.

– Verity, você não contou se viu seu "fantasma" no baile ontem à noite.

– Ah, certo.

Ela olhou para a outra irmã.

– Lembro que contei para Eliza, mas, sim, vi o fantasma no baile de lady Castlereagh. E, mais uma vez, o lacaio que encontrei se recusou a me contar o nome dele. Bem, na verdade, ele disse que não sabia de quem eu estava falando. O que é um absurdo. Alguém tem que ter visto o sujeito, *conhecer* o sujeito.

Nos últimos eventos em que trabalharam, Verity insistira em dizer que vira um homem à espreita pelos corredores. Tinha certeza de que ele estava prestes a fazer algo terrível, mas estava bem-vestido e parecia um cavalheiro. Então que atrocidade poderia ser?

– Ainda acho que ele trabalha para o Ministério de Relações Exteriores, procurando espiões franceses infiltrados na sociedade – opinou Eliza.

– Por mim, podia trabalhar até no circo – disse Verity. – Só quero saber o nome dele.

– E por que ele só aparece quando você está por perto? – questionou Eliza. – Era de imaginar que *alguma* outra pessoa tivesse notado a presença dele.

Verity e Eliza continuaram especulando por um tempo, o que permitiu a Diana um precioso silêncio. Suas irmãs claramente não estavam prontas para começar uma conversa séria sobre os novos clientes. E ela nem podia culpá-las. Nunca tinham atendido um par como aquele. Seria difícil orientar aqueles irmãos se nem a mãe deles sabia o que era adequado.

Diana, contudo, tinha a intenção de, pelo menos, descobrir o que um engenheiro civil fazia e como um filho de visconde se tornara engenheiro.

O dia seguinte seria muito interessante.

Geoffrey ficou olhando de cara feia pela janela enquanto a mãe e a irmã conversavam sobre os planos para o dia seguinte. Pretendia não estar em casa quando as damas da Ocasiões Especiais chegassem. As palavras de lady Desdém sobre sua aptidão como cavalheiro ainda o irritavam. Não iria lhe dar outra chance de ser condescendente com ele. A língua daquela mulher era maior que a boca.

Sem mencionar que inflamava outras partes dele. Odiava admitir, mas os lábios dela eram sedutores. E a língua... Cada vez que ela lambia a ponta do lápis, ele imaginava como seria se ela lambesse certa parte dele.

Que Deus o ajudasse. Discutir com ela o excitou de uma forma que ele nunca pensara que uma dama decente seria capaz, mesmo quando ela o insultava! Por mais que aquilo o atiçasse, teria que parar. Era perigoso demais.

Além disso, ela não estava totalmente errada sobre ele precisar de roupas mais elegantes. Ele esperara chegar a Londres para mandar fazer novos trajes, mas não podia mais adiar. A temporada de eventos sociais se aproximava e ele precisava urgentemente de calças novas, ainda mais se fosse acompanhar Rosy a algum lugar.

Na verdade, tinha uma única decente, porém a usaria no jantar da Sociedade de Engenheiros Civis no dia seguinte.

– Você está muito quieto – comentou sua mãe. – Está tudo bem, filho?

– Está, sim. Ou vai ficar quando o debute estiver no passado.

– Ainda pode mudar de ideia sobre a Ocasiões Especiais – disse Rosy baixinho. – Voltamos para casa em Newcastle, e eu posso cuidar de você pelo resto da vida.

Geoffrey observou o rosto da caçula.

– Ainda quer isso?

A expressão dela era cômica. Parecia estar num verdadeiro conflito. Então, ela suspirou.

– Não. Elas são boas pessoas. Acho que podem me ajudar a me tornar uma verdadeira lady, como... como lady Diana.

– Deus me livre! – murmurou ele.

– O quê?

– Nada.

Ele fitou a irmã.

– Espero que elas a ajudem a ser lady Rosabel. Seria isso que mais me agradaria.

Ela abriu um sorriso tímido.

– Quando isso acabar, espero que você tenha 35 pretendentes – acrescentou o duque, em tom brincalhão.

– Trinta e cinco! Eu ficaria feliz com três.

Ele riu.

– Lady Diana não ficaria satisfeita com isso, posso garantir.

Ele notou que aquela prepotente não tinha rejeitado sua oferta de dobrar os honorários. Ela podia não aprovar que se *falasse* sobre dinheiro, mas certamente gostava de gastá-lo, ainda mais sendo o de outra pessoa.

Não que tivesse a intenção de vê-la fazer isso. Ele seria como um elefante em uma loja de cristais se as acompanhasse à modista. Melhor deixar que as damas fizessem isso sozinhas.

Ele procuraria um alfaiate antes que elas chegassem. Se pudesse evitar, lady Desdém nunca mais lhe daria um sermão sobre como se vestir. Quando se reencontrassem, ele estaria bem-vestido, mesmo que isso acabasse com ele.

E provavelmente acabaria, considerando as reações costumeiras dos alfaiates por causa do seu tamanho. Sempre chamavam os aprendizes para se espantarem com ele. Certamente *não* ansiava por isso. Não era comum haver sujeitos altos e musculosos na sociedade, pelo que ele sabia.

Isso era algo que lady Desdém tinha a favor dela. Não parecera se incomodar com o tamanho dele. Mas como ele poderia ter certeza se mulheres feito ela nunca demonstravam seus sentimentos?

Ele flagrou a mãe o encarando.

– O que houve?

– Você foi um tanto rude com elas, sabia?

– Fui?

Claro que tinha sido. Às vezes não conseguia controlar seu temperamento.

– Eu as achei muito prepotentes.

– Eu as achei ótimas – opinou Rosy. – Ainda mais considerando o motivo que as colocou na situação atual.

Aquilo chamou a atenção dele.

– Que situação? Irmãs gerenciando um negócio provavelmente lucrativo?

– Filhas de uma adúltera e um marido vingativo – explicou a mãe. – A mãe delas fugiu com o amante, ignorando o efeito que isso teria nas filhas. Então o pai delas, também egoísta, se divorciou em um julgamento público que fez com que a família, as irmãs especificamente, fosse motivo de fofoca por meses. Mesmo que aquelas damas não tivessem feito nada para merecer esse tratamento.

Isso fez com que ele ficasse sério. *Agora* ele se lembrava por que o sobrenome Harper soara tão familiar. Lembrou-se de ter escutado sobre o assunto no jornal de fofocas que Rosy amava ler para eles no café da manhã.

– Então é por isso que três mulheres bonitas da alta sociedade ainda estão solteiras – disse ele mais para si mesmo. – Eu estava mesmo me perguntando o motivo. Principalmente quando lady Diana me mostrou os honorários dela. Não consegui entender como as três conseguiam ganhar honorários tão altos no que fazem apesar de não terem conseguido um pretendente para elas mesmas.

– A Sra. Pierce é viúva, então ela, pelo menos, foi casada – comentou Rosy. – O marido morreu na guerra.

– Meu Deus, como ficou sabendo de tudo isso? – perguntou ele. – Eu não sabia de nada.

Rosy deu de ombros.

– Lady Verity me contou. Ela presumiu que soubéssemos, já que tinham um negócio próprio.

– Um passo muito ousado em uma sociedade que não permite que mulheres solteiras façam qualquer coisa a não ser viver com a riqueza da família, ser governanta ou se sujeitarem a possíveis humilhações como damas de companhia – observou a mãe.

Ela fitou Geoffrey com um ar reprovador.

– Não podemos julgá-las por se esconderem atrás do orgulho – asseverou ela.

– Bem, a senhora não precisa se preocupar com meu comportamento amanhã – avisou ele. – Meu plano é não estar presente. Vocês não iam querer que eu estivesse por perto mesmo.

– Certamente não – concordou Rosy. – Você não tem o menor bom gosto quando se trata de moda.

Até tu, Brutus?, pensou Geoffrey, mas não se deu o trabalho de dizer. Ele tinha um gosto por Shakespeare do qual sua mãe e sua irmã não compartilhavam. Na verdade, era uma das coisas que ele e o pai desfrutavam juntos.

Pensar no pai fez com que se lembrasse do motivo de estar em Londres: garantir que Rosy e a mãe não precisassem aguentar o mesmo tipo de fofoca maliciosa que as irmãs Harper enfrentaram. Deixá-las em uma situação segura caso o pior acontecesse e o segredo de seu pai fosse revelado.

Sim, ele se manteria afastado dessa história de debute o máximo possível. Porque, se ele se envolvesse, logo se veria atolado em um tipo diferente de boato e especulação. No qual ele estaria apaixonado por certa raposa voluptuosa.

E *isso* ele não podia tolerar.

CAPÍTULO TRÊS

N a manhã seguinte, Diana se sentou à mesa da sala de jantar, espalhou manteiga em abundância na torrada, como sempre fazia, e se serviu de uma xícara de chá. Verity estava fazendo seu prato e Eliza provavelmente ainda dormia, como de costume.

Quando Verity se aproximou para se sentar, fitou Diana, perplexa:

– Só vai comer isso? Temos um longo dia pela frente, então seria sensato se preparar.

– Você parece estar se preparando para entrar no exército de Napoleão – comentou Diana, assentindo para o prato de Verity.

Estava cheio de tortas, bolos, diversas combinações de frutas em espetos, doces modelados em marzipã, fatias de presunto no formato de porcos e carne de peru com a silhueta da ave.

A mais jovem se serviu de café e acrescentou creme.

– De certa forma, estou. Esses são os itens que pensei em sugerir para o baile de Rosy.

– Lady Rosabel – corrigiu Diana.

– Certo, vou chamá-la assim quando ela estiver por perto.

– Chame-a assim em todos os lugares, para não cometer nenhum deslize e chamá-la da forma errada na frente de alguém importante.

– Minha querida irmã – disse Verity, fungando –, estou vendo que, depois dos contratempos de ontem com o duque, você está exercendo seu impulso ditatorial. Mas, além do fato de eu ser apenas um ano mais nova do que você, também sou parte importante desse negócio e você não está no comando, apesar do que possa achar. Se alguém fosse nos chefiar, deveria ser Eliza. Esta casa é dela e ela é a mais velha. Mas concordamos, muito tempo atrás, que todas nós participaríamos das decisões.

– Tem razão.

Diana colocou um pouco de mel no chá.

– Desculpe por estar sendo… mandona. Só estou um pouco mal-humorada hoje. Não dormi bem. Tive uns sonhos perturbadores.

– Eu perguntaria se sonhou com o duque, mas duvido que achasse *esse* tipo de sonho perturbador.

– Não sonhei.

Diana *tinha* sonhado com o duque, mas não do jeito que Verity provavelmente imaginava. Sonhara com ele nu. Nunca sonhara com um homem nu antes. E essa nem era a parte perturbadora – na verdade, foi a parte em que ele colocou as mãos nela, a beijou e tocou em todos os lugares… e ela gostou. Ela acordara mexendo no seio com uma das mãos e se esfregando entre as pernas com a outra. Que escandaloso!

Que Deus a ajudasse. Será que tinha sido assim com a mãe? Será que Diana estava destinada a ser uma libertina também?

– De toda forma – disse Verity –, não precisa ser tão rígida com o modo como chamamos *lady Rosabel*. Ela não se importa com essas coisas. Por outro lado, ela se importa com a comida servida no baile dela. Que é o motivo para eu estar tomando este café da manhã peculiar. Queria testar como os itens ficariam sendo preparados pela cozinheira de Eliza, que é razoável, e consumidos nas primeiras horas da manhã, depois que as pessoas acordam.

Diana riu.

– Já está planejando os pratos do jantar do baile? Você chegou a um novo nível de cuidado.

– Na verdade, a ideia me ocorreu durante o último jantar que organizamos. O custo para contratar aquele chef caríssimo teria nos levado à falência se o cliente não arcasse com a despesa. A cozinheira de Eliza não é tão ruim, então por que não usá-la?

– Deixe-me adivinhar – disse Diana, maliciosa. – Lady Rosabel pediu para não gastarmos muito do dinheiro do irmão.

– Bem, sim. Só não consegui entender se ele é só avarento ou se eles estão falidos.

– Desconfio que nenhum dos dois. Grenwood apenas não gosta da alta sociedade, então se ressente em ter gastos extravagantes no debute da irmã.

– Mas ele é um duque.

Verity mordeu o que parecia um cisne de marzipã.

– Foi o que eu disse a ele. E isso não o incomodou nem um pouco. Aparentemente, ele herdou várias dívidas junto com as propriedades.

– Isso não me surpreende. Pelo que escutei sobre o duque anterior, ele não era muito cuidadoso com dinheiro.

– Exatamente.

Diana se levantou para pegar uma segunda torrada.

– Quer uma dessas tortinhas de cheddar? – ofereceu Verity. – Ficaram muito boas.

– Prefiro não comê-las no café da manhã – respondeu Diana. – Quando como algo gorduroso assim cedo, me sinto mal depois. E preciso estar preparada para qualquer coisa na casa de Grenwood. Para início de conversa, nem sabemos as condições do lugar.

– Verdade. Nunca estivemos lá, não é mesmo? Não é uma daquelas casas elegantes perto do Hyde Park, cercada de árvores? Ainda assim, talvez seja pequena para nosso jantar. A Sra. Brookhouse disse que a residência era usada pelos solteirões da família.

– Então, não deve ter um salão de baile – supôs Diana. – Na verdade, nem sabemos ainda se lady Rosabel sabe dançar.

– Ela sabe – informou Eliza, ainda cheia de sono, ao entrar na sala. – Eu perguntei. Ela disse que o irmão pagou para que ela fizesse aulas enquanto estava de luto. Devemos nos certificar se ela sabe dançar *bem*. Quem pode imaginar a qualidade dos instrutores de dança em Newcastle? A propósito, eu realmente não sabia que você tinha falado sério quando disse que deveríamos estar prontas a essa hora indecente da manhã, até que minha criada me avisou que as duas estavam me esperando aqui embaixo.

– São dez da manhã, Eliza – informou Diana. – Entendo que seja cedo nos dias em que trabalhamos à noite, mas não quando fomos dormir às nove.

– Cuidado – avisou Verity a Eliza. – Diana está mal-humorada desde que acordou.

Eliza foi pegar seu café da manhã de costume: mingau e pera.

– Ela está perdoada. Estamos todas nervosas, com papai voltando a agir como antes.

Ela fez um som de reprovação.

– Coitadinhas daquelas crianças. A nova lady Holtbury deve estar grávida. Caso contrário, papai não estaria sendo tão indiscreto.

– Não temos certeza de nada ainda – afirmou Diana. – Por enquanto, é só fofoca.

– Talvez – disse Verity. – Mas ele foi visto na companhia de Harriette Wilson.

– Metade de Londres já foi vista na companhia dela – declarou Diana. – Isso não quer dizer nada.

– Se você está dizendo – falou Eliza.

Diana se segurou para não fazer o comentário que chegou aos seus lábios. Não gostou de ouvir "se você está dizendo", da mesma maneira que o duque falou, nem mesmo da sua querida irmã.

– Que bom que resolvemos isso. Precisamos voltar nossa atenção para os planos do dia.

Enquanto tomavam o desjejum, discutiram o que abordar primeiro. Era óbvio que deviam se concentrar em lady Rosabel e seus trajes. Diana comentou que a Sra. Brookhouse não precisaria de muito, já que ainda estava de luto e não poderia mudar seus trajes por enquanto. A mulher também impressionara as três com seu comportamento de dama, então, supondo que não vissem nada fora do comum enquanto estivessem na Casa Grenwood, não haveria necessidade de conversar com ela sobre seus modos.

– Mas o que vamos fazer com o duque? – perguntou Verity. – Ele não pode ficar praguejando daquela forma. E, quanto às roupas...

As três suspiraram ao mesmo tempo.

– O problema – começou Diana – é que ele não sabe aceitar orientações.

– Como todas nós percebemos ontem – comentou Eliza. – Mas você tem que admitir que ele é bonito. Vai fazer sucesso entre as damas da sociedade, que podem até relevar o linguajar dele só pelo prazer de vê-lo.

– Não será tão prazeroso se ele continuar a se vestir tão mal – destacou Diana.

– Ele definitivamente precisa de um alfaiate melhor – concordou Verity.

Um pouco depois, enquanto se dirigiam para a Casa Grenwood com seus planos já definidos, Diana não conseguia se acalmar. A ideia de reencontrar o duque, de *discutir* com ele de novo, a deixava ansiosa. Tentou visualizar os vestidos que desenharia para lady Rosabel, mas só conseguia pensar nos comentários afrontosos que Grenwood faria naquele dia.

Então elas chegaram à entrada da Casa Grenwood, que ficava em uma rua lateral que dava para a parte sul do Hyde Park.

– É bem maior do que eu esperava de uma casa para solteiros – comentou Verity.

Elas pegaram a entrada e descobriram que o terreno tinha jardins amplos e agradáveis e uma residência adequada para um duque. Assim como acontecia com alguns dos lordes mais abastados, sua pequena morada da cidade equivalia às grandes casas de campo de lordes menos ricos.

A mente de Diana já visualizava como usar os agradáveis jardins para causar uma boa impressão no jantar íntimo de Rosy. Apontou para as irmãs a área onde posicionariam uma pequena banda para que os convidados dançassem ao ar livre. Poderiam até oferecer o jantar do lado de fora, se o tempo estiver bom. Por que não? Seria esplêndido.

Mal podia esperar para ver o que o duque acharia da ideia. Por isso, ficou muito decepcionada ao descobrir que ele já havia saído e não voltaria tão cedo.

Não tinha imaginado que ele as acompanhasse a uma visita à modista, mas também não deixara de imaginar. Ele era uma brisa de imprevisibilidade, o que não se poderia dizer dos outros homens que ela conhecia. Além disso, estava ansiosa para sugerir roupas que valorizariam sua… estrutura robusta. Talvez ele voltasse antes que elas saíssem, à tarde.

Diana não teve mais tempo para pensar no Poderoso Grenwood, porque ela e as irmãs logo foram levadas para a sala de estar, onde lady Rosabel e a Sra. Brookhouse as aguardavam. As duas pareciam ansiosas para começar as tarefas.

– Lady Rosabel… – cumprimentou-a Diana.

– Ora, por favor, pode me chamar de Rosy. É assim que todo mundo me chama.

Verity começou a rir, mas se conteve quando Diana a fulminou com o olhar. Diana teve vontade de dizer a lady Rosabel que ela não deveria permitir que todos a tratassem de modo tão informal, mas a jovem estava tão ansiosa para se adequar que Diana não conseguiu corrigi-la.

– Se a senhorita prefere… Rosy. E, por favor, pode me chamar de Diana.

– E a mim, de Verity.

A irmã lançou um olhar presunçoso para Diana.

– Ah, eu já tinha dado permissão ontem. Que tola eu sou!

Rosy abriu um grande sorriso para Diana e Verity.

Foi quando um serviçal entrou.

– Lady Rosabel, a senhorita tem uma visita.

– Ah! – exclamou Rosy. – Esqueci de pedir para tirarem a aldrava da porta hoje. Quem é?

– Lorde Winston Chalmers.

Aquilo pegou Diana de surpresa. Tanto por notar a forma como Rosy se iluminou ao saber quem era o visitante, quanto por constatar que Winston era primo de segundo grau dela e de suas irmãs. Diana já ia revelar isso quando a Sra. Brookhouse se voltou para o serviçal e falou:

– Sua Graça não avisou a todos os empregados que sempre devem dizer a lorde Winston que não estamos em casa?

O homem ficou pálido.

– Eu não sabia, senhora. Ninguém me avisou. E lorde Winston parece muito ansioso para ver lady Rosabel.

– Posso vê-lo apenas por uns instantes, mamãe? Dez minutos? A senhora pode me acompanhar.

– Sinto muito, querida, mas lembra o que prometeu a Geoffrey? – disse a Sra. Brookhouse para a filha. – Nada de visitas de lorde Winston antes do seu debute. E não vou permiti-las pelas costas de seu irmão.

Rosy assentiu, taciturna.

– Ninguém nunca faz nada pelas costas do Poderoso Geoffrey.

Diana estava morrendo de curiosidade de saber como Winston e Rosy se conheciam.

– Além disso – continuou a mãe –, você quer estar com a sua melhor aparência quando encontrá-lo de novo, não?

Rosy franziu a testa.

– E se ele não voltar?

– Vai voltar, tenho certeza. É a segunda visita dele, então está obviamente interessado. E, se não estiver, você não precisa dele, certo? Agora, por que não vai com lady Diana olhar seu guarda-roupa enquanto apresento a cozinheira a lady Verity?

– Tudo bem – respondeu Rosy.

Ela observou a mãe e Verity – que carregava um maço de receitas – se afastarem.

Nessa hora, Eliza pediu a ajuda de um dos criados e foi inspecionar o salão de baile de Grenwood antes que precisasse ajudar na avaliação do guarda-roupa de Rosy e das habilidades de sua criada. Fazia tempo que Eliza era responsável pelos penteados das clientes, já que era tão boa com cabelos, e também avaliava se elas estariam bem assessoradas nesse quesito.

Enquanto isso, Diana e Rosy pegaram o corredor em direção à escadaria que levava ao quarto da jovem.

– Então a senhorita conhece lorde Winston? – indagou Diana, fitando a jovem.

Rosy assentiu.

– Eu o conheci no concerto. Ele me viu sentada num canto, pediu que a anfitriã nos apresentasse e, então, me chamou para dançar. Mas não aceitei, não conseguiria na frente de todas aquelas pessoas. Então lorde Winston sentou ao me lado e conversamos sobre livros, música e tudo mais. Ele foi *maravilhoso*.

Uma expressão sonhadora tomou conta do rosto dela.

Diana se segurou para não bufar. Winston costumava inspirar essa expressão nas damas. Ele certamente tinha jeito com mulheres. Uma novata na arte do flerte como Rosy não tinha a menor chance.

– Nunca conheci um homem tão inteligente – afirmou Rosy. – Sem contar Geoffrey e papai, claro. Além disso, lorde Winston me fez uma visita no dia seguinte. A senhorita o conhece? Ele é muito bonito.

Com certeza. Esse era o problema de homens como Winston. Ele nunca precisava ir atrás das mulheres. Elas se atiravam em seu pescoço. O que levava à pergunta: por que o primo estaria atrás de Rosy?

– Seu irmão não o aprova?

– Geoffrey *disse* que perguntou pela cidade e descobriu que lorde Winston é um caça-dotes e sedutor de mulheres.

Rosy se apressou para as escadas.

– Mas a verdade é que Geoffrey não gosta de ninguém que tenha um título. É por causa do papai, sabe? Papai se apaixonou pela mamãe apesar de ela ser filha de um siderúrgico e, embora eles tenham se casado, ele... Bem, a senhorita não vai querer escutar essa história.

Ah, sim, Diana queria escutar cada palavra. Mas não deveria querer. Já tinha uma fascinação insensata por Sua Graça.

Nesse caso em particular, porém, compartilhava a preocupação dele pela irmã.

– Bem, só devo avisá-la que lorde Winston tem reputação de libertino. Mas nunca ouvi nada sobre ele ser caça-dotes.

Isso pareceu deixar Rosy muito feliz. Diana e as irmãs teriam que se esforçar para conseguir outros pretendentes para Rosy, agora que sabiam da paixonite dela por Winston. Talvez Diana não devesse ter contado essa última parte para Rosy antes de consultar o duque.

Ela subiu as escadas logo atrás de Rosy. O que estava pensando? A jovem dama merecia abrir os próprios caminhos na sociedade, sem intimidações do irmão. Essa era outra coisa que Diana queria saber sobre Rosy e Grenwood.

Quando chegaram ao topo das escadas, Diana parou para chamar a atenção de Rosy antes que elas entrassem no quarto dela e estivessem cercadas de outras pessoas.

– Seu irmão manda na senhorita o tempo todo?

– Não! Bem, nem sempre.

Rosy passou os braços em volta de si.

– Só em assuntos que ele considera importantes.

– Como o seu debute.

– Não tanto o debute, é mais a insistência dele para que eu encontre um marido.

– Não tenho irmãos, mas, por tudo o que vi acontecer com as damas que têm, eles sempre querem que as irmãs se casem. Alguns por desejarem que as irmãs sejam felizes e acreditarem que o casamento é a única forma de felicidade para uma mulher. Outros por não quererem sustentar as irmãs pelo resto da vida.

Diana forçou um sorriso.

– Qual é o caso do duque?

– Nenhum deles. Só depois que nosso pai morreu foi que ele começou a falar sobre a importância de eu me casar. Antes disso, ele nunca tinha mencionado o assunto nem tentado encontrar homens para me cortejarem.

– Quantos anos a senhorita tinha?

– Dezoito.

– A morte de seu pai provavelmente fez seu irmão perceber que a senhorita estava na idade de debutar. E, ao herdar o ducado, ele ficou ainda mais certo disso.

– Talvez.

Rosy parecia incerta, mas Diana estava bastante convencida disso.

– Então, o duque a está obrigando a debutar?

– Mais ou menos. Morro de medo da ideia de ser apresentada à rainha e cometer uma gafe que me assombrará pelo resto da vida. Mas, depois que conheci a senhorita e suas irmãs...

Ela abriu um sorriso tímido para Diana.

– Agora sei que tenho amigas para me ajudar a passar por isso. E, sinceramente, antes de conhecer lorde Winston, eu diria que casamento não combina comigo, mas hoje percebo que, com o homem certo, o casamento pode ser bom.

Deus do céu, a jovem já estava se vendo *casada* com Winston. Aquilo era, no mínimo, preocupante.

Rosy suspirou.

– Além disso, não quero que Geoffrey e mamãe se preocupem comigo. É só que... ele faz com que eu tenha consciência da minha insignificância. Ele é tão talentoso no que faz... E as coisas que ele constrói como engenheiro são tão grandiosas e importantes que me sinto insignificante perto dele. Caso a senhorita não tenha notado, Geoffrey pode ser bem intimidador.

– Ah, eu notei, pode acreditar – assegurou Diana.

Rosy seguiu pelo corredor.

– Sabia que ele projetou um trecho do canal que liga Leeds a Liverpool? Por causa dele, o povo de Leeds pode levar o carvão para o mercado oeste da Inglaterra e até para lugares mais afastados, se usarem o porto de Liverpool. Isso gera uma economia de milhares de libras e diminui o custo do carvão para todos nós.

A jovem havia falado mais palavras agora do que Diana a escutara dizer desde que se conheceram. E nada mais, nada menos do que sobre engenharia. Rosy era claramente neta de um siderúrgico.

A jovem parou à porta do quarto.

– Então, entendo por que Geoffrey acha essa história de debute desgastante, com tantas regras que não fazem o menor sentido para ele. Também não fazem sentido para mim, mas não tenho a perspectiva dele. Ou eu me caso ou virarei uma solteirona. E, para ser franca, não me importo. Mas prometi que faria as coisas do jeito dele até o fim da temporada. Depois disso, será tudo do meu jeito. Quer dizer, eu gostaria de me casar, mas não sem amor. Se não puder me casar por amor, prefiro cuidar da casa de Geoffrey pelo resto da vida.

Sentindo empatia pela situação de Rosy, Diana deu um conselho a ela:

– O amor é superestimado, minha querida. Como tenho certeza que já ficou sabendo: minha mãe fugiu, deixou meu pai para se casar com o homem que amava. Nenhuma das amigas fala mais com ela. Ela achou que a história dela seria como a de lady Holland e ela andaria de queixo erguido, bem recebida e aclamada pela sociedade londrina.

Diana balançou a cabeça.

– Infelizmente, minha mãe não tem o círculo de amigos de lady Holland e não sabe como cativar os artistas e escritores e outros tipos interessantes. Em vez disso, foi cortada da sociedade. Agora ela está sozinha e infeliz. E meu pai...

Diana parou antes que revelasse demais sobre a situação dela e das irmãs.

– De toda forma, não se case por amor. Isso a tornará dependente de alguém para ser feliz. Case-se pelo prazer de ter a própria casa, pela riqueza ou até mesmo pela companhia e alegria de ter filhos. Mas não por amor. Amor é frágil e, às vezes, até cruel.

Ela pensou no pretendente que Verity perdera e balançou a cabeça.

– Existem razões muito melhores para se casar.

– Vou pensar nisso – disse Rosy, sem soar convencida.

Assim que a jovem abriu a porta do quarto, Diana teve certeza de que seu conselho já fora esquecido.

Que assim fosse. Diana tentara. Agora, faria o que o Poderoso Grenwood estava pagando para que fizesse: transformar a irmã dele em um cisne.

Assim que entraram, Diana percebeu que teria muito trabalho pela frente. O quarto de Rosy era chamativo e extravagante, como o de uma menina, não de uma mulher. Considerando que Rosy não estava ali havia tempo suficiente para ter escolhido a decoração, talvez nem mesmo gostasse do aposento. Diana ao menos lhe daria o benefício da dúvida.

Diana abriu as portas do armário. Não ficou surpresa ao ver um mar de vestidos de musselina, veludo e tafetá brancos. Afinal, branco era a cor do momento. Aqui e ali, havia cores mais fortes, como azul e verde-garrafa, a maior parte em casacos ou peliças, mas o branco predominava.

Porém não era só isso. O excesso de babados já saíra de moda e os vestidos se provaram pequenos demais quando Diana insistiu para que Rosy os experimentasse. Diana criou uma ilha de descarte imediatamente, depois passou a analisar as peças.

– Primeiro de tudo – disse Diana ao jogar um vestido na pilha –, roupas pequenas só fazem com que a senhorita pareça maior.

– Eu *sou* grande – afirmou Rosy, triste. – Sou corpulenta.

Diana ficou tensa, lembrando-se de quantas vezes a mãe a fizera se curvar para esconder sua altura e o pai ordenara que parasse de comer manteiga na torrada e no bolo porque "nenhum cavalheiro queria uma esposa gorducha".

– Sua mãe ou seu irmão disseram isso? – perguntou Diana, irritada por Rosy.

– Com certeza, não. Eles dizem que sou bonita. Mas tenho espelho. Vejo minha aparência.

– Bobagem. A imagem que você vê no espelho quando está sozinha é bem diferente de como as pessoas a veem em público. Para começar, porque só a senhorita se vê despida. Além disso, a gente só se vê por uma perspectiva. Mas todas as outras pessoas, exceto seu futuro marido e sua criada, a veem vestida e de todos os ângulos. Por isso, podemos moldar como uma pessoa é vista adaptando sua forma de se vestir e usar o cabelo. Além do mais, a senhorita não é corpulenta. Eu me atrevo a dizer que nós duas temos o mesmo tamanho de quadril.

– Talvez, mas a senhorita é alta, o que ajuda.

Diana tinha que admitir que isso era verdade, embora ela tivesse decidido muito tempo atrás que, se precisasse abrir mão da manteiga na torrada, simplesmente seria "gorducha". Rosy, entretanto, não era nem um pouco rechonchuda, apenas usava roupas que não a valorizavam.

Felizmente, Eliza havia chegado ali logo depois delas e conversava com a criada de Rosy, a Sra. Joyce, sobre penteados.

– Eliza – chamou Diana. – Poderia vir aqui um momentinho, por favor? Poderia vir também, Sra. Joyce?

As duas mulheres se juntaram a Diana e Rosy. Diana remexeu nos vestidos descartados até encontrar um com o corte parecido com o de Eliza. Então pediu à irmã:

– Poderia experimentar este vestido para mim e Rosy? Tem algo que eu gostaria de demonstrar a ela. Tem um biombo ali para se trocar. Ah, e não se esqueça da faixa. A Sra. Joyce pode ajudá-la.

– O vestido não vai servir em mim – avisou Eliza.

Rosy deu um sorriso sem jeito.

– Claro que não. Você não tem o meu corpo, então ele provavelmente vai ficar muito grande.

Eliza riu.

Diana se virou para a jovem pupila.

– Rosy, antes que Eliza troque de roupa, quero que observe o que ela está usando agora. O que está vendo?

– Ela parece muito elegante. O tom de rosa é lindo. Poderia haver mais algum enfeite no corpete ou um xale de renda?

Diana prendeu um sorriso.

– Pode ir, Eliza.

Enquanto a irmã e a Sra. Joyce iam para trás do biombo, Diana disse para Rosy:

– Essa é uma boa hora para eu ensinar sobre cor. Apesar de a senhorita ficar radiante de branco, minha querida, muitas outras jovens também ficam. Em um mar de branco, a senhorita quer ser a linda concha cor-de-rosa ou o vibrante peixe azul. Os cavalheiros devem notá-la primeiro se quiser que eles a cortejem.

Rosy assentiu.

– Então – continuou Diana –, para sobressair em meio às outras damas, recomendo que a senhorita insira cores aqui e ali no seu traje: um detalhe bordado na bainha ou nos punhos, um xale de seda colorido, um lenço, talvez, ou até luvas, sapatos, enfeites de cabelo que combinem entre si. Se preferir, pode usar um vestido colorido, talvez em um tom claro de lavanda ou amarelo. Na primavera, rosa-bebê também funciona, principalmente para jovens com o seu tom de pele.

Diana pegou um vestido do armário de Rosy.

– Este não está ruim. É do modelo certo para a senhorita e parece que serve.

Ela o guardou de volta no armário.

– Ah, a revista *La Belle Assemblée* deste mês tem o vestido de primavera perfeito e ninguém viu ainda.

– Como conhecemos a editora – informou Eliza de trás do biombo –, ela nos mostra todos os desenhos antes de entrarem na revista. Graças a ela, conseguimos encomendar vestidos para as nossas clientes que são novidade para todo mundo. Isso faz com que elas estejam à frente da moda. O que é ótimo quando se quer impressionar.

– O desenho desse vestido em particular oferece um pouco de tudo quando se trata de estar bem-vestida – informou Diana. – A senhorita poderia usar um vestido de base branco e um verde por cima, que ficariam uma delícia com os seus brilhantes olhos esmeralda.

– Isso é bom? – perguntou Rosy. – Ficar uma delícia.

– Claro. A senhorita quer que os homens a devorem, não quer?

– Não literalmente – respondeu Rosy, parecendo assustada.

Diana prendeu o riso.

– Não estamos defendendo o canibalismo, minha querida.

De repente, ela se lembrou da expressão faminta no rosto de Grenwood quando a conheceu. E de como ela estremecera sob o poder daquele olhar que parecia ver cada centímetro dela. Balançou a cabeça. Estava agindo como uma tola. E em relação ao Poderoso Grenwood. Que absurdo.

– É que os homens têm um jeito de… como posso explicar?… *devorá-la* com os olhos.

– Nunca fizeram isso *comigo* – declarou Rosy.

Diana deu um tapinha na mão dela.

– Posso garantir que isso logo vai acontecer.

Naquele momento, Eliza saiu de trás do biombo.

– Como eu disse, é pequeno demais.

Ela girou devagar para que Diana e Rosy a vissem melhor.

Diana tocou no braço de Rosy.

– Olhe para Eliza agora. O que está vendo?

– Ela…

Rosy piscou.

– Perdoe-me, Sra. Pierce, mas está parecendo tão corpulenta quanto eu usando esse vestido.

– Exatamente – concordou Diana, satisfeita por Rosy ter feito a conexão. – Vocês duas têm mais ou menos as mesmas medidas. Mas as roupas de Eliza são desenhadas para maximizar certos atributos, fazendo com que ela pareça mais próxima da forma feminina que a sociedade busca. Já com o seu vestido, ela… bem, aquela faixa na cintura é fina demais, faz com que pareça que Eliza está sobrando por cima dela, e isso a deixa atarracada. O corpete está apertado demais, o que amplia os seios já fartos. E o comprimento…

– Ah, sim, entendi o que quer dizer! – disse Rosy. – Com as meias brancas aparecendo, ela parece mais baixa do que realmente é.

A jovem ficou pálida.

– É assim que *eu* fico quando uso esse vestido?

– Quer a verdade?

– Sempre – respondeu Rosy.

– Infelizmente, sim. É mais fácil perceber essas coisas em outra pessoa, sobretudo quando ela tem o corpo parecido com o seu. Além disso, sempre que se olhar no espelho, lembre-se que está vendo apenas um lado.

Diana fez um gesto para que Eliza parasse de girar.

– E os adornos? Qual a sua impressão?

– Admito que os babados fazem com que ela pareça infantil. – Rosy suspirou. – Mas eu gosto de babados.

– A senhorita pode usá-los, mas vamos restringi-los às bainhas por enquanto. Babados em excesso deixam o traje espalhafatoso, em vez de elegante como o vestido de Eliza, que tem menos enfeites.

Rosy encarou Diana com os olhos arregalados.

– Então, vou ter vestidos feitos para que eu pareça elegante?

– Não vai só parecer elegante: vai se achar tão bonita quanto sua mãe e seu irmão a consideram. Bonita como a senhorita realmente é. Não tem nada de errado com a nossa forma. Só precisamos de vestidos que valorizem o que temos de melhor.

O rosto de Rosy se iluminou de animação.

– Seria uma mudança muito bem-vinda.

Um pouco depois, Diana e Rosy, junto com a mãe dela, que queria encomendar alguns vestidos também, seguiram para o ateliê da Sra. Ludgate, deixando Verity e Eliza para trás a fim de planejarem a decoração, a música e a comida.

Tudo estava indo muito bem. Talvez Diana devesse se considerar sortuda pelo fato de o duque não ter aparecido. Então por que não achava isso?

Diana, Rosy e a Sra. Brookhouse passaram uma tarde muito satisfatória com a modista. Diana levara alguns dos vestidos mais aceitáveis de Rosy para serem reformados, de modo que ela tivesse o que usar até que os trajes novos estivessem prontos. Diana também decidira mandar fazer o vestido sobre o qual comentara com Rosy, mas em cores diferentes.

Depois que a modista tirou as medidas de Rosy e da mãe, Diana as ajudou na escolha dos tecidos. A Sra. Brookhouse estava limitada aos tons do meio-luto: branco, cinza e lavanda. Rosy, porém, tinha mais opções, então ela e Diana escolheram cores que realçariam sua tonalidade natural.

Quando saíram do ateliê da Sra. Ludgate, a Sra. Brookhouse e Rosy carregavam dois manequins, além de vestidos e acessórios para experimentarem nelas e visualizarem o caimento dos tecidos e como as cores se comportavam sob diferentes luzes. Julgando os manequins, elas poderiam determinar as alterações que iriam querer nas próprias roupas.

Àquela altura, Diana estava exausta. Não sabia por que as sessões com a modista e as clientes a exauriam tanto, mas era o que acontecia. Entre o que podia ser feito e o que a imaginação achava que podia, era necessária muita negociação.

Assim, ela disse às damas que elas teriam muito mais a fazer quando encontrassem as irmãs dela na Casa Grenwood e decidiu não acompanhá-las. Contudo, as duas se recusaram a deixar que Diana fosse caminhando. Insistiram em levá-la até a casa de Eliza, uma oferta que ela ficou grata em aceitar.

Em casa, pediu que lhe levassem um chá no jardim e pegou seu caderno, carvão e lápis para que pudesse fazer alguns desenhos.

O jardim de Eliza não era grande, mas tinha tamanho suficiente para o propósito de Diana. Ela adorava observar pássaros e, às vezes, jogava sementes para atraí-los e poder desenhá-los. Já estava ali, com suas ilustrações, havia uma hora quando percebeu que uma tempestade se formava. Sem demora, pegou uma nova folha para capturar a escuridão que se avolumava no céu e os raios distantes que pareciam dedos elétricos a cortar as nuvens e atingir o solo.

O lápis dela flutuava em sua tentativa de colocar tudo no papel antes que a chuva invadisse seu cantinho de Londres e a forçasse a entrar para ver a cena dramática pela janela. Por isso, demorou a reagir quando um empregado anunciou:

– Sua Graça, o duque de Grenwood.

Ela destacou às pressas as imagens da tempestade e as enfiou no final do caderno, deixando os esboços de vestidos por cima. Suas criações não ligadas a moda revelavam muito dela e a deixavam pouco à vontade. Além disso, considerando que o Poderoso Grenwood não gostava do que considerava trivial, ela não aguentaria se ele zombasse de seus desenhos.

Ele entrou no jardim no momento em que ela fechava o caderno.

Ela se levantou.

– Vossa Graça, eu não esperava vê-lo hoje…

– Como a senhorita se atreve a incentivar o interesse de Rosy por lorde Winston? – questionou ele. – O homem é, sim, um caça-dotes, independentemente do que tenha escutado! Posso garantir, as informações que obtive sobre ele são dignas de confiança. E, mesmo que não fossem, a senhorita não tinha o direito de se envolver nos assuntos da nossa família, inferno!

O ataque inesperado a deixou furiosa.

– É exatamente para isso que o senhor está pagando pelos meus serviços e das minhas irmãs, não é? – redarguiu ela. – Para nos envolvermos no debute da sua irmã?

Ele a fulminou com o olhar.

– Isso não inclui aprovar pretendentes pelas minhas costas.

– Não falei nada pelas suas costas. O senhor não estava lá. Rosy me perguntou o que achava dele e eu disse a verdade: que nunca escutei que ele fosse um caça-dotes. Mas também disse que ele tem reputação de libertino e que não o indicaria como pretendente.

Isso pareceu surpreendê-lo.

– A senhorita disse isso a ela?

– Disse. Se o senhor pressioná-la, talvez ela admita.

Ou talvez não, considerando quanto a intimida.

Era melhor não dizer aquilo em voz alta. Afinal, ele ainda era seu cliente, motivo pelo qual não ousava dizer a Grenwood que Winston era seu primo. Duvidava que Grenwood continuasse com elas caso soubesse disso. E ela gostava de Rosy. Não queria que a ligação delas acabasse simplesmente porque o duque tinha problemas com a nobreza. Também teria que enviar um bilhete a Winston pedindo que ele não revelasse seu parentesco. Ah, e avisar às irmãs que não tocassem no assunto também.

Grenwood começou a andar de um lado para o outro no jardim – o que era uma proeza e tanto, considerando o espaço disponível e o tamanho de seus passos.

– Que inferno!

– O senhor realmente deveria parar de praguejar.

Aliviada por ele parecer escutá-la, Diana voltou a sentar no banco.

Ele soltou uma gargalhada rouca.

– *É nisso* que a senhorita está pensando agora?

– Nisso… e no fato de que Rosy omitiu algumas informações ao lhe relatar nossa conversa.

Sem mencionar o fato de que ele estava vestido de forma espetacular. Não havia a menor possibilidade de ele ter conseguido mandar fazer roupas sob medida em apenas um dia, então ele já tinha algumas. Nem o mais rigoroso membro da sociedade poderia encontrar algum defeito no traje dele: casaca preta, colete branco ornado, gravata com um nó perfeito, calça marrom que ia até os joelhos, meias brancas e sapatos pretos bem engraxados. Usava até um relógio de bolso feito de ouro.

Estava esplêndido. Não, *delicioso*. Mas ela não ousaria pensar nisso naquele momento. Podia muito bem esperar pela noite e por seus sonhos.

Deus do céu, ela estava em apuros. Pela primeira vez na vida, tinha encontrado alguém que desejava e ele era totalmente inaceitável: duque só no nome, alguém que ia contra as regras às quais ela ainda se apegava.

Isso o tornava um tanto perigoso.

CAPÍTULO QUATRO

– A senhorita corou – comentou o duque, baixinho.

A observação pareceu assustar lady Diana, o que provavelmente a fez replicar:

– Não, não corei.

Embora tivesse corado, sim.

Por Deus, ele a deixara enrubescida e nem sabia por que nem como. *Cuidado, Geoffrey. Esse caminho vai levá-lo à loucura.*

Ainda assim, ao perceber quanto aquilo fizera o próprio sangue ferver, ele desejou repetir o feito.

– De qualquer forma – disse ela logo –, creio que Rosy não contou em detalhes o que eu disse sobre lorde Winston porque não queria que isso fizesse com que o senhor o desaprovasse ainda mais. Além do mais, não importa que sua irmã ache que está apaixonada por ele agora. Isso até faz sentido, já que ele foi o primeiro cavalheiro que lhe deu atenção. Contudo, quando nosso trabalho estiver feito, Rosy terá tantos pretendentes que vai se esquecer de lorde Winston.

Ela achava mesmo que seria tão fácil assim? Geoffrey se aproximou de onde ela estava.

– A senhorita parece muito segura de si e de suas habilidades para alguém que só conhece Rosy há um dia.

– Dois dias.

Diana lançou um olhar frio para ele.

– E foi tempo suficiente para perceber que ela pode se tornar a queridinha de Londres se deixar que nós a ajudemos.

Ela estendeu a mão para mexer no relógio dele, o que o deixou estupefato.

– Porém não tenho tanta certeza quanto ao irmão dela, porque ele continua a pairar de forma alarmante sobre as damas.

Ele mal conseguiu segurar o riso. Ela era uma figura: nunca deixava que as pessoas se esquecessem das regras, enquanto ela mesma as quebrava. Ele podia não saber muito sobre o mundo dela, mas tinha quase certeza de que tocar no relógio de bolso de um homem não se encaixava nos padrões de comportamento da alta sociedade.

Preparado para o que viesse, ele se sentou na outra ponta do banco do jardim, de modo que não *pairasse* sobre ela. Com o caderno de desenho sendo o único obstáculo entre os dois, Geoffrey precisou resistir ao impulso de abri-lo. Principalmente porque ela ficava olhando nervosa para o caderno.

– O senhor pode saber construir uma ponte ou um canal, Vossa Graça, mas minhas irmãs e eu sabemos construir um debute. Se não confia em nós, por que começar isso?

A mulher estava certa. Se ele hesitasse assim a respeito de um projeto, seria expulso na mesma hora.

– Tem razão. Perdoe-me por presumir que a senhorita, e não minha irmã, estivesse errada.

Ela piscou.

– E o senhor nunca cansa de me surpreender: o grande duque pedindo desculpas.

– Não farei de novo se a sua intenção for se vangloriar disso.

Ela soltou uma gargalhada.

– O senhor está diferente hoje. Além das desculpas, claro.

Ela abriu um sorriso perturbador que fez o sangue dele ferver.

É o cabelo? Não, não é, está igual a ontem. A bengala? Não, o senhor não tem uma.

Ela coçou o queixo.

– Já sei. O seu perfume. Está usando água da rainha da Hungria, não está?

Ele a fitou desconfiado.

– Ora, inf… A senhorita sabe perfeitamente bem que não estou usando nenhuma água da rainha da Hungria, o que quer que isso seja.

E, para provar que ela não era a única que sabia ser sarcástica, ele acrescentou:

– Estou usando a mesma coisa que uso todos os dias. Talvez a senhorita conheça: se chama sabonete.

– Deve ser isso, então.

Ela abriu um sorriso pretensioso.

– Isso e o fato de o senhor estar um tanto bem-vestido para jantar em casa. Tome cuidado. Com a tempestade, pode acabar se arrependendo do traje elegante. Principalmente porque a lama pode sujar suas meias brancas.

– Tenho uma carruagem – pontuou ele. – É assim que os duques se protegem da chuva.

– O senhor deve estar a caminho de algum lugar especial para usar a carruagem.

– Se a senhorita quer saber, vou ao jantar mensal da Sociedade dos Engenheiros Civis. Sou convidado. Apesar do que possa pensar, sei me vestir para ocasiões importantes.

– Realmente sabe.

Ela ficou séria.

– Mas esse é o problema. O senhor não considera que o futuro de Rosy seja tão importante quanto suas pontes e canais. Por isso, se veste bem para ocasiões que tenham a ver com a sua carreira e não se dá o mesmo trabalho quando se trata de Rosy.

Ele riu.

– A senhorita obviamente não me conhece. Também não me visto bem para o trabalho. A alta sociedade em Newcastle-upon-Tyne é bem reduzida e, até recentemente, antes de herdar o ducado, eu não a frequentava. Nem imagino se alguém da cidade sequer sabia que meu pai era filho de um visconde. Se sabiam, não davam muita importância.

– Então, por que o senhor está tão bem-vestido hoje, para esse evento?

Para provar que a senhorita está errada sobre mim.

Ora, ele nunca lhe daria a satisfação de escutá-lo admitir aquilo. Além disso, não era o único motivo.

– Sou conselheiro na construção da eclusa de Teddington. É por isso que fui convidado para falar no jantar da Sociedade. Eu me vesti bem por respeito aos homens que vão até lá, todos renomados em suas áreas.

– Entendi.

Ela inclinou a cabeça.

– O senhor poderia me explicar o que *é* exatamente um engenheiro civil?

– Um engenheiro que é educado com seus funcionários – brincou ele.

– Estou falando sério – falou Diana com um sorriso.

Ela colocou as mãos sobre o colo e Geoffrey notou que, além de não estar de luvas, seus dedos estavam manchados de preto. De tinta? Carvão?

Ele estava prestes a perguntar quando ela disse:

– Admita, o senhor acha que sou superficial, que não faço nada de importante para o mundo, não é mesmo? Só porque não projeto pontes e perfuro canais ou o que quer que um engenheiro civil faça.

Tarde demais, ele percebeu que a insultara. Não era sua intenção. Era raro ter a chance de usar aquela brincadeira e não pensara muito antes de fazer.

– Um engenheiro civil aplica seu conhecimento do mundo para administrar o poder da natureza em benefício da humanidade. Por exemplo, o fundador da Sociedade dos Engenheiros Civis se chamava Smeaton. Ele melhorou as rodas-d'água, projetou faróis e construiu viadutos, pontes, canais e eclusas. Graças a ele, podemos usar melhor a natureza para nos servir, em vez de ficarmos à mercê dela.

O sorriso suave e grato dela causou uma satisfação nele maior do que qualquer túnel perfeitamente escavado. Foi quando percebeu que deveria responder à outra pergunta dela, antes que fossem longe demais.

– Quanto à sua suspeita de que eu a considere superficial, não é verdade. A senhora consegue transitar em um mundo de sutilezas que eu nem sequer compreendo.

– Ou prefere não compreender.

Ele assentiu.

– O seu negócio é navegar em rios *humanos*. Devo confessar que a autoconfiança de Rosy parece já ter melhorado. Só não prestei atenção a isso antes porque ela falou sobre lorde Winston. A senhorita na certa tem mais jeito do que eu para se aproximar da minha irmã. Sinceramente, não sei o que fazer para ajudá-la.

– Além do que já está fazendo, o senhor quer dizer?

– Sim. Quero que ela consiga um bom casamento, mas não sei o que isso significa para ela. Devo deixar que ela escolha o marido e arriscar que cometa o mesmo erro dos meus pais?

– Eliza disse que, segundo Rosy e sua mãe, seus pais tiveram um casamento feliz.

Um casal feliz não esconde segredos um do outro.

– Minha mãe e Rosy... só conhecem um lado da história, infelizmente.

Um brilho de interesse surgiu nos olhos de Diana e ele se detestou por falar tanto.

– E é por isso que tenho medo de confiar em Rosy para tomar a decisão certa. Casamento é, ou deveria ser, para a vida toda, afinal. Separei fundos para um dote substancial para minha irmã, mas como faço para que ela não acabe nas garras de tipos como lorde Winston?

– Não há o que fazer. Nem seria recomendável. O que o senhor pode fazer é lhe dar conselhos e oportunidades para que ela conheça outros cavalheiros, o que já está em seus planos. No final, será ela que terá que conviver com o homem que escolher.

– Que recomendação sensata para uma pessoa "superficial, que não faz nada de importante para o mundo".

Diana revirou os olhos e ele riu.

– Estou falando sério. A senhorita tem jeito com as jovens. Deve ser porque praticou com as suas irmãs. Rosy só tem a mim para praticar, e não fico tão atraente usando um vestido quanto a senhorita.

Ele bufou ao perceber que a chamara de "atraente".

– O que eu quis dizer...

– Eu entendi – falou ela, com o olhar enigmático. – Mas, infelizmente, minhas irmãs não me deixam treinar com elas mais do que o senhor deixa que Rosy pratique. E, para ser sincera, Eliza, que é a mais velha, não me causa nenhum problema. Ela faz nossa contabilidade e cuida da música dos eventos e é muito boa nas duas coisas.

Ela suspirou.

– Verity, por outro lado... Por favor, não me entenda mal. Ela faz a parte dela também: é excelente em lidar com cozinheiras de todos os tipos e preparar o cardápio de bailes, festas, o que for. E ela também é ótima em fazer decorações maravilhosas sem gastar muito. Mas, como a maioria dos artistas, ela só pensa nas próprias criações, o que significa que é comum ficar acordada até de madrugada pintando painéis ou fazendo itens decorativos em papel machê. Pelo menos a *sua* irmã segue horários normais.

– Verdade.

Geoffrey cedeu à tentação e abriu o caderno de desenhos dela.

– Fique à vontade – disse Diana, de forma travessa.

Ele a ignorou, prestando atenção aos excelentes modelos de vestidos femininos, junto com cada acessório que deveria acompanhá-los.

– Suponho que os desenhos sejam seus, não?

Ela assentiu.

– Lady Verity não é a única artista da família.

Ele continuou a folhear.

– Estão muito bem-feitos.

– Para uma mulher superficial – zombou ela.

– Gostaria que esquecêssemos essa expressão de uma vez por todas. Não combina com a senhorita.

Ele parou de folhear os desenhos.

– Por que escolheu ter um negócio em vez de gastar seu tempo com seus lápis, carvão e aquarelas? Damas bem-criadas como a senhorita não deveriam receber por seus trabalhos, certo?

– Exato. Mas, de vez em quando, algumas quebram as regras: escrevem romances, pintam porcelana, fazem algo que gere dinheiro. Assim como minhas irmãs e eu. Não queríamos ser governantas nem acompanhantes, morar sob o mesmo teto que papai era intolerável, então foi isso que escolhemos. Estou bem contente com a minha decisão.

– Mas a senhorita poderia ter encontrado um marido que apreciasse seus talentos e gostasse de vê-la praticá-los.

Lady Diana lançou um olhar gelado para ele.

– Claro. Por que não pensei nisso?

Ela balançou a cabeça.

– A esta altura, o senhor já deve saber do que aconteceu entre meus pais na época do meu debute.

Ele deveria admitir? Não via por que não.

– Minha mãe e Rosy me contaram um pouco.

Ele não estava disposto a revelar que se lembrava da fofoca nos jornais. Não tinha por que colocar o dedo da ferida.

– Elas disseram que o divórcio gerou um grande escândalo.

– E como gerou! – comentou ela, de forma sombria. – Os tabloides falaram disso por meses, as pessoas nos evitavam nos eventos sociais, e isso *quando* éramos convidadas, e ninguém nos visitava, com medo de serem excluídos da sociedade por se associarem a nós.

Ele foi tomado pela fúria.

– E é dessa sociedade que a senhorita quer que minha família e eu façamos parte?

– Não – respondeu ela, com firmeza. – Essa é a sociedade que o senhor disse que almejava para sua irmã. Se o senhor quisesse apenas um bom marido para ela, tenho certeza que conseguiria encontrar um muito respeitável entre seus colegas engenheiros, supondo que ela considere algum atraente.

Ele abriu um sorriso pesaroso.

– Duvido que ela considere. A maioria deles tem a idade da nossa mãe.

Geoffrey ficou sério. Não podia contar a ela que gostaria que o marido de Rosy tivesse um título. Porque aí teria que revelar o motivo.

– De toda forma, isso é o que *ela* quer. Ou melhor, o que ela quer agora.

– Entendo.

Será que entendia mesmo? Talvez devesse deixá-la de fora desse assunto do futuro marido de Rosy.

– Mas não estávamos falando de Rosy, e sim da senhorita. Ainda não consigo imaginar que uma mulher com os seus atributos tenha sido excluí-da da sociedade por muito tempo. De fato, deve haver algo de errado com os cavalheiros da nobreza se eles não conseguem deixar um escândalo no passado e ver quanto a senhorita é adequada para o casamento.

Ela soltou uma gargalhada amarga.

– O senhor deve estar brincando. Quando ficou sabendo que tínhamos um título, quase desistiu de nos contratar. E o que o senhor sabe sobre os meus "atributos", afinal? Ainda nem viu o que sou capaz de conseguir para a sua irmã.

– Já vi o suficiente para saber que a senhorita tem talento como artista. Engenheiros notam essas coisas. Desenhos são parte do que fazemos.

Ele apontou para as mãos dela sobre o colo.

– E também já vi o suficiente para saber que a senhorita é o epítome da elegância. O certo seria que houvesse cavalheiros do seu nível batendo à sua porta.

– Meu nível?

Ela soou irritada.

– Caso não tenha notado, o *senhor* é considerado do meu nível agora.

– Só na superfície. Ambos sabemos que, sem contar o título, não estou nem perto do seu nível.

– Ninguém é do meu nível – esbravejou ela. – Por isso não me casei.

Ah, agora estavam chegando ao cerne da questão. Ele queria saber o motivo e, ao mesmo tempo, não queria, porque isso significava que ele se importava com a resposta.

– Como pode uma coisa dessas?

Ela corou.

– Eu não deveria ter dito isso.

– Mas disse.

Ele contornou com o dedo uma mulher desenhada em um elegante vestido no papel. Assim, evitava olhar para o rosto de Diana e assustá-la antes que pudesse responder.

– Não vou julgar – prometeu. – Apenas me diga.

Ela fitou outro ponto, firme e pensativa.

– A verdade é que temo não ser do tipo para casar. Prefiro muito mais desenhar ou trabalhar com tecidos ou até ler um livro a me prender a um homem.

– Por que a senhorita teria que escolher? Poderia se prender a um homem e ainda fazer todas essas coisas.

– Talvez com o homem certo. Mas essa não é a única razão. Eu… acho que sou muito… fria para o casamento, se é que isso faz sentido. Não consigo me ver gostando tanto de um homem a ponto de abrir mão de tudo por ele. Como minha mãe fez ao fugir com o amante. E se não existir esse impulso, qual o sentido? Com a Ocasiões Especiais, minhas irmãs e eu conseguimos mais do que o suficiente para atender às nossas necessidades financeiras e Eliza e Verity me fazem companhia.

Diana estendeu a mão para pegar o caderno de desenho, um gesto que indicava sua intenção de encerrar a conversa. Geoffrey, então, se inclinou para fechá-lo, mas acabou derrubando-o no chão e fazendo com que alguns desenhos soltos se espalhassem.

– Desculpe – murmurou.

Ele começou a pegar as folhas espalhadas. Foi quando percebeu o que estava desenhado nelas.

Ele congelou, hipnotizado pelas imagens feitas a carvão das charnecas tomadas pelos ventos e de uma floresta margeada por um rio.

– Por acaso é Exmoor?

– É sim.

Ela pareceu surpresa.

– Já esteve lá?

Ele assentiu, juntou os desenhos no colo e passou a folheá-los.

– Fiquei na hospedaria Simonsbath enquanto avaliava um projeto. Andei bastante por lá.

– Eu nasci perto de Simonsbath – informou ela. – É onde fica a propriedade do meu pai, Exmoor Court.

– Ah. Isso explica por que esses desenhos são tão evocativos. A senhorita deve ter gastado um bom tempo para fazê-los. É uma artista e tanto.

– Obrigada. Parafraseando a sua definição de engenharia civil: gosto de usar meu "conhecimento do mundo" para retratar "o poder da natureza" para deleite da humanidade.

– Isso é inegável.

Então ele chegou a uma imagem que não era de Exmoor. E que parecia retratar a tempestade que vinha se formando acima deles. Será que ela estava fazendo aquele desenho no momento em que ele tinha sido anunciado? De alguma forma, ela conseguira capturar o movimento das árvores e as nuvens negras que se assomavam a distância. Era como se ele conseguisse até escutar o estrondo no céu, embora nenhum trovão tivesse estourado ainda.

Ou, pelo menos, não houvera nenhum estrondo além do causado pelo sangue que rugia em suas veias. Ele levantou o olhar para fitá-la.

– A mulher que desenhou isso com tanto fervor não é nem um pouco "fria".

Ela estava com uma expressão vulnerável que ele ainda não vira nela, e as nuvens que se juntavam no céu ameaçando chuva o motivaram a fazer o que tivera vontade desde que a conhecera, no dia anterior. Estendeu o braço para tocar o queixo dela, então abaixou a cabeça e fez seus lábios se encontrarem.

Foi um impulso imprudente que ele não conseguiu controlar. E, como Diana não protestou nem o empurrou, ele se permitiu aproveitar aquela vitória, tomando os lábios dela com mais ousadia.

Sua boca era a tentação que ele imaginara: macia e doce, maravilhosa. E Diana tinha cheiro de morango, a fruta preferida dele. Ela colocou a mão no rosto de Geoffrey e ele a segurou pela nuca. Mechas ruivas se entremearam a seus dedos. Foi quando ele se perdeu, envolto no deleite de tocar aquela pele delicada e os cabelos sedosos, de provar nos lábios dela o chá adoçado com mel e de sentir a respiração quente dos dois se misturarem. Era o mais delicioso dos prazeres e, ao mesmo tempo, não chegava nem perto de ser suficiente.

Então ele a puxou para mais perto e mergulhou a língua em sua boca.

CAPÍTULO CINCO

Se qualquer outro homem beijasse Diana daquela forma, ela teria lhe dado um tapa. Mas nenhum homem jamais tivera tamanho atrevimento – o que, por si só, já a deixava tentada a permitir o beijo. A língua de Grenwood mergulhou devagar na sua boca, com investidas firmes que derrubavam suas inibições. O coração dela batia acelerado e seu sangue pulsava nos ouvidos e nos lugares em que ela se tocara na noite anterior.

Então isso é paixão. Diana nunca poderia imaginar que fosse tão... abrangente, que tomasse conta de seu corpo como... como...

Sua mente estava vazia. Não tinha palavras para descrever aquilo.

Ele fez uma pausa e Diana achou que ele fosse parar. Não queria que parasse, então segurou a cabeça dele para que continuasse. Com um gemido, ele voltou a beijá-la. E ela se deliciou. O cabelo dele era tão espesso e macio... Diana ousou despenteá-lo, como vinha querendo fazer. Depois, deixou as mãos descerem e descansarem naqueles ombros largos, onde claramente não havia ombreiras.

Deus, ele era um Adônis musculoso, não?

Geoffrey parou de beijar sua boca, apenas para começar uma trilha de beijos que ia da bochecha à orelha dela.

– É melhor pararmos – sussurrou ele, de modo pouco convincente.

– Sim – respondeu ela, da mesma forma.

Os beijos desceram pelo queixo dela e pelo pescoço, incendiando-a, principalmente quando ele a pegou pela cintura e a puxou para mais perto. Pareceu natural ter a mão dele ali, sentir seus beijos no pescoço, no lugar em que o pulso batia com tanta força...

A chuva começou a cair e gotas pesadas os atingiram. Ela se afastou.

– Ah, não, suas roupas elegantes vão ficar ensopadas!

– Acho que agora é tarde demais para evitar.

Ele, porém, se recompôs rapidamente e enfiou o caderno de desenho dela dentro do casaco, então agarrou a mão dela e a puxou para dentro de casa. Assim que entraram na sala, ele olhou em volta, como se quisesse se certificar de que não havia ninguém ali. Àquela hora, a sala estava escura, exceto pelo fogo na lareira, que crepitava e lançava fagulhas como se quisesse competir com a tempestade. As nuvens escuras bloqueavam a luz que entraria pelas janelas.

O efeito entorpecente dos beijos começava a passar, e o bom senso de Diana, a voltar. Ela deveria romper o silêncio para evitar que ele tentasse algo mais. Só que não queria evitar. O que piorava tudo.

Geoffrey tirou o caderno de desenho de dentro do casaco e o estendeu para Diana. As mãos deles se roçaram sem querer e ele puxou o braço depressa, como se tivesse se queimado. Diana não sabia se deveria ficar insultada por ele se arrepender de tê-la tocado antes ou se era para ficar satisfeita por provocar uma reação tão forte nele.

O duque passou os dedos pelos cabelos pretos, fazendo com que ficassem ainda mais desordenados do que a chuva e o vento os deixaram. Diana precisou de muita força de vontade para resistir ao impulso de esticar a mão e endireitar as mechas rebeldes.

– Lady Diana, eu não tinha a intenção de…

– Pode me chamar de Diana – disse ela, baixinho. – É como sua irmã me chama.

Em vez de deixá-lo à vontade, isso fez com que ficasse ainda mais tenso.

– Eu não pretendia… digo… não quero que a senhorita ache que eu…

– Tudo bem.

Diana não sabia o que ele diria, mas duvidava que fosse algo bom.

Geoffrey respirou fundo e olhou dentro dos olhos dela.

– Não costumo me aproveitar de pessoas que trabalham para mim – desculpou-se. – Posso não ter bons modos, mas sou um cavalheiro honrado, não um canalha.

– Não o considero um canalha.

Ela o fitou com cuidado.

– E o senhor não se aproveitou de ninguém. Eu também participei, de boa vontade. Além disso, nossa relação me parece mais de igual para igual do que de empregado e empregador.

– Verdade.

Ele ainda parecia pouco à vontade, porém.

– Mesmo assim, peço desculpas e garanto que isso nunca mais vai acontecer.

Que pena.

Não, ela não ousaria dizer isso em voz alta. Queria perguntar por que nunca mais aconteceria, mas se lembrou de outros homens que roubaram beijos dela e depois viraram polvos sempre que a encontravam sozinha, então achou prudente não perguntar. Era melhor deixar tudo como estava e manter a parceria profissional.

– Claro. Não seria adequado.

– Exatamente.

Ela não conteve um sorrisinho.

– Embora pareça estranho que seja o *senhor* a estar preocupado com a adequação.

Ele pareceu focar nos lábios dela por um instante. Então ficou rígido.

– Preciso ir ou chegarei atrasado ao jantar. Não precisa me acompanhar até a porta.

Quando ele se virou e praticamente saiu correndo, ela se sentiu desolada e confusa. O beijo tinha sido *tão ruim* para ele? Para ela, com certeza não fora ruim. Tinha abalado todas as suas suposições sobre a vida de casada.

Uma voz veio da poltrona atrás dela.

– Qual foi a coisa terrível que o nosso duque ogro fez?

Diana deu um pulo.

– Eliza! Você me assustou! Estava aí o tempo todo?

Eliza se levantou e foi até a irmã.

– Não me viu entrar na sala agora?

Diana franziu a testa, então Eliza riu e acrescentou:

– Claro que eu estava aqui o tempo todo. Mas não quis interromper uma cena tão interessante.

Ela chegou mais perto e Diana viu que a mais velha segurava uma revista.

– Eu cochilei enquanto lia um artigo que Sua Graça escreveu sobre pontes esconsas. Muito chato. Embora, pelo que vi, ele realmente goste de pontes.

– E canais e túneis e obras públicas em geral, ao que parece. Eu não fazia ideia de que havia tantos homens trabalhando com essas questões. Você sabia que ele vai discursar na Sociedade de Engenheiros Civis esta noite? Ele precisou me explicar o que um engenheiro civil faz.

Eliza abriu a boca para falar algo, mas Diana continuou:

– E não, não é ser um engenheiro educado com as pessoas.

A risada de Eliza fez com que Diana parasse de tagarelar, graças a Deus. Diana não era de falar daquela forma desenfreada. Mas nunca tinha beijado um duque na chuva, nem enfiado os dedos em seu cabelo, nem sentido aqueles impulsos que ainda a deixavam corada.

– Então, o que ele *fez* de tão terrível?

A voz de Eliza ficou mais dura.

– Vim para cá assim que soube que ele tinha exigido vê-la e que estava de mau humor. Estava pronta para me juntar a você para lhe dar apoio moral, mas, quando olhei lá para fora, tive a impressão de que tudo estava sob controle. Aí, sentei-me com a revista para esperar e acabei cochilando... até que sua voz me acordou.

– Você estava me espionando? – perguntou Diana, envergonhada com a possibilidade de Eliza ter visto toda a cena.

– Fui sua "acompanhante", minha querida. Sei que raramente exerço esse papel, pois você me dá poucas chances para isso. Então, pela última vez, que coisa terrível...

– Ele não me fez nada.

Eliza olhou para a irmã com mais atenção.

– Então, por que ele se desculpou?

– Porque achou que tivesse feito.

Diana fingiu endireitar os punhos do vestido. Como Eliza podia fazer com que ela se sentisse de novo com 5 anos, desculpando-se por alguma infração da qual nem se arrependia?

– Então expliquei que ele não tinha feito nada errado.

– Hum. Você me diria se ele tivesse feito?

Diana a encarou horrorizada.

– Claro que sim! Mas ele não fez. Então não há motivo para toda essa preocupação.

Ela até poderia ter contado para Eliza sobre o beijo se Grenwood não tivesse deixado claro que considerara aquilo algo impulsivo e de que se arrependera na mesma hora. Embora esse ponto de vista doesse, Diana deveria seguir por esse caminho também. Por mais que quisesse saboreá-lo, precisava se guiar pelo comportamento *dele*.

Afinal de contas, Grenwood com certeza voltaria a seu jeitão grosseiro, ainda mais depois que os cavalheiros da Sociedade de Engenheiros Civis o cobrissem de elogios. E, se o envolvimento de Diana com ele não levasse a nada além de cordialidade, ela odiaria ter revelado às irmãs os detalhes do momento íntimo deles no jardim.

E se ele *começasse* a se comportar de forma diferente em relação a ela? Se ele se aproximasse e tentasse beijá-la de novo?

Ela ignorou o arrepio repentino. Aquela era uma ponte que teria que cruzar quando chegasse lá. *Se* chegasse. Porque não havia nenhuma certeza.

Se não fosse pela chuva e por suas "roupas elegantes", Geoffrey teria ido a pé para seu jantar. Precisava espairecer, lembrar a si mesmo de todas as razões pelas quais não deveria se envolver com lady Desdém... não, *Diana*. Ele bufou.

Lady Desdém tinha virado pó enquanto ele beijava Diana até perder os sentidos. A mulher vinha provando ser mais do que ele esperara. Aquela boca – Deus do céu! – tão quente e úmida. E a pele macia e os lindos olhos... O que faria com ela? Ele a desejava em seus braços, em sua cama. Claro que isso estava fora de questão, mas não mudava o fato de que a desejava. E por que não conseguia parar de pensar naquele beijo incrível?

Ainda não acreditava que a beijara. Ainda não acreditava que ela permitira aquele beijo. Não tinha dúvida de que ela daria uma bronca nele assim que se recompusesse do susto. Quando essa hora chegasse, porém, ele teria a calma de repetir que se desculpara e que a questão estava encerrada. Então, ele iria rezar para que seu poderoso título e sua disposição em pagar os preços exorbitantes da empresa dela fossem suficientes para convencê-la a não o atirar longe.

A carruagem dele parou na frente da taverna em que a Sociedade de Engenheiros Civis se reunia. Geoffrey nunca tinha ficado tão feliz em chegar a um lugar. Agora poderia tirar Diana da cabeça. De uma vez por todas se tivesse sorte.

Três horas depois, no entanto, após um jantar elegante com cerveja de boa qualidade, ele estava de volta à carruagem e pensando de novo em lady Deleite. Não, lady Desdém. Não, *Diana*. A mulher que ele teria que começar a evitar, porque nem mesmo um longo jantar com os homens mais fascinantes que ele conhecia tinha conseguido arrancá-la de sua cabeça.

Pior ainda, quando chegou à Casa Grenwood, descobriu que a mãe e a irmã esperavam por ele.

– Geoffrey! – chamou a mãe da porta da sala de estar antes mesmo que o criado pudesse pegar o sobretudo dele. – Quanto tempo esses jantares com engenheiros duram?

Ele entregou o sobretudo ao empregado.

– O necessário para discutirmos os avanços da engenharia no último mês. Ou nos últimos cinco. Posso garantir que só falamos de trabalho.

Ela se aproximou para dar um beijo no rosto dele, então se afastou, cética.

– Você andou bebendo.

– Só uma ou duas cervejas, nada mais do que costumo beber no jantar. Não se preocupe, mãe, ainda não estou me tornando o papai.

– Espero que não. Foi a bebida que o matou.

A bebida e o láudano. Mas a mãe não sabia que o pai usava essa substância, e Geoffrey não pretendia revelar para ela.

A mulher apertou a mão do filho.

– Apesar dos… lapsos dele, espero que saiba que ele tinha muito orgulho de você. Quando estava ébrio, ficava se vangloriando das suas inovações para quem quisesse ouvir.

Aqueles comentários pareceram facadas.

– Que era o melhor jeito de fazer isso, concorda?

– Só porque ele não costumava fazer perto de você, não significa que não fizesse, filho.

A afirmação dela o deixou confuso. Nunca achara que o pai soubesse o tipo de trabalho que ele fazia na Stockdon & Filhos ou quando passava meses longe para supervisionar as obras de um canal ou túnel.

Porém ele disfarçou sua estupefação enquanto entrava na sala de estar com ela. Naquele momento, precisava conversar com os vivos, não com os mortos, pelo menos para assegurar à mãe e a Rosy que tudo estava bem. Rosy vinha se preocupando com ele desde a morte do pai.

Contudo, por mais estranho que pudesse parecer, não foi alívio que ele viu no rosto da irmã ao adentrar a sala com a mãe. Foi cautela. Isso fez com que ele parasse.

– O que aconteceu? – perguntou Rosy.

Parecia magoada.

– Por onde andou esse tempo todo? Você dispensou a Ocasiões Especiais?

Aquilo o pegou de surpresa.

– *Queria* que eu as dispensasse?

– Não!

Ela passou os braços ao redor de si mesma.

– É que você passou tanto tempo fora e… quando saiu, disse que ia lá, então fiquei com medo…

Ele abriu um sorriso ao se aproximar dela.

– Com certeza conhece bem seu irmão para saber que não seria assim, bonequinha. Até posso esbravejar e sair pisando firme, mas, quando me acalmo, volto a ser razoável.

O rosto dela se iluminou.

– Então, *não* foi lá?

– Fui. Mas lady Diana e eu conversamos e resolvemos a questão.

Ele tocou embaixo do queixo da irmã.

– Ela me contou o que *mais* lhe disse, a parte que você não mencionou.

Rosy engoliu em seco.

– Eu… eu não sei do que está falando.

A jovem se virou de costas para ele e foi atiçar o fogo que já estava ardente. Ele foi atrás dela e tirou o atiçador de sua mão, colocando-o no devido lugar.

– Ela confirmou que lorde Winston tem reputação de libertino – falou Geoffrey.

Rosy o encarou com uma expressão desafiadora.

– Um homem não pode mudar?

– Todo mundo pode mudar, meu anjo. O que não quer dizer que mude.

Ela cruzou os braços.

– Você está mudando. Ontem, teria se recusado a continuar trabalhando com Diana ao saber o que ela me disse. Hoje, foi mais tolerante.

Hoje, ele beijara a mulher, o que dava uma nova cor às suas percepções. Não que fosse contar isso à irmã. Logo, ela começaria a cantar a "Marcha nupcial" para ele.

– Lady Diana foi sincera comigo, diferente da minha irmãzinha. Então, estou disposto a assumir o risco em contratá-la. Para ver o que acontece.

– Ah, estou tão feliz!

Ela abriu um lindo sorriso para ele, que fez com que tudo ficasse melhor.

– Eu tinha certeza de que ia dispensá-las. E elas têm sido tão maravilhosas comigo que eu não suportaria.

Então, ela e a mãe começaram a contar cada detalhe do que tinham feito com as damas da Ocasiões Especiais naquele dia. Geoffrey foi obrigado a ver um desfile dos manequins delas e a ouvir tudo sobre os vestidos que encomendaram. Por Deus, onde ele se metera?

Em determinado momento, ele olhou furtivamente para o relógio de bolso. Só que não foi furtivo o suficiente, porque a mãe perguntou, com a sobrancelha levantada:

– Está entediado, filho?

– Claro que não – respondeu ele. – Ver vocês quatro mostrando seus vestidos é fascinante.

– Nós quatro? – indagou Rosy.

– Você, a mamãe e essas duas bonecas.

Ela riu, e ele relaxou. Quando ela gargalhava, era porque estava bem.

Quando Rosy e á mãe perguntaram o que ele tinha encomendado no alfaiate, porém, ele já considerava ter falado o suficiente sobre tecidos e cores para uma noite.

– Logo vocês verão – limitou-se a dizer.

Ele se levantou.

– Agora, peço licença, mas vou para cama.

E, se tivesse um pouco de sorte, conseguiria pegar no sono sem pensar na mulher linda que ficava se intrometendo em seus pensamentos.

Sem dúvida, teria que encontrar algum outro lugar para ficar nos próximos dias.

CAPÍTULO SEIS

Ao longo das três semanas que passou planejando e preparando o primeiro evento de Rosy como lady Rosabel – Diana se recusava a contar o concerto desastroso a que a pobrezinha fora –, Diana tivera esperança de encontrar o duque algumas vezes. Para seu desgosto, não importava quanto tempo passasse com a irmã dele na Casa Grenwood, ela não o viu uma vez sequer, nem de longe.

Todavia, ele mantinha contato com suas irmãs. Elas o ajudavam a se preparar para o que também seria a apresentação *dele* como duque. De alguma forma, ele conseguira que o conde de Foxstead o apadrinhasse. Ao que parecia, lorde Foxstead era investidor de um dos projetos de Grenwood. Mas o duque não dissera nada para ela sobre isso ou sobre qualquer outro assunto.

Era difícil ignorar a verdade: ele a estava evitando. Conforme isso foi ficando mais claro, Diana começou a sentir um embrulho no estômago muito parecido com o que sentira no primeiro baile depois que a notícia da fuga da mãe se espalhara. Todos a evitaram como se ela não tivesse tomado banho ou não estivesse vestida corretamente. Agora ele fazia o mesmo.

Grenwood a beijara, e ela não se mostrara à altura. Qual outra explicação poderia haver?

Naquela manhã, ela, Rosy e a Sra. Ludgate estavam no quarto da jovem. A Sra. Ludgate fazia uma prega aqui, cortava um fio ali, transformando um vestido bonito em um formidável.

Enquanto isso, Diana dava os toques finais no traje da futura debutante. Aquele seria o grande evento de Rosy: sua apresentação, seguida de um jantar íntimo. Mas, devido às peculiaridades das vestimentas que estavam em voga na corte, o foco delas era o vestido que Rosy usaria no jantar, feito de seda verde-bronze, ajustado de forma artística embaixo dos seios e com bordados na barra. O tom escuro de verde com nuances azuis destacava os belos olhos cor de esmeralda de Rosy. Contas brancas enfeitavam o decote, assim como as lindas mangas curtas.

– Está pronto – anunciou a Sra. Ludgate, dando um passo para trás.

– O que acha, Diana? – perguntou Rosy e girou devagar para mostrar.

– Achei esplêndido, não acha? – respondeu Diana.

Então se virou para a modista.

– A senhora se superou. O vestido fez Rosy ficar ainda mais linda.

A Sra. Ludgate murmurou um agradecimento, e Rosy ficou vermelha.

– Tenho certeza que não estou linda, mas estou pelo menos bonita com este vestido? Estou tão ansiosa para hoje à noite que nem me olhei no espelho.

– Bem, deveria fazer isso agora mesmo.

Diana virou Rosy para que a jovem se visse no espelho e esperou sua reação.

Rosy ficou boquiaberta com o próprio reflexo.

– Essa sou *eu* mesma? Eu… pareço uma princesa.

– De fato. Uma princesa pronta para conquistar muitos admiradores. Ainda mais depois que Eliza finalizar seu cabelo hoje à noite.

Diana chamou a irmã, que estava do outro lado do quarto, costurando algo.

– Eliza, o ornamento vai ficar pronto a tempo para o jantar, *não vai*?

– Vai, sim – respondeu Eliza, sem tirar os olhos do longo tubo de tecido que enfeitava com fileiras de contas. – Quer dizer, se as pessoas pararem de me interromper.

– Não vai sobrar tempo para terminá-lo depois que você sair para se encontrar com a rainha – lembrou Diana.

– Eu sei – falou Eliza, um pouco contrariada.

Todas estavam ficando cada mais irritáveis conforme se aproximava a hora de Rosy encontrar a monarca, e essa irritabilidade era difícil de esconder.

Verity apareceu à porta.

– Rosy está apresentável para receber um cavalheiro?

– Depende do cavalheiro – respondeu Diana. – O cabelo dela ainda está solto.

– Ah, acredito que o irmão já a tenha visto assim uma ou duas vezes – comentou Verity com uma gargalhada.

Então ela puxou o duque para dentro do quarto e Diana perdeu a capacidade de falar. Ele usava um casaco num tom diferente de azul – índigo, uma cor que não estava na moda, mas que combinava com ele. Com o colete de seda cor de creme, gravata de linho e calça de bom corte colocada para dentro de botas bem engraxadas, ficara particularmente delicioso.

Além de pouco à vontade por estar em um quarto com tantas mulheres. E ela. Ele evitou seu olhar, o que deixou claro para Diana o que ele sentia.

Ela tivera esperança de que o beijo deles significasse que ainda havia alguma possibilidade de casamento para ela – não necessariamente com ele, mas pelo menos com alguém. Mas era óbvio que ela dera importância demais ao que, para ele, fora apenas um capricho. E, se não conseguia seduzir aquele duque pouco sofisticado a ponto de fazê-lo repetir uma imprudência, ela nunca mais encontraria outro sujeito capaz de ignorar o escândalo e *cortejá-la*.

Talvez fosse bom mesmo que ela não nutrisse esperanças de se casar. Engoliu as lágrimas que fechavam sua garganta. Não deveria se portar como uma tola, muito menos diante de um cliente. Era mais esperta do que isso. E era orgulhosa demais para deixar que ele pensasse que ela estava atrás dele ou algo parecido.

– Lady Verity – disse ele, dando uma olhada rápida em Diana. – Não quero me intrometer…

– Geoffrey! – gritou Rosy. – Você precisa entrar para ver como estou.

Ele se aproximou com os olhos fixos na irmã. A reação dele ao ver Rosy foi tudo o que Diana podia esperar.

– Meu Deus, Rosabel – exclamou ele, com surpresa na voz. – Você parece um anjo. Um anjo de verdade, daqueles do céu.

– Eu sei! Não é maravilhoso?

Ela girou para ele.

– Lady Diana desenhou o vestido e a Sra. Ludgate o fez. Sra. Ludgate, venha conhecer meu irmão.

A costureira pareceu estupefata por ser apresentada a um duque pela irmã dele, mas controlou depressa a própria reação e deixou que Rosy prosseguisse. Para mérito de Grenwood, ele foi mais cordial com a modista do que fora com Diana ao se conhecerem. Ao vê-los, ninguém diria que a Sra. Ludgate estava muito abaixo do duque na hierarquia social e Diana ficou agradecida. Adorava o trabalho dela.

Então, Grenwood se aproximou para perguntar para Diana em um tom de voz baixo:

– E as joias?

Surpresa por ele estar falando com ela após três semanas de silêncio, ela respondeu:

– Estamos tentando dar um jeito com o que temos. Suponho que o senhor não tenha herdado nenhuma joia da família Brookhouse, já que nem sua mãe nem sua irmã encontraram nenhuma na casa. E o senhor não estava por perto para esclarecer. Então, temos alguns colares bonitos para ela usar. E minhas irmãs e eu temos a intenção de emprestar...

– Esmeraldas ficariam bem? – perguntou ele, pegando Diana totalmente desprevenida.

– Por quê? O senhor tem esmeraldas no bolso?

Ele riu da piada dela, embora não sorrisse para *ela*, e Diana respondeu:

– Sim, esmeraldas ficariam perfeitas com o vestido do jantar. Mas elas são muito caras, como o senhor deve saber. E, para ser franca, estou mais preocupada com os diamantes e pérolas que esperam que as mulheres usem diante da rainha.

– Sempre?

– Não. Só no palácio de St. James, no dia em que a rainha dá sua bênção a jovens damas e a novos duques como o senhor.

– Isso não faz o menor sentido – comentou ele, com os olhos ainda fixos na irmã.

Ao que parecia, ele faria de tudo para evitar olhar para Diana.

– O que não faz sentido é o vestido todo branco que Rosy vai ter que usar, que parece um monte gigantesco de chantilly com um corpete elegante colocado por cima, como se tivesse sido uma ideia de última hora. Acrescente uma cauda e uma tiara com várias penas altas e a imagem da ostentação estará completa.

– Entendi – disse ele, deixando claro que não tinha entendido nada.

– Ah, quase me esqueci do que estávamos discutindo. As joias. Espera-se que as jovens damas usem o máximo de diamantes e pérolas possível. De preferência, conjuntos de diamante, claro...

– Claro – disse ele, com sarcasmo.

– Não temos nenhum conjunto, mas emprestei para Rosy a tiara de diamante da minha apresentação – explicou ela –, que tem as penas no topo. Mas tivemos que substituir algumas das penas de avestruz porque já estavam gastas e tortas depois de sete anos e três debutes. Passaram de Eliza para mim, depois para Verity.

Pare de tagarelar, Diana!

Ela respirou fundo.

– Pegamos os nossos brincos de diamante e pérolas, mas não temos colares e broches, então teremos que improvisar... qualquer coisa que brilhe, porque acho que essa é a questão. Ah, e Eliza vai emprestar a Rosy algumas das joias que seu falecido marido deu a ela.

– Meu Deus, a senhorita deveria ter falado comigo sobre isso antes.

– O senhor não tem andado por aqui, lembra? – disse ela, com o tom de voz frio. – E sua irmã e sua mãe não quiseram aborrecê-lo para falar de joias porque o senhor nem estava tão certo de que Rosy precisava de vestidos novos quando conversou comigo três semanas atrás.

O rosto dele ficou vermelho.

– A senhorita tem razão. E eu deveria ter falado sobre isso antes. Quando o testamento foi lido, uns meses atrás, o advogado do ducado me mostrou as joias Brookhouse que ele mantinha em um cofre. Eu já planejava trazê-las para cá de qualquer forma, então, quando for ao escritório dele assinar alguns documentos daqui a pouco, vou pegá-las. Tenho certeza absoluta de que tem um conjunto de esmeraldas que Rosy pode usar para o jantar e desconfio que haja algumas outras peças que possam ser utilizadas.

– Isso seria maravilhoso – disse Diana. – Obrigada.

– Não me agradeça ainda.

Ele abriu um sorrisinho e, dessa vez, seu olhar encontrou o dela.

– A senhorita terá que escolher quais são adequadas para quais vestidos.

– Que provação! – disse ela. – Vou ser obrigada a brincar de combinar vestidos com joias que provavelmente são espetaculares.

Ela fingiu estar aflita. Chegou a pôr as costas da mão na testa.

– Mas hei de conseguir.

Ele riu.

– Fico feliz por fazê-la rir.

Ele meneou a cabeça em direção a Rosy.

– E fico muito feliz que a senhorita esteja cuidando do traje dela. Ela me disse que tem que usar uma saia com armação. Não vejo uma mulher usar esse tipo de saia desde que eu era rapaz e definitivamente nem faria ideia de onde comprar uma.

– São essas armações que fazem os vestidos parecerem um monte de chantilly.

– Eu gosto de chantilly – comentou ele em tom de brincadeira, embora seu olhar fixo nela tivesse ficado mais intenso.

– Ah, mas o senhor não pode comer esses vestidos.

– Que pena.

Ele fixou o olhar nos lábios dela.

– Não tomei café da manhã e estou um tanto... faminto.

Como ele conseguia fazer com que cada comentário soasse como uma carícia? E por que estava flertando com ela de novo como se nada tivesse mudado entre eles?

Assim que ela pensou naquilo, ele pareceu se recompor, pois voltou a olhar para a irmã, que agora conversava com Verity.

– A senhorita a transformou. Eu me atrevo a dizer que, quando prenderem o cabelo, não vou reconhecê-la.

– É melhor que reconheça. O senhor vai acompanhá-la hoje. Sem mencionar que também será a sua apresentação. Ou já se esqueceu?

– Estou lembrado.

– O traje para os homens é bem específico.

– Estou ciente. Rosy repetiu diversas vezes. Peruca branca. Calças curtas. Casaco antiquado. Sapatos com fivela.

– O senhor tem certeza de que não vai ficar preso no escritório do advogado e se esquecer de voltar a tempo para se arrumar?

Ele ergueu uma sobrancelha e encontrou seu olhar.

– Por quê? A senhorita planeja me vestir?

Ela sentiu o calor subir pelo rosto. De novo, ele estava flertando. Ela poderia corresponder ao flerte.

– Farei isso se precisar.

Algo se passou entre eles que deixou o ar eletrificado. Ela não conseguiu respirar. O coração acelerou. Podia jurar que ele também sentiu.

Ele se inclinou para sussurrar:

– Fique à vontade para me vestir quando quiser, Diana.

Então ele se endireitou e pareceu perceber que estavam em público... embora ninguém prestasse atenção.

– Pode não ter percebido – continuou ele –, mas tenho um relógio, que me ajuda a ser pontual. Estarei aqui na hora necessária, posso garantir.

Ela se forçou a respirar. Depois mais uma vez. E outra. Só então conseguiu se recompor.

– O senhor tem um bicorne?

– O que é isso?

– Talvez possamos conseguir um com... – começou a sugerir ela, de repente em pânico.

Ele riu.

– Eu sei que é um chapéu de dois bicos. Por Deus, a senhorita deve realmente achar que sou muito inexperiente. Meu novo alfaiate me encaminhou para o único chapeleiro que ele aprova. E o sapateiro e o luveiro. Mas já tinha um modelo desses. Usei-o no jantar da Sociedade de Engenheiros Civis. A senhorita só não viu porque seu criado o pegou quando cheguei à casa da sua irmã.

Ela relaxou um pouco.

– Então o senhor sabe também que tem que portar uma espada.

– Planejo nomear vários bons homens como cavaleiros do reino.

– Estou falando sério. O senhor precisa carregar uma espada. É uma exigência.

Ele a fitou com ceticismo, então chamou Eliza.

– Preciso de uma espada para a apresentação à rainha?

– Sim, não pode ser grande, mas precisa ser uma espada de verdade. Uma espada cerimonial serve.

– As senhoritas podem ficar surpresas, mas nunca estive em uma situação em que uma espada cerimonial fosse apropriada.

Ele balançou a cabeça.

– Por que, me digam, eu preciso de uma? Para o caso de precisar defender a honra de Rosy no jardim?

– É a rainha quem dita essas regras – explicou Diana. – Mas não sei a razão por trás das espadas.

Ela abriu um sorriso travesso para ele.

– Lembre-se de perguntar a ela quando estiver lá. Eu não me atreveria a perguntar, mas o senhor é um duque... pode escapar sem punição.

– Não tenho a menor intenção de conversar com a rainha além do necessário à apresentação. Se a *senhorita* desaprova a forma como eu praguejo, só Deus sabe como Sua Nobre Majestade reagiria.

Enquanto Diana tentava não rir, ele se encaminhou para a porta.

– Mas vou resolver esse problema da espada agora mesmo.

Ah, não, aquilo não soou bem. Ela correu atrás dele, imaginando o que ele queria dizer. Mas foi tarde demais. Ele já falava com seu criado particular.

O criado? O que ele poderia esperar que o criado fizesse?

– Diga-me, Webb – falou Grenwood –, seu antigo patrão tinha uma espada para usar na corte?

Webb o fitou com os olhos arregalados.

– Na... na corte, Vossa Graça?

Diana suspirou.

– Ele quer dizer uma espada para usar quando for ao palácio. Como para a apresentação de lady Rosabel esta tarde. E a apresentação dele.

– Ahhhh! – exclamou Webb. – Sim, Vossa Graça, acredito que seu antecessor tinha esse item. Vou procurar agora mesmo.

– A tempo de ele usar esta tarde? – perguntou Diana.

– Sim, senhora – disse ele. – Vou me certificar disso.

O criado saiu depressa, reunindo outros serviçais para procurarem pela espada.

Grenwood a encarou de forma presunçosa.

– Pronto. Problema resolvido.

– *Se* eles a encontrarem a tempo. O que não é nem um pouco garantido.

– Diana, acalme-se – disse ele, baixinho. – Estou vendo que está preocupada com esta tarde e hoje à noite.

Surpresa por ele ser capaz de perceber, ela falou a verdade.

– Claro que estou preocupada. Se algo sair errado nesses dois eventos, isso pode destruir a confiança de Rosy. Ela vai se culpar. E nós trabalhamos tanto para que ela tivesse mais autoconfiança!

Não deveria ter dito isso. Uma das regras principais da empresa era não confessarem os próprios medos e fraquezas para um cliente.

– Admita – disse ele. – Não é só isso que a preocupa. Também está preocupada com a possibilidade de eu não seguir as regras. Prometo que não vou envergonhá-la. Terei bons modos.

– Isso não me tranquiliza.

– Felizmente, a senhorita vai poder me manter na linha.

– Não entendi.

– A senhorita não vai nos acompanhar na apresentação? Rosy disse que iria.

– Não posso. Não sou casada.

– Nem ela.

Ela levou as mãos à cintura.

– Eu não vou ser apresentada à rainha. Depois que uma mulher é apresentada, ela só pode ir a esse tipo de cerimônia no Palácio de St. James depois que se casar. Mas o senhor não precisa se preocupar. Eliza, a única de nós três que pode acompanhar Rosy, vai garantir que tudo corra bem. Normalmente, sua mãe faria esse papel, mas ela não pode porque tem que ser alguém que tenha sido apresentado à rainha. E ela disse que nunca mais veio a Londres depois que conheceu seu pai em Newcastle.

– Isso é complicado como o inf... *demais*. Se a senhorita não vai acompanhar Rosy, por que ela disse que iria conosco?

Diana vinha aguardando o melhor momento para contar a ele. Sendo o melhor ou não, teria que ser naquele instante.

– Rosy me convenceu a pelo menos ir na primeira carruagem com ela e esperar até que saiam do palácio. Acho que ela está contando com alguma dica de última hora para encorajá-la. Isso ou ela me considera um tipo de talismã.

– *Ou* ela começou a depender dos seus conselhos, por isso quer que esteja ao lado dela o máximo possível.

– Por que Eliza não serviria para isso, eu não sei – comentou Diana. – O senhor terá que perguntar à sua irmã.

Ele ergueu uma sobrancelha.

– Então a senhorita acompanhará a Sra. Pierce, Rosy e a mim em poucas horas?

– Sim. Bem, não o tempo todo, já que haverá duas carruagens e o senhor e minha irmã estarão na outra.

Ela sentiu um nó no estômago.

– Sei o que o senhor está pensando.

– Sabe? Então me diga.

– O senhor está achando que planejei isso pensando nos meus propósitos.

Ele a fitou sem entender.

– E que propósitos seriam esses?

Ela engoliu em seco. Se ele não estava pensando que ela poderia ter planejado aquilo para ficar perto dele, não seria ela a fazê-lo ter essa ideia.

– O senhor me diga.

– Não faço a menor ideia. Só estou surpreso que a senhorita esteja disposta a ficar sentada em uma carruagem nos esperando por horas talvez.

Ele deveria ficar surpreso era por uma dama com a situação familiar de Eliza ter sido aceita como acompanhante. Diana certamente estava. Porque uma das exigências era bem específica: *nenhum membro de uma família manchada por um escândalo é recebido na corte.* Diana só podia supor que essa regra não se aplicasse a acompanhantes. De que outra forma Eliza teria sido aceita? Ou, talvez, não fosse *ela* quem estavam aceitando, e sim lady Rosabel, irmã do novo duque. Talvez estivessem fazendo vista grossa de propósito para o escândalo da família de Eliza.

Então outro pensamento ocorreu a Diana.

– Rosy pode querer ter uma aliada caso algo dê errado e ela precise fugir de lá.

– Se isso acontecesse, a senhorita a ajudaria? – indagou ele.

– Depende do motivo que a levasse a querer fugir. E de até que ponto da apresentação ela tivesse chegado.

Ela respirou fundo.

– Eu provavelmente tentaria convencê-la a voltar. Verity teve um contratempo no debute dela. Desde então, ela se recusa a participar da hora da apresentação à rainha, e eu odiaria que Rosy tivesse tal tipo de reação permanente.

Ele estreitou os olhos.

– Que tipo de contratempo?

– Não foi culpa de Verity, eu juro.

Ela o puxou pelo corredor para mais longe do quarto de Rosy.

– E o senhor não pode contar para sua irmã, ou ela ficará com medo de que possa acontecer com ela. A mente pode ser nossa inimiga às vezes.

– *O que* poderia acontecer com ela também, pelo amor de Deus?

– As damas têm que se abaixar bastante na hora de fazer a mesura. Aí a rainha beija a testa das damas se elas forem nobres e, se não forem, ela estende a mão para que seja beijada. Depois, as moças precisam se afastar andando de costas sem tropeçar na cauda do vestido.

– Suponho que Verity tenha tropeçado.

Diana estremeceu.

– Na verdade, foi pior. Ela espirrou na hora que Sua Majestade se inclinou para beijar a testa dela.

Grenwood riu, o maldito. Mas, quando viu a expressão dela, ficou sério.

– Isso poderia acontecer com qualquer uma.

– Ainda mais com a minha irmã. Muitas coisas a fazem espirrar, principalmente penas. Mas nós aprendemos a segurar tosses e espirros ou qualquer reação inapropriada do corpo… sons, o que quer que seja. Espirrar diante de Sua Majestade é considerado um comportamento inaceitável.

– Que Deus nos ajude se isso é considerado inaceitável atualmente – comentou ele.

Ela ignorou o comentário.

– É claro que nós ensinamos isso a Rosy, da mesma forma que nos ensinaram. E fizemos com que ela praticasse andar de costas com uma cauda inúmeras vezes por dia. É mais difícil do que se imagina.

– Acredite em mim, posso imaginar quanto é difícil.

Colocando um sorriso tranquilizador nos lábios, ela deu um tapinha no braço dele.

– Mas tudo vai dar certo. Rosy aprende rápido. Tenho certeza de que ela causará uma ótima impressão.

Ele colocou a mão por cima da dela antes que ela pudesse afastá-la.

– Mais cedo, a senhorita estava preocupada.

Ela não estava preocupada agora, não com a mão quente e grande dele envolvendo a sua. Estava tentando não superestimar aquele gesto gentil.

– Eu estou sempre preocupada. Pergunte às minhas irmãs. Sempre fico nervosa no dia da apresentação. E não quero que Rosy perca a autoconfiança.

Diana puxou a mão de baixo da dele e fechou os dedos, tentando manter o toque dele ali.

– O senhor tem que ir. Ou não terá tempo de fazer o que precisa.

– Achei que a apresentação só começasse às duas da tarde.

– Sim, mas haverá uma fila enorme de carruagens, então é melhor sair cedo.

Ele levantou uma sobrancelha.

– Que horas?

– Meio-dia?

Ele bufou.

– Então, até lá.

– Não, antes disso, porque o senhor precisa trocar de roupa.

– Certo. Às onze.

Ela abriu um sorriso para ele.

– Perfeito!

Quando ela se virou para se afastar, ele a impediu com uma das mãos.

– Talvez precise me vestir afinal, Diana. Porque está certa: terei pouco tempo para fazer tudo o que preciso.

Ela o encarou.

– Então é melhor correr, Vossa Graça, não acha?

E, embora quisesse ver a reação dele, ela se afastou sorrindo.

CAPÍTULO SETE

Parado ao lado do amigo Foxstead, Geoffrey observava Rosy de um canto da sala de estar azul. Para ele, já bastava do palácio de St. James. Muitos estranhos, muitos olhares questionadores imaginando quem ele era, muitas penas e, definitivamente, muito brilho de diamante. Ele não fazia parte daquele mundo.

Pior ainda, lady Diana estava sozinha na primeira das duas carruagens que ele fora obrigado a usar para acomodar duas mulheres com saias de aro. Ficava dizendo a si mesmo que, naquele momento, não havia lugar mais seguro em Londres do que as ruas ao redor do palácio. Ainda assim, estava incomodado por deixá-la sozinha.

Como se lesse sua mente, lorde Foxstead disse:

– O senhor não precisa mais ficar. Ninguém precisa. As damas ainda vão demorar, considerando a longa fila de espera no corredor. Estou indo embora. Aceita ir comigo ao White's tomar um conhaque? É bem perto e podemos ir a pé. Tenho certeza que a Sra. Pierce tem tudo sob controle com lady Rosabel. Sua irmã e a viúva chegarão em casa a tempo para o jantar.

Droga. Tinha esquecido que ainda havia o jantar na Casa Grenwood naquela noite, com trinta convidados e dança depois. *Jantar íntimo, até parece.*

– Obrigado, Foxstead – disse ele para o conde. – Mas acho que vou esperar minha irmã na carruagem.

Com lady Diana. Que ele deveria evitar. E que o atraía como um ímã puxa o metal.

– Como preferir. De toda forma, nos vemos hoje à noite. Se mudar de ideia sobre o White's, é só dizer ao porteiro que é meu convidado que ele o deixa entrar.

Os dois saíram conversando sobre os planos para a eclusa de Teddington.

Felizmente, Foxstead não passaria por perto das carruagens de Geoffrey, então não veria que lady Diana estava lá. Geoffrey não sabia por que se incomodava em pensar que ela seria vista, mas não queria que os linguarudos ficassem falando deles, já que não tinha acontecido nada além de um beijo inocente.

Sim. Completamente inocente.

Geoffrey suspirou. Precisava encontrar um jeito de não arruiná-la. Ele não conhecia os detalhes, mas tinha quase certeza de que ficar sozinha em uma carruagem com um homem era o caminho certo para uma mulher ser banida da sociedade. Se não fosse a Ocasiões Especiais, ela já não faria mais parte da sociedade, então ele não queria destruir o negócio dela também.

Ele e Foxstead se separaram e ele se encaminhou para a carruagem onde Diana esperava pela irmã dele. Quando se aproximou e o lacaio desceu de seu lugar, Geoffrey fez um gesto para que ele ficasse onde estava. Queria pegar Diana desprevenida. Ela parecia estar sempre no controle, e ele queria ver a verdadeira Diana.

Infelizmente, se decepcionou. Quando espiou para dentro do coche, encontrou-a lendo o que parecia ser uma revista, com a janela toda aberta. Sua coluna estava ereta, nem um fio de cabelo fora do lugar, e até sua saia estava perfeita.

Então ela lambeu o dedo e virou a página, e o desejo dele se avolumou. Literalmente. Droga. Era melhor ir embora antes que ela o visse.

Não foi o que fez.

– A senhorita deveria, pelo menos, fechar as janelas. Por segurança.

Ela virou a cabeça e corou enquanto escondia a revista embaixo do xale, que ele acreditava ser de Rosy.

– Com tantos serviçais ao redor, além de metade da guarda do palácio, suponho que eu esteja segura.

– Acredito que sim – concordou ele. – O que estava lendo?

– Ah, nada importante.

– A senhorita parecia bem concentrada.

Antes que ela pudesse impedir, ele estendeu o braço pela janela para pegar a revista debaixo do xale. Ela se empertigou.

– O senhor tem o péssimo hábito de bisbilhotar e pegar as coisas das pessoas.

Ele sorriu.

– Das pessoas, não. Só as suas. Ainda estou tentando desvendá-la.

Então ele se concentrou na revista. Ou melhor: no *Periódico de Engenharia Civil*. Não era de admirar que ela tivesse corado. Ele ergueu o olhar para fitá-la.

– Admita. A senhorita estava lendo o meu artigo.

– Não tenho motivos para negar. Ainda estou tentando desvendar o *senhor* – respondeu ela, com os olhos brilhando.

Diana era mestre em usar as palavras de Geoffrey contra ele.

– E conseguiu?

– Bem pouco. Não entendo metade das palavras que escreveu. Mas deu para perceber a sua paixão pelo assunto.

– Sou tão apaixonado por isso quanto a senhorita é por ajudar jovens em sua temporada de eventos sociais. Preciso perguntar: quem a ajudou na sua temporada? Ou a senhorita nasceu sabendo essas regras?

A intenção dele era fazê-la rir, mas ela se virou para olhar pela janela, depois observou um ponto atrás dele, como se quisesse se certificar de que não havia ninguém perto da carruagem para escutar. Então, alisou as saias.

– Eliza me ajudou, graças a Deus.

– Não foi sua mãe?

Ela deu de ombros.

– Minha mãe estava... ocupada demais.

Ele se inclinou para dentro pela janela aberta.

– Para cuidar do debute da própria filha?

Ela soltou um longo suspiro.

– Sim. Se o senhor quer saber, ela e meu pai estavam mais interessados nas discussões entre eles na época.

– Sobre o que eles discutiam?

Ela fungou.

– Depois o senhor diz que só as pessoas da sociedade gostam de fofocar.

– Confie em mim. Não pretendo contar a ninguém. E não é fofoca quando quem revela é a própria pessoa envolvida.

– Verdade. Mas a resposta é complicada. Eles discutiam se ele tinha uma concubina ou não. Se ela tinha um amante ou não. Para ser sincera, qualquer assunto podia virar discussão. Papai ia para o clube dele e só voltava de manhã, o que deixava mamãe furiosa, pois ela tinha certeza de que ele saía para se encontrar com a concubina. Aí mamãe desaparecia por dias. Ele ficava louco, sem saber onde ela estava, o que devia ser o objetivo dela.

– Isso devia deixar a senhorita e lady Verity loucas também. Afinal, existe uma razão para os cavalheiros serem discretos sobre suas concubinas e para as damas fingirem que não têm amantes. Não aborrecer os filhos. Pelo menos, foi o que me falaram.

O olhar dela encontrou o dele.

– Nós nos acostumamos. Eliza já estava casada nessa época, mas ela começou a nos visitar com frequência na nossa casa na Grosvenor Square só para ver como Verity e eu estávamos lidando com a situação e para garantir que nossos pais não se matassem. Isso teria sido um escândalo e tanto. E, supostamente, nossa família reprova escândalos.

Assim como a dele, principalmente o tipo de escândalo que poderia desabar sobre eles se não tomassem cuidado.

– Não posso culpar sua família por isso. Escândalos geram fofoca e criam situações desagradáveis na sociedade.

– Papai costumava ser capaz de manter as brigas deles em segredo, mas nem sempre. Chegou a um ponto em que qualquer um conseguia ouvi-las. Como eu tinha acabado de ser apresentada à rainha, Eliza me levava a todos os eventos a que ia, só para me tirar de casa e me proporcionar uma experiência ao menos próxima de um debute na sociedade. Ela era muito boa em ignorar o que estava acontecendo na nossa casa, então me ajudou e também a Verity, durante nossas temporadas sociais, a conhecer pessoas importantes e fazer amigas.

Ele balançou a cabeça.

– A sua mãe deveria ter feito isso pelas senhoritas, pelo que sei.

– Deveria... mas minha mãe nunca se interessou em ser mãe.

O tom de voz dela a entregou, fazendo com que Geoffrey percebesse um cinismo incomum.

– Na época, minha mãe tinha dois interesses: se divertir e perturbar meu pai. Mas foi só depois que ela o levou ao limite, ao fugir com um general de divisão, que meu pai decidiu pedir o divórcio.

– Isso não me surpreende. O comportamento dela deve ter feito com que ele sofresse.

– Não mesmo. Ele só não podia suportar que ela se saísse melhor do que ele.

Cansado de ficar em pé do lado de fora da própria carruagem, o duque desceu o degrau e abriu a porta. Antes que pudesse entrar, porém, o lacaio se apressou e foi ao seu encontro.

– Vossa Graça não pode entrar!

– Por que não? – perguntou ele, irritado, ainda segurando a porta aberta.

– A carruagem é minha e eu gostaria de me sentar. E, talvez, cruel do jeito que sou, até *andar* nela.

Diana parecia tentar não rir enquanto fitava Geoffrey.

– Thomas só está preocupado com a minha reputação. Uma dama e um homem não podem ficar sozinhos em uma carruagem fechada. Isso a arruinaria.

Geoffrey apontou para a fila de carruagens, cada uma delas com pelo menos um lacaio por perto, além do cocheiro.

– Não considero isso "sozinhos". E não é uma carruagem fechada, já que a senhorita abriu as janelas e cortinas e estamos em plena luz do dia.

– Está tudo bem, Thomas – disse ela.

Para o maldito lacaio *dele*.

– Vim preparada para isso.

De cima do chapéu que usava, ela puxou um véu, que caiu como uma mortalha por cima de seu rosto.

– Ah, pelo amor de Deus – murmurou ele baixinho ao levantar o degrau e fechar a porta. – Ficarei aqui fora.

– Se o senhor prefere – disse ela. – Eu certamente não faria nada que o deixasse desconfortável.

– Tudo bem.

Ele apontou para o chapéu dela.

– Pode tirar o véu agora.

Não tinha gostado de não conseguir ver o rosto dela.

– Ah, eu nem sonharia com isso – comentou ela, achando divertido. – Acho melhor sempre estar preparada.

De repente, a carruagem estremeceu e andou.

– Mas que diabos está acontecendo? – questionou ele. – A carruagem está se movendo!

Ele a seguiu, mas só pela distância de uma carruagem, então o veículo parou de novo.

– Estamos em uma fila – informou ela.

– Eu não sabia. Caso não se lembre, passei a última hora naquela sala de tortura esperando Rosy, que ainda não apareceu.

– Isso porque ela estava na posição 17 na lista. A fila anda de vez em quando porque as carruagens estão posicionadas na mesma ordem. E por que era uma "sala de tortura"?

– Vejamos – falou ele e começou a enumerar com os dedos. – Minha peruca causa coceira e eu não conseguia me mexer sem que a espada esbarrasse em algo.

Antes que ele pudesse continuar, ela teve a audácia de rir.

– Vejo que deveria ter dado ao senhor as mesmas lições sobre andar nas salas de estar da rainha que dei à sua irmã.

– Talvez.

Ele a observou com atenção.

– Ou talvez a senhorita devesse ter conseguido outra espada para mim.

– Que fizesse mais o quê? Desaparecesse quando o senhor terminasse de usá-la?

– De preferência. Falando nisso...

Ele tirou a espada e a entregou para o cocheiro.

– Tem espaço para guardá-la embaixo do seu banco?

– Com certeza, Vossa Graça – respondeu o cocheiro ao pegá-la.

– Viu? – implicou ela. – O senhor encontrou um jeito de fazê-la desaparecer sozinho.

Ele riu. Depois tossiu.

– Que Deus me ajude, minha boca está seca. Isso é outra coisa. Se a senhorita tivesse me avisado que não serviriam nenhum tipo de refresco durante essa apresentação, eu teria colocado um frasco no meu bolso antes de sair da Casa Grenwood.

– Isso não daria certo. Seu paletó é justo demais para guardar um frasco sem ser notado.

Ela colocou a cabeça para fora da janela.

– Thomas, poderia trazer alguns aperitivos para Sua Graça?

O lacaio respondeu afirmativamente e Geoffrey se perguntou o que o sujeito poderia ter à mão. A mulher já mandava nos empregados de Geoffrey melhor do que ele. Por outro lado, ele vinha saindo todos os dias para evitar encontrá-la, então não lhe dera muita alternativa.

Quando ele estava apoiado na janela, a carruagem se moveu de novo.

– Chega disso – resmungou ele assim que o veículo parou.

Abriu a porta, entrou e se sentou em frente a Diana.

– Se a senhorita está anônima, eu posso me sentar.

Ele esticou as pernas, que encostaram nas dela – que estavam completamente cobertas por um tecido fino, mas, ainda assim, se distinguiam. Aquela carruagem e a que a seguia foram as maiores que o cocheiro conseguira encontrar na cocheira da Casa Grenwood, as únicas capazes de carregar uma mulher com uma saia de aro e sua acompanhante.

Contudo, Geoffrey não havia esperado estar no mesmo veículo que *Diana*, nem por pouco tempo. Diana acompanhara Rosy, enquanto ele ficara na outra carruagem com a Sra. Pierce. Logo, ele não tivera a chance de notar que tanto ele quanto Diana tinham pernas compridas.

Estava tendo essa chance agora, porque se sentou bem na sua frente. Mas, em vez de ficar ali, trocou de lugar e seu joelho roçou no dela. Uma onda de desejo tomou conta dele. Estava claro que agira errado.

Por um momento, ela congelou, os seios subindo e descendo com mais rapidez do que de costume. Ele mal podia esperar para vê-los melhor em um vestido de noite, mais tarde. O vestido que ela usava agora era feito de um tecido roxo que se estendia dos dedos do pé até o queixo, onde encontrava com as fitas cor de lavanda do chapéu de palha. Revelava muito pouco para o gosto dele.

Ela se endireitou para afastar o joelho. Maldição. Era por esse motivo que um casal solteiro não deveria ficar sozinho em uma carruagem.

– Admita – disse ela, com a voz contida. – O senhor simplesmente não quer comer correndo atrás de uma carruagem.

A fala dela foi uma distração bem-vinda.

– A senhorita também trouxe comida?

O estômago dele roncou como se ecoasse a pergunta.

– Eu não poderia deixar um homem do seu tamanho ficar sem sustância por tanto tempo. O senhor poderia desmaiar e, mesmo com a ajuda de Thomas, nós nunca conseguiríamos levantá-lo.

– Saiba que nunca desmaiei na vida.

– Graças a Deus. O senhor poderia esmagar alguém. Mas está um pouco pálido no momento. Só estou dizendo.

Ele cruzou os braços sobre o peitoral e bufou. Que ridículo. Ele nunca ficava "pálido". E, se ficasse, era por estar morrendo de sede ou de fome.

Thomas se aproximou da janela pelo lado de Geoffrey e entregou uma cesta de piquenique. Geoffrey praticamente a tomou dele, então começou a remexer no que tinha dentro.

– O que é isso? – perguntou ele, pegando uma miniatura de pera que parecia pequena demais para ser de verdade.

– Peras de marzipã.

Ele ficou com água na boca.

– Adoro marzipã – comentou ele, então fitou Diana, desconfiado. – A senhorita perguntou à minha mãe o que eu gosto de comer.

– E de beber. Também perguntei o que ela e Rosy gostavam. Na minha opinião, sempre deve haver comida que o anfitrião goste na própria festa. Não concorda?

Ele assentiu, a boca cheia de marzipã. Quando engoliu o último pedaço, mexeu mais na cesta até encontrar sanduichinhos.

– Por favor, me diga que não são de marzipã – falou, exibindo um deles.

Ela riu.

– Não. São sanduíches de presunto e cheddar, pepino e manteiga e rosbife e mostarda. A mostarda é uma receita especial de Verity. Ela não conta nem para mim e para Eliza como prepara, mas é uma delícia.

Geoffrey experimentou esse primeiro, então fechou os olhos, extasiado.

– Deus, como é bom!

Ele pegou um sanduíche de pepino enquanto apontava para o que pareciam tortinhas.

– Essas são o quê?

– Tortinhas de limão, presunto e geleia – explicou Diana. – Ah, e bolinhos de carne moída.

Enquanto ele pegava os bolinhos, que também estavam entre os seus favoritos, ela acrescentou:

– Vamos servir tudo isso no jantar do baile daqui a duas semanas. O que o senhor acha?

– Acho que deveria dar a lady Verity uma porcentagem muito maior dos seus lucros.

Ela lançou um olhar de soslaio para ele.

– Se o senhor não se importar, vamos manter isso em segredo. Verity já é muito convencida.

Ele pegou uma tortinha de limão.

– Acredito que não tenha nada para beber.

– Ah! Eu me esqueci completamente!

Ela colocou a cabeça para fora da janela.

– Thomas? Estamos prontos para o vinho.

– Sim, senhora.

Thomas precisou esperar, porque a carruagem se moveu de novo. Assim que ela parou, ele serviu duas taças de vinho tinto e as entregou pela janela. Geoffrey olhou para a sua. Parecia um vinho tinto decente. Poderia se acostumar a ter uma mulher cuidando dos assuntos domésticos com seus empregados, apesar dos altos custos da Ocasiões Especiais.

Não se acostume com isso. A única mulher que vai cuidar de assuntos domésticos para você por um bom tempo é a sua mãe. Pelo menos até ter certeza de que é seguro se casar.

– Pode começar a gelar o champanhe agora – disse Diana a Thomas. – Somos mais ou menos a quinta carruagem, certo?

– A quarta, senhora.

Quando Thomas se afastou da janela, ela levantou o véu para bebericar o vinho e Geoffrey a observou com atenção.

– Champanhe para que?

– Para comemorar o sucesso da sua irmã, claro.

– A senhorita tem tanta confiança assim nela?

– Tenho confiança na capacidade de Eliza de orientá-la para se sair bem. E, sim, também confio em Rosy. Sua irmã percorreu um longo caminho nessas últimas semanas. E está determinada a se sair bem.

Ele tomou um gole de vinho.

– Então, espero que esteja certa. Porque, se tiver errada, esta noite vai ser um desastre.

– Mas, como meus outros clientes bem sabem, estou sempre certa em assuntos dessa natureza.

– E é modesta também – completou ele.

– Claro. Não ser modesta seria inapropriado.

A carruagem se moveu de novo, balançando a taça dele.

– *Portar-se* sem modéstia seria inapropriado. Já não *ser* modesta é bem diferente. Eu mesmo reconheço minhas habilidades. E estou começando a achar que você também.

Ela sorriu e tomou mais um gole de vinho.

– Que reconheço as suas ou as minhas?

– Ambas, acredito.

Era melhor mudar de assunto.

– A senhorita me deixou curioso sobre sua mãe. O que aconteceu com ela e o amante?

Diana fez um gesto como se quisesse dispensar o assunto.

– Ah, eles se casaram. Por um tempo, ele não pôde servir no Exército por causa do escândalo, mas acabou indo para o continente e voltou a pegar na espada e no rifle.

– E sua mãe? Foi com ele?

– Foi, sim. Mas só ficou uns quatro meses. Como se pode imaginar, a guerra não é nem um pouco bonita, então o general de divisão acabou mandando-a de volta para casa para esperar por ele na propriedade em Cumberland.

– Posso entender por que ele… Espere, ele é um *proprietário de terras*?

– É, sim. Depois que ele se casou com a minha mãe, o pai morreu, então ele herdou o viscondado.

Ela contraiu os lábios.

– Acho que devemos parar de chamá-lo de general de divisão, mas não conseguimos. É irritante perceber que, depois que ele e nossa mãe acabaram com a nossa vida, ele se tornou lorde Rumridge, sem fazer nenhum esforço e apesar do envolvimento em um caso de adultério. E mamãe agora é lady Rumridge e o centro das atenções de Cumberland.

– Já fui a Cumberland. Não é um bom lugar para ser o centro das atenções.

– Nem tenho como saber. Minhas irmãs e eu não fomos convidadas ainda.

A dor palpável na voz de Diana fez com que Geoffrey sofresse por ela. Não podia acreditar no que ela estava contando. Que homem e mulher – eram mesmo uns imaturos! – se comportavam assim com as próprias filhas? Naquele caso, as filhas eram mais adultas do que os pais.

Ela endireitou os ombros e levantou o queixo.

Então, o senhor, sem dúvida, deve entender por que reluto em me casar. Ver meus pais, de forma tão teatral, se esquivarem da minha vida e a tratarem como um fardo me fez… Podemos mudar de assunto, *por favor*?

– Claro.

Por um tempo, ele ficou sem palavras. Até que tentou:

– Então, é sempre assim que tudo acontece em um debute? A senhorita fica sentada em uma carruagem enquanto a jovem dama é apresentada, acompanhada pela sua irmã?

Ela segurou uma gargalhada.

– Nada está sendo como de costume. Não costumo estar presente e é a mãe da jovem que a acompanha, em geral, então Eliza raramente vem. Como eu disse, Rosy me pediu para vir.

– Certo, para aumentar a coragem dela, por assim dizer.

Diana contraiu os lábios.

– O senhor não acredita em mim?

– Claro que acredito. Até porque Rosy confirmou.

Embora Diana tivesse dito de manhã que ele provavelmente pensava que ela arranjara aquele esquema por outras razões. Ela não respondera a ele sobre a quais razões se referia. Ele estava prestes a pressioná-la em relação a isso quando a carruagem se moveu.

– Qual é a nossa posição agora?

– Não tenho certeza – respondeu Diana. – Não estava prestando atenção.

Ele estava. Não à carruagem, mas às chances que tinha de entrever os lábios dela toda vez que a jovem levantava o véu.

O lacaio olhou para dentro da carruagem.

– As jovens estão vindo. Devo abrir o champanhe, senhora?

– Claro – respondeu ela.

Geoffrey olhou pela janela e logo viu as duas. A Sra. Pierce estava com um sorriso orgulhoso e os passos de Rosy aceleraram enquanto ela se dirigia para a carruagem com sua saia de aro. Diana não mentira sobre o vestido. Parecia *mesmo* com um monte de chantilly. Ou, talvez, um balão de ar quente. Mas, para sua surpresa, Rosy conseguia andar de forma magistral.

Quando as duas chegaram perto, Geoffrey saiu da carruagem para ajudá--las a entrar e, então, lembrou que ele e Rosy ficariam na outra carruagem. Nenhum dos seus veículos comportava mais do que *uma* dama com saia de aro e penas na cabeça. Por isso, ele e Diana não terminariam o assunto. O que era uma pena. Ainda não tinha perguntado sobre a conversa deles da manhã.

– Foi maravilhoso, Diana! – exclamou Rosy ao se aproximar. – A rainha me perguntou se eu estava gostando de Londres e eu respondi o que você disse... que gostava da cidade, mas sentia falta de estar em casa, onde ficava mais à vontade. Então, ela beijou a minha testa e disse que vou me sair muito bem na temporada social e que ela se certificaria disso!

– Que façanha! – comentou Diana. – Estamos tão orgulhosas de você, não é, Eliza?

– Estamos, sim.

Eliza se virou para Geoffrey.

– O senhor precisava vê-la, Vossa Graça. Manteve a cabeça erguida e não deu nenhum passo em falso.

Eliza sorriu mostrando sua aprovação para a irmã.

– E ela já fez sua primeira conquista: o herdeiro de Devonshire, marquês de Hartington.

Ela lançou um olhar para Diana.

– Um jovem bonito e educado que é apenas um ou dois anos mais velho do que Rosy.

Rosy corou, como era de esperar, já que Hartington era um pecado de tão rico e tinha uma aparência que inspirava pensamentos pecaminosos. Além disso, Hartington era amigo do príncipe regente, uma conexão e tanto.

– Rosy, devo avisar… – começou a dizer Geoffrey.

– Deixe que ela desfrute do sucesso hoje – sussurrou Diana. – Amanhã, o senhor pode dar todos os avisos que quiser.

Ele viu a irmã encará-lo com olhos esperançosos, torcendo para que ele compartilhasse sua sabedoria. Maldição. Por mais que odiasse admitir, Diana estava certa.

– Devo avisá-la para não usar esse vestido na próxima vez que encontrá-lo. Pode facilmente derrubá-lo.

Rosy riu e encostou o leque no braço do irmão.

– Você é tão bobo às vezes, Geoffrey. Os meus aros não são tão terríveis assim.

Como ele gostaria que fossem. Aí não precisaria nem se preocupar com os pretendentes dela.

– Estão vindo nos avisar que precisamos ir – avisou a Sra. Pierce. – É melhor entrarmos nas carruagens e sairmos.

– Claro.

Ele deu o braço a Rosy.

– Vamos?

– Quero ir com Diana. Ainda não acabei de contar a ela como foi.

Ele soltou um suspiro longo e sofrido. Já tinha compartilhado a carruagem com a Sra. Pierce uma vez. Teria que compartilhar de novo?

Então, ele pensou melhor. Poderia perguntar a ela sobre Diana, agora que sabia mais sobre a situação das irmãs.

E por que iria querer isso?

Maldição. Não era para focar em Diana no momento. Precisava focar em Rosy.

– Pode *me* contar como foi.

Ela virou a cabeça e sua tiara de plumas ameaçou cair.

– Você escutaria?

– Claro.

Estava pagando pela própria tolice. Talvez aprendesse a lição se recebesse o que merecia.

– Além do mais, você terá que contar tudo para mamãe, então conte quando lady Diana estiver por perto.

Foi a única maneira de conseguir que ela fosse na carruagem com ele.

CAPÍTULO OITO

– Como ela se saiu de verdade? – perguntou Diana para Eliza quando a carruagem se colocou em movimento. – Revisamos alguns pontos a caminho do palácio, mas não tinha certeza se ela se lembraria de tudo.

– Você a preparou com maestria. Algumas garotas na fila a esnobaram porque não sabiam quem era ela, mas, depois que a rainha lhe deu tanta atenção, as mesmas meninas quiseram lhe fazer centenas de perguntas.

– E você se desculpou com elas e disse que lady Rosabel precisava ir embora para se preparar para o jantar de debute dela esta noite. Como não foram convidadas, elas agora devem estar ainda mais ansiosas para descobrir quem é essa novata e por que contratou os serviços da Ocasiões Especiais. A esta altura, todo mundo já sabe como somos criteriosas com quem aceitamos como cliente.

– O que elas não sabem é que nós temos preferências por aquelas que são interessantes e com quem é agradável trabalhar – comentou Eliza.

– E que prestam atenção – acrescentou Diana.

– Exatamente.

Eliza sorriu.

– Para ser sincera, acho que a rainha ficou impressionada por Rosy ser capaz de fazer uma mesura tão bem. *Eu* fiquei impressionada. A menina fez uma reverência perfeita, com a coluna ereta, a cabeça baixa em deferência e os dois pés posicionados com precisão para conseguir descer bastante. A única pessoa que vi fazer melhor foi Verity. Se não fosse pelo espirro…

– Eu sei. Foi embaraçoso. E deixou Verity muito nervosa.

– De toda forma, você teria se orgulhado de Rosy.

– Que é como eu sempre quero me sentir depois que fiz e falei tudo o que podia – contou Diana. – É por isso que gosto de clientes que prestam atenção.

– Então, a não ser que goste dele, por que aceitou educar o duque intratável e ensiná-lo a se comportar de forma adequada?

Diana não queria revelar seus sentimentos.

– Ele *não* é intratável. Apenas... confiante demais. E não se importa com coisas que nós valorizamos.

Podia sentir que Eliza avaliava seu rosto.

– Além disso, foi você quem disse que ele era importante, que precisávamos tratá-lo bem.

– Foi por isso que permitiu que ele ficasse dentro da carruagem com você, arriscando a sua reputação?

– Arriscando como? Havia dezenas de serviçais ao redor e todas as janelas da carruagem estavam abertas. Além disso, ele ficou poucos minutos. E, afinal, a carruagem é *dele*.

Que maravilha. Ela estava repetindo as palavras do duque e não sendo totalmente sincera com a irmã.

– Diana – disse Eliza, em um tom de voz baixo –, tome cuidado. Não se deixe enganar pela falta de habilidade dele. Grenwood não é um típico lorde. Tem um lado sombrio dele que me preocupa. Ele tem segredos.

Era verdade, ele tinha. Até mesmo Diana percebia isso.

– Todo mundo tem segredos. Ou você se esqueceu do temperamento do papai quando bebia ou da forma como a mamãe flertava para fazer ciúmes nele? Ninguém é perfeito.

Como Eliza não respondeu, ela acrescentou, no tom mais suave que conseguiu:

– De toda forma, não existe nada entre nós.

Pelo menos, ainda não.

– Muito bem.

Eliza se esticou por cima dos aros para dar um tapinha na mão da irmã.

– Lembre-se: caso precise de mim, estou aqui, não importa o que aconteça.

Diana apertou a mão dela.

– Eu sei.

Por falar em segredos, Diana teria que manter total discrição em relação aos planos de seduzir Grenwood. Eliza não os aprovaria e poderia até pedir ajuda para o pai delas. Diana não tinha certeza sobre Verity, mas ela poderia contar a Eliza, o que seria igual a ela mesma dizer à irmã mais velha. E Diana queria seduzir Grenwood. Tinha sentido o sangue esquentar quando ele a beijou e só podia imaginar que outras sensações haveria se ele fosse além do beijo. Isto é, *se* conseguisse seduzi-lo. Ele a olhava com interesse, ela não podia negar. Por isso, esperava que ele estivesse disposto a levá-la para cama. Ah, isso soava muito indecente, não? Mas não conseguia evitar, queria ser indecente com o duque.

Só não sabia como atraí-lo para sua cama.

Deveria flertar com ele e deixar que tirasse as próprias conclusões?

Não, ele poderia achar que ela estava criando uma armadilha para que se casasse com ela e, assim, a evitaria ainda mais do que fizera nas últimas três semanas. Afinal, ele era um cavalheiro.

Deveria se oferecer e deixar que ele fizesse o resto?

Não, porque, caso ele recusasse, ela ficaria constrangida para o resto da vida. E se ele contasse a alguém? Deus do Céu, ela nunca mais poderia andar de cabeça erguida em público.

Francamente, não sabia o melhor caminho a tomar. Teria que pensar mais a respeito. Devia haver uma forma de demonstrar seu interesse sem fazer com que ele fugisse como fizera depois do primeiro e *único* beijo deles.

Porém não tinha mais tempo para pensar sobre isso. Eliza queria discutir os últimos detalhes das músicas que tocariam depois do jantar. Então elas chegaram à Casa Grenwood e, dali em diante, tudo girou em torno do jantar de debute de Rosy.

Como de costume, Eliza passou bastante tempo conversando com o quarteto de músicos sobre o que deveriam tocar. Verity ficou na cozinha se certificando de que as águas saborizadas e os vinhos estivessem no ponto, além do próprio jantar. Isso deixava Diana encarregada de supervisionar todo o resto, que envolvia um milhão de detalhes de última hora na sala de jantar e no traje de Rosy.

Terminou na sala de jantar, verificando se a porcelana e os talhares de prata que escolhera tinham sido arrumados corretamente.

– Estou vendo que, no fim das contas, preferiu fazer o jantar aqui em dentro.

Ela tomou um susto, pois não esperava que o duque estivesse rondando em silêncio.

– O senhor gosta de me assustar, não é mesmo?

– É justo – disse ele. – A senhorita gosta de me fazer pagar por coisas que eu nunca compraria.

– Como o quê? – indagou ela, virando-se para encará-lo.

Deus, aquilo foi um erro. Ele estava insuportavelmente lindo em seu fraque preto de lã superfina, colete de seda azul tão claro que parecia quase branco e a calça preta de casimira justa. Se ela fosse uma mulher menos resistente, teria desmaiado.

Em vez disso, respirou fundo para se acalmar.

– Pelo que exatamente eu o forcei a pagar?

– Para começar, o giz na pista de dança esta noite. Depois, a iluminação nas salas de jantar e estar.

– O giz na pista de dança é para o baile, não para hoje. Acredite em mim, é...

– Muito caro – completou ele. – Afinal, para que é esse giz que custa tão caro? Suponho que seja para espalhar na pista para que as pessoas não escorreguem enquanto dançam, mas giz é barato.

Ela se perguntou se a brincadeira era intencional. Provavelmente sim, a julgar pelo brilho nos olhos dele.

– No caso do baile de debutante de Rosy, é bem mais do que isso. Alguns artistas fazem desenhos no chão com giz: pessoas dançando, paisagens, imagens bonitas... coisas da natureza. Ainda não conversei com o desenhista, mas pensei que ele pudesse criar um desenho em homenagem às pontes que o senhor constrói. Não ficaria lindo?

Ele estreitou os olhos.

– Acho que sim, mas também terá desaparecido uma hora depois do começo do baile.

– Essa é a questão. É especial exatamente porque não dura. Seria como...

Ela tentou pensar em um exemplo.

– Como ouvir uma pessoa cantando. Depois que acaba, aquela apresentação em particular não existe mais, não é mesmo? É essa a ideia, mas com outra arte. Deixará uma excelente impressão: desenhos feitos a giz na pista de dança estão muito em voga entre jovens em busca de casamento.

Ele fez uma careta.

– Mas só se o senhor aprovar – acrescentou ela. – Caso não aprove, precisa me dizer agora, antes que me encontre com o artista amanhã.

Depois de uns segundos, ele praguejou baixinho.

– Se for só para o baile, eu concordo.

– É só para o baile – garantiu ela. – Hoje à noite, vamos usar apenas a sala de estar formal para as danças, por isso não terá desenhos a giz na pista. E a sala de estar é mais íntima.

– Íntima! Trinta pessoas aceitaram o convite para esse "jantar íntimo".

– Nós convidamos duzentas pessoas para o baile de Rosy daqui a duas semanas.

Ele a fitou perplexo.

– A senhorita só pode estar brincando.

– De forma alguma. O baile precisa ser um sucesso para que Rosy se torne a sensação de Londres. E seu salão de baile comporta facilmente 150 convidados.

Ela o fitou com mais atenção.

– Sua mãe disse que o senhor aprovou o número de convidados.

– Se eu aprovei, não me lembro.

Ele fez uma pausa, como se estivesse pensando.

– Eu me lembro vagamente de ter concordado com a iluminação para as salas.

– Sem dúvida, na pressa de sair para uma reunião com investidores de alguma ponte – disse ela, com malícia. – Mas não vai se arrepender. Já entrou na sala de estar para ver a iluminação, agora que foi acesa?

Ele negou com a cabeça.

– Ficou muito mais clara do que antes – garantiu ela. – E, quando acenderem aqui também, o senhor conseguirá ver a comida, para variar.

– Não preciso ver tão bem, contanto que seja comestível.

Tentando não rir, ela balançou a cabeça.

– O senhor não tem jeito.

– Se a senhorita está dizendo.

Ele se endireitou e tentou parecer esnobe.

– Ainda assim, quase todos aceitaram o convite para o jantar íntimo de hoje e, considerando que oficialmente fui eu que convidei…

– Antes que isso suba à sua cabeça – interrompeu ela –, devo avisar que os jantares de Verity estão se tornando lendários. Ela sabe como fazer a comida ficar perfeita. E sabe escolher comida e bebida que cavalheiros de certa idade apreciam. É *por isso* que todos virão.

– Cavalheiros de certa idade?

– Homens casados, ricos, com filhos e título.

– E eles preferem um determinado tipo de comida?

– Nem todos. Mas o senhor deve admitir que os jovens são mais dispostos a experimentar pratos exóticos ou comer tortinhas, sem a necessidade de uma refeição completa, geralmente porque estão ocupados bebendo. E dançando, claro. Mas homens de certa idade querem um bom bife ou carneiro e batatas gostosas.

Ele ia protestar, mas percebeu que ela estava certa. Até mesmo o pai dele fora se tornando chato em relação a comida conforme envelhecia. E o avô de Geoffrey... sempre comia um bom bife ou carneiro com batatas no jantar.

– Então, se eles forem bem servidos no jantar de hoje, vão fazer questão que os filhos venham ao baile – completou Diana. – As mães são imprevisíveis, não podemos contar com elas. Mas, como parece que o caminho para o coração de um homem *passa* pelo estômago, teremos que contar com os cardápios de Verity. O resto está nas mãos de Rosy e, pelo que fiquei sabendo sobre a apresentação dela à rainha, ela vai impressionar a todos.

Grenwood franziu a testa.

– Mas não quero *só* que ela se case com um homem que tenha dinheiro e um título de nobreza. Quero que ela se case com alguém que vá fazê-la feliz.

Para não discutir com ele, Diana contou até dez antes de falar:

– Com quem, então? Com algum militar que vai para a guerra e morre, como meu cunhado? Um banqueiro que só pensa na própria fortuna? Um estudante sem um centavo no bolso? Pode me dar alguma ideia sobre quem o senhor pensa que seria perfeito para ela? Porque, quando eu estava escolhendo quem convidar, infelizmente o senhor não estava disponível para me ajudar.

Aquilo pareceu deixá-lo confuso.

– Não sei. Mas vou saber quando conhecer o sujeito.

– Escute o que vou dizer, Vossa Graça. O senhor pode escolher o homem perfeito para lady Rosabel e ela pode não sentir nada por ele. É ela quem tem que querer o sujeito para que seja feliz. O melhor que o senhor pode fazer... o melhor que *nós* podemos fazer é convidar vários cavalheiros respeitáveis e ver se algum deles vai fazer o coração dela acelerar.

– Certo – disse ele, com dentes cerrados. – Mas juro que não vou ficar nada satisfeito se ela acabar com um sujeito que tem uma amante e a deixa infeliz.

– Nem eu. Meu pai deixava minha mãe infeliz e não foi agradável para nenhuma de nós.

– Meu pai fez o mesmo com a minha mãe, então eu entendo.

– Pois bem.

Agora ela desejava que ele voltasse a ignorar o que estava acontecendo dentro da própria casa.

– Pois bem – ecoou ele. – Contanto que estejamos entendidos.

Geoffrey começava a se afastar quando algo ocorreu a Diana.

– O senhor disse que seu pai deixava sua mãe infeliz, mas ela nunca mencionou isso. Sempre que fala dele, o elogia muito.

– Eu sei.

Ele suspirou.

– É como dizem: longe dos olhos, perto do coração. Quando meu pai estava feliz, ela ficava radiante. Ele a fazia rir com seus comentários espirituosos e citava sonetos de Shakespeare que a comparavam a "dias de verão" e coisas do tipo. É desse homem que ela se lembra, não do sujeito infeliz que bebia demais.

– Ah. Bem diferente do *meu* pai. Ele tentava controlar minha mãe e tinha uma amante. Na verdade, ainda tem, mesmo depois que se casou de novo. Tendo a achar que o jeito do seu pai de criar infelicidade talvez fosse um pouco mais palatável do que o do meu.

– Talvez – respondeu ele.

No entanto, ela notou em seus olhos aquele brilho sombrio que Eliza mencionara. Diana tinha a intenção de, um dia, descobrir que segredos ele guardava.

Ele começou a se afastar novamente, mas dessa vez ele mesmo resolveu voltar.

– Srta. Diana, diga-me uma coisa. Pretende usar esse vestido esta noite?

– Sim. Por quê?

– A senhorita o usou hoje no palácio de St. James. Eu imaginava que as damas usassem vestidos diferentes à noite.

Ela piscou. Então percebeu.

– O senhor não se lembra? Eu disse que nós não estaríamos aqui como convidadas. Eu não vou *participar* do jantar, entende? Nem mesmo como anfitriã. Sua mãe cumprirá esse papel, mas de forma não oficial, já que ainda está de luto. Ficarei por trás das cenas, ajudando sua governanta a lidar com os problemas, garantindo que os criados saibam suas tarefas, coisas assim.

– Mas a senhorita precisa?

Ele parou para analisá-la.

– Com certeza, a esta altura, meus criados já sabem o que fazer. E suas irmãs podem cuidar de quaisquer emergências.

– O senhor está dizendo que *quer* que eu participe do jantar? – perguntou ela, tentando não mostrar sua enorme satisfação.

– Não tanto eu quanto... bem... Rosy parece confiar na senhorita e até minha mãe a procura para pedir conselhos.

Ele bufou.

– Não que eu *não* queira que a senhorita participe, mas é mais pela minha irmã e pela minha mãe. Quer dizer, não *preciso...*

– Eu compreendo. E o senhor não precisa se preocupar. Não se espera que eu participe mesmo, então não me sinto insultada por... pelo que o senhor está tentando dizer.

Ele suspirou.

– Ninguém que me escute gaguejando assim acreditaria que sou capaz de comandar uma reunião com cinquenta homens e convencê-los a investir em um projeto que eles nem sabem se é viável.

– Eu acreditaria – comentou ela, baixinho. – Li seu artigo, afinal. Não compreendi muito, mas percebi que o senhor explicava de forma bem convincente para pessoas que entendiam.

Ele arqueou uma sobrancelha.

– A senhorita "percebeu"?

– Sim.

Ela inspirou, insegura.

– Se eu for participar, só pela sua irmã e sua mãe, claro, vou precisar de um vestido e não trouxe nenhum.

Depois de tirar seu relógio do bolso e verificar a hora, ele disse:

– A senhorita tem pelo menos uma hora e meia e não mora muito longe. Mande um criado ir buscar. Certamente, pode dispensar algum lacaio para fazer isso.

O duque não fazia ideia de quanto tempo levava para uma mulher se vestir e arrumar o cabelo. Mas Diana podia conseguir se escolhesse um vestido simples.

– Acho que sim.

– Excelente.

Ele enfiou o dedo na gravata e puxou, aparentemente tentando afrouxá-la.

– Não faça isso – aconselhou ela, estendendo as mãos para endireitar o nó agora torto. – O senhor vai estragar todo o trabalho do seu criado.

– Quantos anos a senhorita tem?

Ela puxou a gravata de um lado para o outro.

– O senhor sabe que é falta de educação perguntar a idade de uma dama.

– Eu sei. É que, pelo jeito que ficou inquieta por causa da minha gravata, eu diria que tem a idade da minha mãe.

Ela o olhou de soslaio e ele começou a rir.

– Por favor, me diga. Ou vou destruir minha gravata de novo.

– Se quer saber, tenho 24.

– A senhorita se comporta como uma mulher muito mais velha – comentou ele.

– Obrigada?

Ela alisou uma prega.

– Pronto. Agora não mexa, Vossa Graça, se puder.

Havia aquele brilho intenso no olhar dele que a fazia estremecer.

– Farei isso pela senhorita, mas só se parar de me chamar de "Vossa Graça". Faz com que pareça uma criada, mas não é.

Ele estava certo, claro, mas nenhum outro cliente sugerira isso antes. Um nó se formou em sua garganta enquanto ela dava tapinhas na gravata para que o nó durasse mais.

– Então, de que devo chamá-lo? Duque? Grenwood?

– Geoffrey. Pode me chamar de Geoffrey.

– Não posso chamá-lo pelo seu primeiro nome na frente de outras pessoas.

Ela deu um passo atrás para dizer isso.

– Vão supor que estamos juntos.

Principalmente se a pessoa a visse endireitando a gravata dele como uma esposa faria. E, embora ela quisesse "estar junto" dele, não queria que ninguém soubesse. Precisava manter segredo absoluto.

– Certo, eu entendo.

Ele passou os dedos pelo cabelo, bagunçando o que o criado dele devia ter demorado para conseguir.

– Então, me chame de Grenwood ou duque na frente dos outros, mas nada de "Vossa Graça" isso e "Sua Graça" aquilo. E, em particular, me chame de Geoffrey.

Em particular. Aquilo era animador.

– Muito bem. *Geoffrey*, tenho muito a fazer antes do jantar, ainda mais se eu for participar dele.

– Vá – disse ele com um aceno imperioso que fez com que se parecesse mais com um duque do que se dava conta. – Vá e faça o que precisa. Tomarei um uísque para me acalmar antes de a noite começar.

Ela riu daquilo.

– Então, faça isso no seu escritório. Assim, algum de nós terá a chance de endireitar sua gravata se necessário e garantir que não esteja todo descabelado.

Então ela saiu para encontrar um lacaio que pudesse ir buscar um traje adequado para que ela usasse no jantar.

O duque – Geoffrey – podia ser enlouquecedor às vezes, mas talvez fosse exatamente o tipo de homem que ela precisava seduzir. Se ao menos soubesse a melhor forma de fazer isso...

⌒

Geoffrey observou com grande interesse enquanto Diana se afastava. Percebeu que, quando estava com pressa, ela levantava um pouco as saias para se mover com mais facilidade – o que dava a ele relances de seus tornozelos. Eram tornozelos bonitos e finos, embora cobertos por meias de seda branca. Imaginou as próprias mãos subindo pelas pernas dela até as ligas, que ele soltaria para poder abaixar as meias e tirá-las. Depois...

Que Deus o ajudasse, acabaria se constrangendo se continuasse a pensar daquela forma.

– Onde está Rosy? – perguntou a mãe, vindo de trás dele.

Maldição! Com sorte, ela não o vira babar por Diana. Ele se virou e encontrou a mãe um pouco frenética.

– A senhora conferiu o quarto de vestir dela?

– Claro.

A preocupação estava estampada no rosto idoso.

– Nenhuma das criadas a viu depois que acabaram de ajudá-la a se vestir. Disseram que ela desceu para falar com Eliza sobre o cabelo, mas passei por Eliza nas escadas e ela disse que também estava à procura de sua irmã. Será que Rosy está se escondendo? Você sabe como ela entra em pânico pouco antes de um evento social.

– Sim, mas não a imagino fazendo isso hoje. Considerando sua animação durante todo o caminho para a Casa Grenwood depois da reunião com a rainha, Rosy não estava nem um pouco preocupada com o jantar.

A mãe esquadrinhou a sala de jantar.

– Se ela viu todas essas cadeiras aqui, talvez tenha reconsiderado.

124

Como se esperasse sua deixa, Rosy entrou.

– Mamãe, disseram que a senhora estava me procurando. Está tudo bem?

A preocupação sumiu do rosto da mãe.

– Está tudo bem, agora que está aqui.

Ela beijou as bochechas de Rosy, depois franziu a testa e pegou as mãos da filha.

– Você está gelada. Estava lá fora?

– Com esse vento todo? – indagou Rosy. – Só se eu fosse louca. Precisei de duas horas para me arrumar seguindo todas as instruções de Diana para esta noite. Se eu der um passo para fora, o vento vai estragar as pregas do vestido, sem falar que meu cabelo vai virar um ninho, ou ficar ainda mais parecido com um do que já está. Por que vocês acham que decidimos fazer o jantar aqui dentro?

Fazia sentido.

– Então, onde estava? – perguntou Geoffrey. – Ninguém conseguiu encontrá-la.

– Porque fui até a estufa pegar *isto*.

Ela mostrou um botão de rosa cor de vinho que escondera às costas.

– Não é perfeita? Achei que você poderia usar na lapela.

Ela se aproximou para prendê-la na casa de um botão.

– Pronto. Ficou lindo. Vou querer uma dança com você antes que as outras damas fiquem com todas.

Ele ficou alarmado. Antes que pudesse falar qualquer coisa, porém, a mãe disse:

– Não seja boba, Rosy. Homens não podem dançar com suas irmãs. É contra as regras.

Graças a Deus!, Geoffrey quase disse em voz alta, mas se conteve.

– Desculpe, bonequinha. Talvez em outra ocasião, quando ninguém estiver por perto para controlar as nossas danças.

– Agora, vá, querida – mandou a mãe. – Eliza está à sua espera lá em cima, para que seu cabelo fique perfeito.

Rosy deu uma gargalhada.

– Perfeito? Nada em mim nunca ficou perfeito. Mas meu cabelo certamente precisa ser domado antes que eu possa ser exibida para as nossas visitas.

Na hora que Geoffrey ia elogiá-la, ela saiu.

– Nós temos uma estufa? – perguntou ele para a mãe.

– Claro – respondeu ela, embora parecesse distraída. – Todos os duques não têm?

– Não sei. Ainda não conheci outros duques. Desconfio que eles estejam escondidos em suas casas para se protegerem das hordas de mulheres que querem agarrá-los e torná-los seus maridos ou amantes.

Ele balançou a cabeça.

– A senhora sabia que, nas últimas semanas, sempre que vou a uma reunião, tem alguém que conheci em algum evento anterior esperando para me apresentar à irmã ou à prima ou até à mãe? Quantos anos eles acham que eu tenho?

A mãe dele não respondeu, apenas ficou olhando para o nada.

– Eu não sabia que havia rosas na estufa. Acho que vou verificar.

– Espere um pouco, mãe. Que horas são?

Geoffrey tirou do bolso seu relógio favorito, que o avô lhe dera quando ele atingiu a maioridade.

– Excelente. Temos mais ou menos uma hora. Então a senhora tem tempo para ir procurar rosas e eu tenho tempo para tomar um uísque.

E Diana tem tempo para se vestir.

Pelo menos, esperava que ela tivesse. Sua insistência para que ela participasse do jantar não era para aumentar as preocupações dela sobre como tudo estava transcorrendo.

– Tudo bem – disse a mãe. – Vou procurar as rosas depois que o jantar terminar. Elas não vão fugir da estufa.

– Verdade – respondeu ele, rindo.

Geoffrey passou a hora seguinte em uma agradável solidão em seu escritório. Nenhum dos criados ousava incomodá-lo ali e ninguém além de sua mãe e Diana sabia onde ele estava. Esse era o lado positivo de ser duque. Pelo menos lhe davam um pouco de tranquilidade, ainda mais em uma casa tão grande. Em Newcastle, eles moravam em uma boa casa, mas de tamanho modesto, então era difícil conseguir sossego.

Provavelmente, esse era o motivo para a mãe viver perguntando quando se mudariam de Newcastle para a propriedade ducal, o castelo Grenwood, situado perto do rio Ouse, em Yorkshire. A resposta dele era sempre: "Quando Rosy se casar." Mas talvez a mudança precisasse ser antes, para que pudessem se estabelecer na cidade antes que a fofoca de Newcastle os perseguisse.

Bateram na porta do escritório. Geoffrey suspirou. Devia estar na hora do jantar.

– Pode entrar.

Era Diana. Mas não a Diana que ele vira até então.

– Sua mãe me mandou vir buscá-lo...

Ela entrou enquanto ele se levantava. Ele não conseguiu evitar encará-la. O vestido dourado brilhava mesmo sob a luz da vela, transformando-a em uma deusa. As mangas curtas bufantes mal cobriam seus ombros, e o acabamento preto do corpete destacava o volume dos seios. Seria tão fácil puxar aquelas mangas pelos ombros dela e tirar seus seios do esconderijo para que ele pudesse...

Que inferno! Precisava parar de olhar embasbacado para eles, mas era uma tarefa dura. *Ele* estava ficando duro, o que não era uma boa ideia. Rapidamente, desviou o olhar para os cachos ruivos dela, que, por alguma razão, chamaram sua atenção para os lábios carnudos e sedutores. O que mais queria era beijá-los para sentir o gosto deles. O gosto *dela*.

– Este vestido está bom? – perguntou ela, nervosa, já que ele continuava em silêncio.

– Com certeza. – Foi tudo o que ele conseguiu falar.

Diana franziu a testa, por isso ele acrescentou:

– A senhorita está tão linda quanto aquela em que seu nome foi inspirado.

Você me deixa sem fôlego. Você arrefece minha determinação. Você é mais perigosa do que o desmoronamento de uma ponte.

Não, não podia falar nada daquilo. Ela poderia considerar um convite.

E, agora, ela o encarava de forma estranha.

– A inspiração do meu nome foi minha tia-avó Diana.

– Eu estava me referindo à inspiração de todas as Dianas: a deusa romana da caça.

Ela sorriu timidamente.

– Não sabia que era um classicista.

– Academia de Newcastle-upon-Tyne, lembra? Absorvi algum conhecimento além de matemática e física. Além disso, durante um tempo, meu pai teve uma pintura a óleo no escritório dele de Diana se banhando. A senhorita poderia ser irmã gêmea dela.

Ela arqueou a sobrancelha.

– Deixe-me adivinhar... ela estava seminua.

– De forma alguma. Estava *totalmente* nua.

Ele sorriu.

– Por isso minha mãe a achava terrível.

– Que surpresa.

Era óbvio que ela estava tentando não rir.

– Acho que meu pai tem um quadro similar no escritório dele. O tema parece agradar aos cavalheiros. Muito clássico.

– Então, seu pai também é um classicista?

– Imagino que da mesma forma que o senhor – disse ela.

Naquele momento, ele percebeu que tinha dito praticamente que a imaginara sem roupas. O que qualquer mulher de boa família entenderia como uma ofensa.

Ele de fato a imaginara sem roupas, mas isso não seria assunto para uma conversa. Precisava mudar para assuntos mais amenos.

– Talvez eu devesse começar de novo de forma mais gentil. Lady Diana, a senhorita está linda com esse vestido.

– Obrigada, gentil senhor – respondeu ela, com uma mesura. – E o duque está muito bonito. Até conseguiu não amassar a gravata. Beau Brummell ficaria orgulhoso.

– Quem é esse? – indagou ele.

– Não importa. O senhor não gostaria dele. Eu não gosto.

– Infelizmente, meu cabelo deve estar uma bagunça.

– Verdade – concordou ela.

Diana se aproximou para endireitar um cacho aqui e outro ali.

– Embora a aparência geral me agrade – garantiu a mulher.

Deus, ela o estava tentando. Se a porta não estivesse aberta e se a mãe dele não a tivesse mandado lá, ele talvez cedesse à tentação e a beijasse de novo. Os olhos dela fitando os seus lhe diziam que ela gostaria disso.

Como ele não o fez, contudo, ela corou e se virou para a porta.

– De toda forma, não me dê atenção quando o assunto for cabelo. Essa é a área de Eliza. E, falando nela, ela gostaria de ver o senhor, sua mãe e Rosy juntos para conferir se seus trajes estão harmoniosos.

Ele a seguiu para fora do escritório.

– Deus me livre se nossos trajes não estiverem harmoniosos.

– Só posso dizer que Eliza acredita que as famílias devem se vestir de forma harmoniosa, ainda mais em ocasiões importantes como esta. Diz que leva a relações familiares equilibradas. Ela acredita piamente que foi a falta dessa harmonia que separou a nossa família anos atrás.

– E não as várias amantes?

Diana deu de ombros.

– Ouvi dizer que, muito tempo atrás, meus pais se falavam. Então, ela tem o direito. Quem sabe?

– Quem sabe?

Ele na certa não era nenhum especialista em manter famílias unidas. Seu pai parecia discutir com sua mãe tanto quando mostrava seu afeto. Seu avô e sua mãe nunca concordavam, por causa do pai. E, nos últimos tempos, Rosy e ele...

Não, *esse* relacionamento estava melhorando, graças ao trabalho da Ocasiões Especiais. Então, ele assistiria ao lançamento da irmã na alta sociedade e a aplaudiria o tempo todo. Porque fazer com que ela e a mãe se estabelecessem os colocaria no caminho para serem uma família com um relacionamento harmonioso.

E tiraria um grande peso dos seus ombros.

CAPÍTULO NOVE

Por que insistira em tocar nele, não apenas uma, mas duas vezes? Não fazia sentido. Homens não costumavam ter um efeito tão forte sobre ela. Só *ele*... e a conversa sobre a deusa nua e a forma como tentara mudar o foco e o humor dele que sempre a surpreendia. Não conhecia ninguém como ele.

Esse devia ser seu charme. Ele era diferente. Um duque, mas não um duque de verdade. Um cavalheiro, mas nem sempre um cavalheiro. Como ela poderia *não* tocá-lo? O tamanho dele fazia com que ela se sentisse protegida contra todos os nobres pedantes e suas esposas fofoqueiras.

Esforçou-se para tirá-lo da cabeça... pelo menos até ter tempo para pensar melhor. Por ora, precisava ter certeza de que todos sentassem nos lugares certos, que Verity tivesse se lembrado de arrumar os cisnes de marzipã em um espelho – de modo que parecessem nadar em um lago cristalino na montanha – e alguém tivesse colocado uma cadeira a mais à mesa para ela.

Por um milagre, uma das damas convidadas não pôde ir por estar doente, então Diana poderia participar do jantar sem arruinar a proporção entre homens e mulheres.

Geoffrey não pareceu muito feliz ao se sentar entre uma marquesa viúva e a jovem filha de um duque, mas era o que as regras sociais orientavam.

Eram aquelas pessoas que *Diana* os orientara a chamar. Sabendo que o neto mais velho da marquesa estava na idade de se casar, Diana se apressara em convidar a viúva. Enquanto isso, a filha do duque tinha um irmão preferido que era o herdeiro do pai. Se não conseguisse se casar com um duque ou um marquês, nada poderia ser melhor para Rosy do que se casar com o herdeiro de um deles – e, infelizmente, não havia muitos disponíveis.

Ainda assim, agora Diana estava arrependida por ter convidado a filha do duque, porque a moça olhava para Geoffrey com tanta veneração que a vontade de Diana era mergulhar a cara da mocinha na tigela de sopa.

– A senhorita experimentou o pato? – perguntou a pessoa que estava sentada à sua direita. – Está melhor do que eu esperava para um jantar oferecido por um duque que dizem não ter berço.

Ela foi tomada por uma vontade estranhamente forte de defender Geoffrey.

– O senhor sabia que, além da família do pai dele ter muito prestígio, Sua Graça também é descendente dos Stockdons de Newcastle pelo lado da mãe? Ele foi educado em uma escola antiga e muito cara: Academia de Newcastle-upon-Tyne. Sua Majestade está pensando em mandar um dos netos para lá.

O sujeito assentia enquanto ouvia, como se ela não estivesse contando a mentira mais deslavada da vida. Entretanto, ela duvidava que algum dia ele descobrisse a verdade. E o patife despertara sua ira, o que era algo difícil. Ele merecia se sentir mal informado. Depois de uma segunda conversa parecida com o convidado à sua esquerda, ela ficou muito feliz quando a sobremesa chegou, uma obra grandiosa que envolvia um castelo de *fondant*, cisnes de marzipã em um lago na montanha e pilhas de incomparáveis gotas de chocolate que representavam os sopés cobertos de neve em torno do castelo. Em cada uma das extremidades, havia tigelas de *fondant* com frutas de marzipã e biscoitos diversos. Pelas exclamações dos convidados, ela não foi a única a ficar impressionada com o trabalho manual de Verity.

Quando as damas se retiraram para a sala privativa da Sra. Brookhouse para que os cavalheiros tomassem seu vinho do porto, Diana aproveitou a oportunidade para puxar Rosy para um canto.

– Como você está, querida? – perguntou Diana. – Está se divertindo?

– Sim, mas os convidados são tão *velhos*.

– É verdade. Mas, como não são cavalheiros em busca de casamento, achou mais fácil conversar com eles?

– Bem, sim, mas como vou encontrar um marido se não conhecer homens em busca de casamento?

– Vai conhecê-los no seu baile de debutante daqui a duas semanas. Os pais deles, que estão aqui agora, vão incentivá-los a vir depois de verem a moça adorável que você é. E tenho certeza de que também a convidarão para os eventos que eles oferecerem até lá, então é até possível que você conheça os cavalheiros antes. Para esta noite, achei que seria menos desafiador conversar com pessoas mais velhas.

Rosy arregalou os olhos.

– Ah! *Muito* menos desafiador.

– Agora, a questão é se você vai querer dançar com algum cavalheiro que está aqui. Porque será muito bom para treinar para quando tiver jovens da sua idade.

– Sempre fico feliz em dançar, contanto que alguém me convide.

Diana deu um tapinha no ombro dela.

– Acredite em mim, isso não será problema. Todos os casais aqui gostam de uma boa dança escocesa.

– Que coincidência. Eu também! – disse Rosy, com muita sinceridade.

Diana só conseguiu assentir e sorrir. A jovem não se parecia muito com o irmão. Ele agarrava o que lhe fosse necessário, enquanto Rosy esperava que alguém lhe oferecesse. Talvez fosse apenas por causa da diferença de gênero. Ou talvez de idade. Aos 19 anos, Rosy não era muito sofisticada, mas acabaria pegando o jeito. Diana não sabia a idade de Geoffrey, mas diria que ele estava chegando aos 30.

– Nunca pensei em perguntar – disse Diana –, mas quantos anos tem seu irmão?

Diana se arrependeu da pergunta quando viu um brilho de desconfiança no olhar de Rosy.

– Ele tem 30 – respondeu a jovem. – E acredito que seja um ótimo candidato a marido.

Diana se esforçou para não deixar óbvio seu interesse por ele.

– Infelizmente, não há muitas damas em busca de casamento aqui, mas vou me lembrar de convidar algumas para o seu baile.

Então, antes que deixasse transparecer seus sentimentos reais, Diana foi para a sala privativa onde as damas se reuniram, para conferir se estavam confortáveis. Sentou-se um pouco, apreciando a conversa das mulheres, a maioria inteligente e gentil – motivo de serem convidadas para os eventos da Ocasiões Especiais.

Não demorou muito para os primeiros acordes de música chegarem ao cômodo. Atraídas pela melodia cadenciada de "Monymusk", as convidadas se levantaram e se dirigiram para a sala de estar formal. Quando Diana chegou lá, quase todo mundo já tinha um par e dançava.

Exceto Geoffrey, que ficara perto da porta bebendo uma taça de vinho e vendo seus convidados girarem pela pista de dança, a irmã em especial.

Ela se aproximou.

– Rosy está se saindo muito bem, não acha? Ela definitivamente tem muito mais confiança agora do que tinha algumas semanas atrás.

– Verdade. E ela dança bem. Também, sempre gostou, desde que começou a aprender.

– E percebi que ela não teve nenhum problema em conseguir um par.

Ele sorriu, orgulhoso.

– Não esperava menos. Eu me atrevo a dizer que ela vai partir o coração de muitos cavalheiros.

– Sem dúvida.

Ele a fitou.

– Por que a senhorita não está dançando? Fiquei surpreso por não vê-la na pista de dança ainda.

– Talvez eu esteja esperando que alguém me tire para dançar – disse ela, timidamente, na intenção de que ele entendesse a dica.

– Posso conseguir um par para a senhorita se quiser – ofereceu ele, vasculhando a sala com o olhar.

Ela suspirou.

– Suponho que eu deva conseguir um par para o *senhor*. A dama que estava ao seu lado no jantar, talvez?

– A marquesa? Acho que não. Além disso, ela está dançando com um sujeito.

– A outra dama – disse ela, esforçando-se para esconder o ciúme.

– Não, aquela lá tagarelou no meu ouvido o jantar inteiro, nada além de fofocas sobre pessoas de quem nunca ouvi falar. Por que eu me interessaria cm sabcr sc algum condc brigou com a csposa por causa dc alguma aposta que ele fez no White's?

Graças a Deus, ele não estava interessado na filha do duque. Diana ficou aliviada, embora não soubesse por quê. Duvidava que ele se casasse com alguma mulher que vivesse num mundo tão diferente do dele.

– O senhor poderia dançar *comigo* – sugeriu ela, da forma mais tranquila que conseguiu.

– Não poderia, não – respondeu ele, de forma grosseira, depois deu um longo gole de vinho do porto.

Ela escondeu a mágoa, mas não resistiu a perguntar:

– Por quê?

– Não posso dançar.

– Mas por quê? Parece…

– *Não posso dançar.*

Ele a encarou.

– Não sei dançar.

Aquilo a pegou desprevenida.

– Como? O senhor nunca dançou nas festas e reuniões em Newcastle?

Ele bufou.

– Quando não estava no meu clube acadêmico, frequentado só por homens, eu acompanhava meu avô em projetos de engenharia. E ele me mostrava como as coisas funcionavam na Stockdon & Filhos. Assim que tive idade suficiente para viajar com ele, passava metade do tempo longe de casa.

Ele ficou na defensiva.

– Não me importei por não aprender a dançar. Nunca achei que me faria falta.

– Sua mãe não se importava de o senhor passar tanto tempo fora de casa? Quantos anos tinha?

– Doze. Eu gostava de ir. Em casa…

Ele deu de ombros.

– Minha mãe tinha Rosy e meu pai. E ela sabia que eu estava em boas mãos com meu avô.

Quando ela supunha estar começando a compreendê-lo, descobria algo que bagunçava tudo.

– Certo, mas depois que seu pai e seu avô morreram, por que o senhor não fez aulas de dança junto com sua irmã?

– Porque eu estava supervisionando a construção de um canal. Porque eu não fazia ideia que herdaria um ducado poucos meses depois. E porque…

Ele hesitou, os olhos escuros nublando.

– Acho que eu não seria um bom dançarino. Eu me sinto um elefante tentando dançar um minueto.

– Uma vez, vi um elefante da torre de Londres dançar. Apesar do tamanho, ele era bem ágil. Além disso, o senhor não é um elefante. Seu porte não impede que os pés sejam leves.

Ela olhou para os outros dançarinos.

– E qualquer pessoa que se equilibre em cima de pontes e eclusas em obra, como suponho que faça com frequência, é capaz de dançar. Talvez o senhor até aprecie.

– Duvido muito.

– Então, por que não experimentamos? Vamos até a varanda e eu posso dar sua primeira aula de dança. Conseguiremos escutar a música e, como esfriou de novo, ninguém vai querer ir lá.

Ele a encarou como se quisesse descobrir por que ela faria aquilo. Nem ela sabia. Só sabia que precisava explorar essa conexão tênue entre eles e precisava fazer isso em particular, não em uma sala cheia de gente.

Enquanto Diana esperava por uma resposta, ele assentiu e fez um gesto para que ela passasse na sua frente e saísse da sala de estar pelo corredor, em vez de irem direto para a varanda.

– Por aqui, ninguém vai tirar nenhuma conclusão – explicou ele. – Será como se saíssemos apenas para cuidar de alguma emergência em outro cômodo.

Ele a guiou pela sala privativa já vazia, depois seguiram em direção à varanda. Diana não passara muito tempo lá. Inspecionara o local para ver se era possível colocar algumas mesas caso o jantar fosse ao ar livre, mas o frio e a névoa impediram esses planos.

Geoffrey logo a levou pela escada que descia para a parte mais externa da varanda, onde ainda conseguiam escutar a música, mas não podiam ser vistos na escuridão.

Contudo, a parca iluminação dificultava as coisas para eles. Era difícil demonstrar um passo de dança se seu parceiro não conseguia ver. Como que para ajudá-los, as nuvens se afastaram e uma lua cheia brilhou o suficiente para que pudessem enxergar. Mais à frente, um muro baixo circundava a varanda, o que ao menos lhes dava um limite para a dança.

Ele parou e a encarou com uma expressão séria.

– Sou todo seu, Diana. Faça o que quiser comigo.

– Não me instigue – retrucou ela, com uma gargalhada. – Não acho que aulas de dança precisem de tanta dedicação. Mas o senhor terá que julgar isso por si só. Tem algum passo específico que gostaria de aprender ou todos estão além das suas capacidades atuais?

– Eu gostaria de aprender o trote – disse ele.

Diana o fitou confusa.

– É claro que tudo está "além das minhas capacidades atuais"! – acrescentou ele. – Como não sei dançar, por definição não sei nada a respeito, nem mesmo os nomes dos passos.

– Certo, certo – resmungou ela. – Não precisa ser rude.

Então, ela começou da mesma forma que seu professor de dança começara.

– O senhor sabe saltitar?

Ele pareceu perplexo.

– Pode demonstrar o que quer dizer?

Ela esperou que a luz da lua e a iluminação que vinha da sala de estar fossem suficientes para que ele visse, então demonstrou.

– Agora, o senhor – ordenou ela.

– Aprendi a fazer isso quando era garoto – contou ele ao saltitar para a frente e para trás. – Só não sabia o nome.

– Maravilha! Então, agora, vamos dar as mãos e saltitar juntos.

Ele conseguiu fazer isso, então ela começou a aumentar a dificuldade e passou para um *chassé*. Depois, fez com que ele repetisse várias vezes. Quase podia ver o cérebro de engenheiro dele entendendo o que ela fazia e aplicando em si mesmo.

Diana acertara na suposição sobre a habilidade dele de se equilibrar perfeitamente, sem falar de sua agilidade. Ele com certeza *não* era um elefante, só não tinha plena consciência dos próprios peso e força. Se pulasse no pé dela, provavelmente o quebraria. Ela precisaria garantir que isso nunca acontecesse.

A música na sala mudou, sinalizando que a dança também mudaria. Eles deveriam entrar, para o caso de alguém ter percebido a ausência dos dois, mas ela não sugeriu isso, nem ele.

Então chegou a hora em que ela tentou lhe ensinar como juntar as mãos por cima da cabeça enquanto giravam devagar. Em algum momento, eles se perderam no giro. Um dos dois começou o beijo – provavelmente, ele. Mais tarde, ela não saberia dizer se fora a luz da lua ou a proximidade dos dois ou o cheiro de jasmim no ar. Só sabia que, quando ele a beijou, pareceu natural.

Dessa vez, Diana não ficou surpresa por ele introduzir a língua em sua boca, avançando e recuando como numa dança. Ela se entregou com abandono àquele beijo tão íntimo. Logo o movimento dos pés deles foi substituído pelo de mãos, cabeças e *bocas*. Para que pudessem se concentrar na excitação que crescia entre eles.

O beijo dele era glorioso. Pegando-a de surpresa, ele a encostou no muro baixo da varanda, sem parar de beijá-la, e a colocou ali em cima. Diana já imaginara como seria bom estar com um homem, compartilhar um momento íntimo, mas não se comparava àquilo. A ele. *Ele* a fazia desejar... ansiar... arder. Tinham passado o dia inteiro evitando aquele momento, por isso era uma sensação incrível finalmente se beijarem de novo. Ela amava o fato de estarem... de afinal poderem...

Que os céus a ajudassem. Não sabia que beijos podiam ser assim. Os círculos lentos da língua dele. O gosto de vinho em seus lábios, o cheiro dele de bergamota e almíscar. O jeito como fazia com que ela se sentisse... mulher... enquanto mergulhava em sua boca.

Os beijos foram ficando mais famintos, mais frenéticos, e Geoffrey pegou o rosto dela nas mãos, levando-a a fazer o mesmo nele. Depois ele correu a mão enorme pelos ombros dela enquanto fazia um caminho de beijos que ia da boca ao pescoço, então desceu mais, até a parte de cima de seus seios.

– Ah, isso – sussurrou ela enquanto os lábios dele roçavam na borda do seu corpete.

Ansiava pelas mãos dele em seu corpo, acariciando seus seios, beijando-os e apertando-os como imaginara em seus sonhos.

– Toque-me – implorou ela.

Diana congelou ao perceber que falara aquilo em voz alta, não apenas na sua cabeça.

Ele se afastou apenas o suficiente para pegar um dos seios cobertos como se lesse a mente dela.

– Aqui? – perguntou ele, rouco.

– Isso. *Por favor.*

– O que a dama quiser – murmurou ele, com os olhos brilhando sob a luz da lua enquanto enchia as mãos com os seios dela.

Diana fechou os olhos e se agarrou aos ombros dele, deixando que as sensações exóticas tomassem conta do seu corpo. Para um homem com tamanha força, ele era surpreendentemente gentil com ela. Saber que ele era carinhoso a excitou ainda mais.

Quando ele acariciou seus mamilos com os polegares, através do vestido, ela quase perdeu a cabeça. Não fazia ideia de que um homem podia... podia fazer algo tão... tão...

– Posso chupá-los? – pediu ele, com a voz rouca.

– Céus, sim! – respondeu ela, antes de perceber que ele tinha a intenção de desnudá-los. – Mas ninguém vai ver?

Ele soltou uma gargalhada rouca.

– Só se conseguirem enxergar através de mim.

Ele correu as mangas dela pelos ombros e braços. Assim, conseguiu puxar o corpete e o espartilho para baixo o suficiente para libertar um seio, depois o outro.

Ele soltou um som gutural, como se fosse uma fera selvagem, então se apoiou em um dos joelhos e tomou o seio dela na boca. Dessa vez, os movimentos da língua dele despertaram algo mais intenso, mais forte em Diana. Como um barco no mar, ela soltara todas as suas amarras. Porque nada parecido com aquilo jamais acontecera em sua vida.

– Geoffrey... ah, *Geoffrey*, isso é... tão...

– Sim. E você, minha deusa, tem o sabor do paraíso.

Ele mordiscou de leve o mamilo e ela gemeu, tão ansiosa por mais que empurrou o seio para dentro da boca dele. Isso fez com que ele usasse a mão para acariciar o outro seio, indo e vindo entre eles com um gemido faminto.

Ela enterrou as mãos no cabelo dele, despenteando-o ainda mais ao agarrá-lo e puxá-lo para si, oscilando para a frente. Quando ela achou que escorregaria do muro, ele se levantou e a pegou pela cintura.

– Cuidado, meu doce.

Geoffrey voltou a beijá-la com intensidade, mas dessa vez foi breve demais. Ele a tirou de cima do muro e a colocou no chão na varanda.

– Perdoe-me, fui longe demais. Foi um erro meu...

– Nem mais uma palavra.

Já sentindo a mudança nele, de excitado para culpado, ela pressionou um dedo sobre os lábios dele.

– Eu não me arrependo, então por que você deveria se arrepender?

– Porque não somos casados.

Ele tentou recolocar o vestido dela no lugar, mas apenas piorou a situação, então ela assumiu a tarefa.

– Porque nem sou livre para me casar – acrescentou ele.

As mãos dela congelaram no corpete. Não conseguiu encarar Geoffrey.

– Você está noivo?

– Não exatamente, mas...

– Mas não está livre.

Isso só podia significar uma coisa: havia uma mulher à espera dele em algum lugar.

Diana passou por ele.

– Preciso ir. Eliza e Verity devem estar me procurando.

– Diana...

– Não quero escutar suas desculpas.

Ela se afastou rápido, esforçando-se para não chorar e para endireitar o vestido enquanto rezava para que ninguém os tivesse visto.

Maldito fosse! Não estava disposta a se envolver com um homem comprometido. Ela fora testemunha do sofrimento da mãe toda vez que o pai ia se encontrar com a amante. Não aguentaria tal sofrimento. Sempre se recusara a ser a amante, e isso não tinha mudado.

Porque ser qualquer uma das partes dessa situação inevitavelmente levava a um desastre. E a última coisa de que precisava em sua vida era de mais um desastre.

CAPÍTULO DEZ

Geoffrey ficou em dúvida se deveria ir atrás dela, mas achou melhor não. Para começar, porque era mais seguro que os dois entrassem na sala de estar por portas separadas, em momentos diferentes, de modo que ninguém desconfiasse do que eles tinham feito. E havia mais um motivo...

Ele bufou. Só de olhar para a calça dele naquele momento, qualquer pessoa saberia o que ele e Diana estavam fazendo. Apesar da forma como o encontro acabara, ele ainda estava tão excitado que não conseguia nem pensar.

Se pudesse fazer do seu jeito, deixaria o jantar, subiria até seu quarto e resolveria o problema sozinho... Mas Diana provavelmente o repreenderia ainda mais pela fuga do jantar do que pelo péssimo comportamento com ela.

Se ela algum dia voltasse a falar com ele.

Que inferno! Não se atreveria a falar que ela entendera errado sobre ele ter uma noiva, pois do contrário ela o pressionaria até que ele revelasse a verdadeira razão para dizer que não estava livre. Aí ela poderia contar para alguém. Como sua mãe ou irmã.

Não, envolvê-la era um risco muito alto. Além disso, ela e as irmãs já haviam sobrevivido a um escândalo, não poderiam passar por dois. Então era melhor se concentrar em arranjar um marido gentil e respeitável para Rosabel e garantir que a mãe não desconfiasse de nada inconveniente ou sujeito a vergonha pública. Essas duas coisas eram essenciais para que o segredo do pai não viesse à tona.

O que Diana queria com ele, afinal? Casar? Ir para cama? Supôs que pudesse ter interpretado errado o nível de experiência dela.

Aquilo era impossível. O primeiro beijo deles deixara óbvio que ela era inexperiente. E o encontro deles que terminava havia poucos minutos mostrara que ela estava ávida, mas não tinha experiência. Droga, a única razão para ele próprio saber o que fazer fora uma amizade lasciva que tivera com uma viúva alegre em Newcastle. Ela lhe ensinara bastante antes de perceber que tinha apenas 14 anos. Naquele ponto, ela transferira seus carinhos para um homem que não era apenas um rapaz inexperiente.

A viúva não tinha sido a primeira a supor que ele fosse mais velho. Geoffrey ficara alto tão cedo que, diversas vezes, as mulheres enxergavam um homem-feito quando ele era apenas um rapaz. Por um tempo, Geoffrey se beneficiara das suposições delas. Que jovem não queria ir para cama com quantas mulheres pudesse?

Então, seu pai se sentara com ele para avisar sobre os perigos de pegar uma doença ou engravidar uma mulher. O pai dissera que um dia Geoffrey se casaria e odiaria ter as atividades de sua juventude pesando em sua consciência.

Geoffrey era praticamente um celibatário desde então. Com mulheres. Não com a mão.

– O que está fazendo escondido aqui? – indagou uma voz feminina.

– Droga, Rosy, não me assuste assim! Eu só precisava de ar puro.

Graças a Deus, não havia mais uma protuberância em sua calça.

– Bem, Diana me pediu para vir chamá-lo. Todo mundo está perguntando por você.

– Certo. Já vou voltar.

O coração dele acelerou. Diana queria vê-lo. Para encerrar seu relacionamento com ele e a família dele? Será que ele estragara tudo e não seria mais capaz de consertar?

– Ela disse o que queria?

Rosy levantou o olhar para ele.

– Só disse para você entrar para que as pessoas parem de perguntar onde está. Ou, pelo menos, foi o que supus. Ela não disse exatamente.

Droga. A irmã não estava ajudando muito. Enquanto atravessavam juntos uma porta para entrarem na casa, ele perguntou:

– Está se divertindo com o jantar e a dança?

– Estou, sim! Obrigada por me pressionar a participar de uma temporada social. Até agora, tudo tem sido grandioso.

Rosy parou assim que passou pela porta.

– Ah, e dancei com um dos seus amigos, lorde Foxstead. Ele parece ser uma boa pessoa. Não sabia que você tinha amigos na nobreza.

– Então, agora sabe.

Foxstead. Droga. O homem podia ter título e riqueza, mas sua reputação com mulheres era quase tão ruim quanto a de lorde Winston.

Geoffrey sabia que não deveria dar sua opinião sincera para Rosy. Mas isso não o impedia de ter uma conversa com Foxstead – perguntar quais eram as intenções do sujeito, garantir que soubesse onde estava se metendo e tal. Por Deus, o homem era nove anos mais velho do que ela!

Você é seis anos mais velho do que Diana. Apesar disso, se aproveita dela em toda oportunidade que tem. Ainda assim, está pronto para esganar Foxstead só por dançar com sua irmã? Não seja um cretino hipócrita.

Geoffrey era mesmo um cretino hipócrita. E não se importava. Diana tinha começado a dominar seus pensamentos, e ele não sabia como lidar com aquilo. Era melhor descobrir logo. Caso contrário, estaria em apuros exatamente com a mulher que podia oferecer um futuro brilhante para Rosy. Sua mãe e sua irmã nunca o perdoariam por isso.

Ele mesmo se puniria caso seu comportamento apressado e insensato os fizesse perder a ajuda de Diana e das irmãs para sempre.

∽

O único motivo para Diana mandar chamar Geoffrey fora reforçar a ilusão dos convidados de que eles não estavam juntos na varanda. Com certeza, não fizera isso porque queria ver aquele hipócrita. Não queria mesmo. Por isso pedira que Rosy o chamasse. Desse modo, não precisaria ficar sozinha com o miserável.

Quando ele chegasse, ela avisaria que, assim que estivesse pronto para terminar com o jantar, deveria propor um brinde a Rosy para que a noite tivesse uma conclusão festiva. Depois de lhe dar esse aviso, Diana fugiria o mais rápido que pudesse.

Enquanto esperava por ele, andava de um lado para o outro na sala privativa, cada vez mais furiosa. Então Rosy apareceu sem Geoffrey.

– Achei que tivesse ido chamar seu irmão – disse Diana.

A julgar pela forma como Rosy arregalou os olhos, suas palavras tinham saído um pouco bruscas.

– Eu fui, mas ele me disse que precisava resolver um assunto na sala de estar e voltaria logo.

Certo. Era o jeito de Geoffrey de fugir, da mesma forma que fizera na primeira vez que se beijaram. Quanta elegância, não?

– Rosy, me diga uma coisa: por que nenhum de vocês mencionou que Geoffrey... que seu irmão tem uma noiva?

Rosy piscou.

– Porque ele não tem.

A resposta a deixou confusa. Rosy não mentiria para ela. Pelo que Diana percebera, a jovem era muito franca. Só que...

– Ele me disse mais cedo que não estava livre para se casar.

– Não consigo imaginar por que ele diria isso. Ele é considerado um bom marido em potencial em Newcastle. Pelo menos agora, que é duque.

O rosto de Rosy se iluminou.

– Espere aí, vocês dois estavam falando em *casamento*?

A pergunta pegou Diana desprevenida. Maldição! Agora tinha feito com que ela revelasse coisas que não deveria.

– Nós nos casarmos?

Ela pensou rápido para dar uma explicação razoável.

– Estávamos apenas discutindo como encontrar uma esposa para quando ele decidir se casar. Foi então que ele disse que não está disponível para o casamento.

– Entendi – disse Rosy, claramente nem um pouco convencida.

Deus do Céu, precisava parar de contar mentiras. Diana não gostava daquilo. Além disso, ela não mentia bem.

– Ele já teve uma noiva? Alguém por quem poderia ainda estar apaixonado?

Se o príncipe de Gales podia ter uma esposa não tão secreta, Geoffrey poderia ter uma noiva – ou mesmo esposa – sem ter contado nada para a família.

Rosy riu. Depois, olhou bem para o rosto de Diana e ficou séria.

– Até onde sei, Geoffrey nunca nem cortejou ninguém. Nunca. Os canais e pontes parecem ser sua única paixão. Será que ele não estava falando disso? Talvez você tenha entendido errado.

– Ah, acredite, ele foi bem claro.

Sua respiração ficara irregular? Ele *tinha* sido claro? Repassou a conversa na cabeça. Embora ele tivesse sido firme ao garantir que não estava "livre para se casar", não dissera necessariamente que tinha a ver com outra mulher.

Ou ela estava apenas se apegando a essa esperança? De qualquer forma, ele fora implacável ao não explicar o que queria dizer.

– Seu irmão pode ser irritante às vezes.

– *Às vezes*, não – discordou Rosy. – A maior parte do tempo. Sempre tenho vontade de puxar a orelha dele. E faria isso se conseguisse alcançá-la.

– Como posso ajudá-lo se não sei o que ele quer e ele não explica?

Não ficara lá tempo suficiente para que ele se explicasse, mas não tinha importância. Ele provavelmente sabia como Diana interpretaria suas palavras e, apesar disso, não as retirara. Aquele cretino arrogante.

Rosy a observava com uma expressão confusa.

– Acho melhor eu avisá-la de que Geoffrey não costuma dar explicações a ninguém e ele é ainda pior comigo e com mamãe do que com qualquer outra pessoa. Sinceramente, ele nunca falou nada conosco sobre casamento. Ou sobre quando vamos nos mudar para o castelo Grenwood. Ou o que papai disse no leito de morte, se é que disse algo. Nem uma palavra sequer.

– E vocês não *exigem* que ele fale?

– Geoffrey não é bom em acatar ordens. Ele é muito… independente.

– Quer dizer determinado a fazer com que tudo seja do jeito dele. *Isso* eu percebi.

Diana colocou as mãos na cintura.

– E você não faz ideia do que ele quis dizer quando falou que não estava livre para casar?

– Não faço a menor ideia. Talvez se referisse a estar tentando vender a empresa do vovô. Depois que nosso avô morreu, Geoffrey cuidou da Stockdon & Filhos sozinho por anos. Papai nunca se interessou, então nada mudou quando *ele* morreu. Mas, depois que Geoffrey herdou o ducado e tudo mais…

Rosy cruzou os braços.

– Ele e mamãe querem que nós três nos mudemos para o castelo Grenwood, a propriedade da família em Yorkshire, para que ele possa colocar tudo em ordem. Mas não quero deixar as minhas amigas. Só tenho duas, ainda assim…

– Eu compreendo – disse Diana, com gentileza. – Amigas são essenciais para a vida em sociedade.

– Sim! Você me entende!

Rosy mordeu o lábio inferior.

– Mas você tem irmãs. Uma mãe, por mais maravilhosa que seja, não substitui irmãs.

– Verdade – concordou Diana, um nó se formando em sua garganta.

Porém irmãs também não substituíam uma mãe. Fazia semanas desde a última vez que vira a sua. Ficavam muito ocupadas durante a temporada de eventos sociais. Ainda assim, Diana sentia saudade. Sem a raiva que sentia pelo pai delas, a mãe tinha mudado: se tornara mais fácil de lidar, feliz por quaisquer migalhas de carinho que as filhas oferecessem. Será que sua mãe só agira daquela forma durante o casamento por causa do adultério do pai?

Não que ainda fizesse diferença. Independentemente do que causara a ruptura entre seus pais, o casamento deles não seria o melhor exemplo de união bem-sucedida.

O jeito reservado de Geoffrey também não era um bom presságio para um matrimônio. Ah, por que ela estava pensando nele em termos de casamento? Ele seria um marido terrível. Tudo sempre teria que ser do jeito *dele*. Para Diana, já bastava o pai assim. Além disso, ele deixara bem claro que casar-se não era algo que buscava.

A não ser que o problema fosse *ela*, que ele não quisesse se casar com *ela*. Será que ele a achava uma devassa por causa de seu comportamento? Se achasse, que fosse para o inferno. Ela não o forçara a nada.

Ele provavelmente achava que ela estava armando para fisgá-lo. Isso talvez explicasse por que mentira sobre suas razões para não se casar. Pelo amor de Deus, ela nem mencionara casamento! Como e por que ele chegara a essa conclusão estava além da sua capacidade de entender. Mas a culpa não era dela. E diria isso a ele assim que o visse.

Mas não hoje.

– Será que devo voltar a dançar? – indagou Rosy c olhou para a porta. – Não sei o que aconteceu com Geoffrey.

– Vá, sim. Você merece aproveitar a festa. Afinal, ela é para você. Mas, se vir Eliza, peça que venha aqui, por favor. Eu ficaria muito agradecida.

– Peço que Geoffrey venha também se encontrá-lo?

– Não.

Diana não iria ficar ali. E estava cansada demais e furiosa demais para lidar com ele naquele momento. Precisava pensar em uma forma de abordar o assunto.

Quando Eliza chegou, Diana estava pronta para dar um basta em toda a família Brookhouse. Mas sabia que não podia agir de cabeça quente. Então, se limitou a pedir à irmã que lembrasse Geoffrey de como ele deveria proceder para encerrar o jantar.

Eliza a fitou desconfiada.

– Mas você resolveu tudo com Sua Graça hoje. O que mudou?

Diana abriu um sorriso cansado para a irmã e mentiu com todas as suas forças:

– Não tem nada a ver com ele ou com a família dele. Só estou com uma tremenda dor de cabeça. E não aguentaria ter que voltar para a festa. Você entende?

Ela pegou a mão da irmã.

– Se precisar que eu fique, posso ficar.

– Não, não, claro que não.

Eliza levou a outra mão à da irmã também.

– Você teve um dia longo…

– Você também – afirmou Diana.

– Mas não fiquei arriscando tudo nessas últimas três semanas. Vá para casa. Além disso, sabe muito bem que Verity e eu já pedimos mais de uma vez para sairmos antes do final de algum evento. Você nunca pediu. Então, tenho certeza que Verity concordaria que está na sua vez.

– Obrigada, Eliza – declarou Diana baixinho e deu um beijo no rosto da irmã. – Não vou me esquecer disso.

– Não vou deixar que esqueça – brincou Eliza, rindo. – Agora, vá. Preciso encontrar nosso cliente rabugento para lembrá-lo de cumprir seus deveres com a irmã.

Eliza saiu e Diana foi pegar sua bolsa de trabalho, onde guardara o vestido que usara mais cedo, sua caixa de costura e retalhos para consertar o vestido e a bolsa de Rosy. Diana tinha deixado a bolsa atrás de um sofá, certa de que ninguém a veria ali. Mas, exatamente quando a estava pegando, escutou um homem pigarrear.

Quando se virou para ver quem era, encontrou o próprio duque na porta.

Vê-lo assim a pegou desprevenida. Então, fez uma mesura perfeita.

– Vossa Graça. Precisa de algo?

Ele titubeou.

– Diana… – disse ele e foi na direção dela.

Ela deu um passo para trás. Isso fez com que ele parasse, tenso.

– Disseram que precisava falar comigo.

– Não preciso mais. Não agora que sei que o senhor me enganou deliberadamente e me fez acreditar em uma mentira.

Ela pegou a bolsa e esperou que ele saísse da sua frente.

– Acredito que Eliza já tenha dito o que precisa fazer para terminar a noite. Caso não, ela dirá. Quanto a mim, não tenho nada para falar com *Vossa Graça*, então, se puder me deixar passar...

Ele entrou no cômodo, mas não saiu exatamente da frente dela.

– Desculpe, Diana. Não quis sugerir que eu fosse noivo. Eu falei errado.

– Falou errado.

Ela bufou.

– Depois que sua irmã ficou surpresa quando a questionei sobre uma noiva, presumi que tivesse mesmo *falado errado*. Então quer dizer que o senhor não tem nenhum noivado oficial. Teria um noivado *secreto*? Ou um casamento secreto?

– Não consigo esconder nem segredos bobos da minha mãe e da minha irmã. Certamente não conseguiria esconder *esse* tipo de segredo.

Por alguma razão, aquilo abriu as comportas da mágoa e do sofrimento dela.

– Não sei o que é pior: temer por gostar de receber a atenção de um homem que é noivo de outra ou saber que o mesmo homem, de propósito, me deixou acreditar na minha interpretação errada, em vez de admitir por que não quer se envolver comigo.

– A verdade!

Ele se virou para olhar para a porta antes de fechá-la.

– Que verdade seria essa, me diga?

Naquela hora, ela estava frustrada demais para se importar com o que aconteceria com sua reputação se fosse encontrada sozinha com ele a portas fechadas.

– Não faço ideia. O senhor não disse, lembra? Mas pensei em diversas possibilidades. O senhor se sentiu ofendido pelo meu comportamento libertino na varanda, mesmo tendo sido o culpado por instigá-lo? O senhor me acha petulante demais para me casar com um homem que já trabalhou pelo próprio sustento? Ou, talvez, ache meu cabelo ruivo horrível?

– Nada disso, meu Deus! – protestou ele. – Espere, tem algum homem que ache seu cabelo horrível? O que tem de errado com essa pessoa?

– *Não* mude de assunto! – exclamou ela. – Se nenhuma dessas opções é a razão certa, talvez o senhor pudesse ter a decência de me dizer a verdade, não? E por que o senhor supôs que eu *quisesse* me casar se eu não falei nada sobre isso?

– Eu só estava… Eu não pensei…

– Não, o senhor não pensou nem um pouco nos meus sentimentos. Poderia apenas ter me dito que não estava interessado em nenhum tipo de flerte entre nós.

Ela engoliu em seco.

– Acredite, isso teria encerrado o assunto. Talvez o senhor não saiba, mas eu nunca tinha me envolvido com um cliente, confundido o profissional com o pessoal. Se isso o deixou pouco à vontade, basta dizer. Independentemente do que pense a meu respeito, não sou o tipo de mulher que usaria táticas reprováveis para atrair um homem para o casamento.

– Eu nunca pensei isso. Nosso envolvimento me pegou de surpresa. Não estou acostumado a… lidar com mulheres elegantes como a senhorita, como deve ter notado.

– Ah, eu *definitivamente* notei – disse ela, seca. – Todo mundo ao seu redor notou. Provavelmente até a rainha. Mas acreditei que o senhor fosse o cavalheiro honrado que diz ser, não o tipo que deixa uma mulher supor que estava se envolvendo com o noivo de outra.

– Eu sei. A senhorita está certa. Eu não deveria ter feito isso.

– Não mesmo.

Ele passou a mão pelo cabelo. Tinha o péssimo hábito de se descabelar e ela odiava o fato de achar isso tão charmoso.

– O negócio é o seguinte – disse ele. – Não posso contar por que não estou livre para casar. Só posso dizer que estou afogado em responsabilidades no momento. Entre aprender as regras para me comportar como um duque, resolver as questões das propriedades do meu falecido antecessor, tentar cuidar da Stockdon & Filhos e dos meus projetos atuais, além de garantir que Rosy e minha mãe fiquem em uma boa situação, estou no meu limite.

– Também tenho minhas responsabilidades – argumentou ela. – Nem por isso sugeri que "não estou livre para casar". Aliás, alguma vez lhe falei algo sobre me casar?

– Não – respondeu ele, de pronto. – Mas a maioria das mulheres…

– Até o senhor deve concordar que não sou como a maioria das mulheres – alegou ela antes que ele pudesse falar qualquer outra coisa que a deixasse com mais raiva ainda.

Ela ficaria com muita vontade de bater na cabeça dele com a bolsa se ele fizesse isso. Não que fosse adiantar. Ele era cabeça-dura demais.

– E pensar que – disse ela ao passar por ele e se dirigir para a porta – eu realmente considerei tê-lo como meu professor nos assuntos da paixão, para que eu pudesse decidir se gostaria de me casar algum dia. É óbvio que teria sido um erro enorme.

Ela abriu a porta, então parou e olhou para ele.

– Acho que terei que encontrar outro homem para me ensinar. Por favor, me avise se tiver alguma recomendação para a vaga.

Ela sentiu uma enorme satisfação ao vê-lo de queixo caído antes que ela saísse andando pelo corredor. Ele pensara em enganá-la, não? Bem, nunca mais faria isso. Ela se certificaria de impedir.

CAPÍTULO ONZE

Geoffrey saiu pela porta para observar Diana se afastar. Ela dissera mesmo aquilo? Ou o jeito fervoroso com que a imaginava em sua cama havia por fim tomado conta de sua mente?

– Que tipo de vaga ela precisa preencher?

Geoffrey se virou tão rápido que quase bateu de frente com Foxstead e sua taça de champanhe. Deus do Céu, será que ele tinha escutado muita coisa?

– O que disse?

Foxstead assentiu na direção de Diana, que já desaparecia.

– Desculpe por escutar, amigo, mas ouvi quando lady Diana pediu recomendações. Só não ouvi que vaga ela precisa preencher. Se for algo com que eu possa ajudar…

– Não é – respondeu Geoffrey.

Amigo ou não, se Foxstead pensasse por um instante que poderia levar Diana para cama…

– Certo – disse o conde. – Não precisa ficar irritado. Só achei que pudesse ajudar.

Foi só quando Geoffrey percebeu a confusão no rosto do amigo que as coisas ficaram claras. Foxstead presumira que Geoffrey e Diana estivessem conversando sobre uma vaga para criado ou vendedor ou algo igualmente inócuo. Maldição. Era melhor ele tomar cuidado, do contrário o mundo inteiro perceberia que aquela mulher começava a tirá-lo do sério.

– Desculpe, Foxstead. Estou um pouco nervoso. Não estou acostumado a ser anfitrião. Que inferno, não estou acostumado a nada disso.

– Bem, você escolheu as pessoas certas para organizar tudo.

Geoffrey não tinha tanta certeza. Preferia ter "pessoas" – uma em particular – que não fossem uma tentação para ele.

– Por falar na Ocasiões Especiais, estou curioso. Você, que circula pelos altos escalões, o que acha de lady Diana e suas irmãs? Qual sua opinião sobre três mulheres nobres terem um negócio?

Foxstead deu um gole longo no champanhe.

– Acho que elas se viram à mercê dos fofoqueiros quatro anos atrás, sem terem a menor culpa. Então escolheram construir um negócio que as tiraria da alta sociedade, em vez de esperarem que a sociedade as aceitasse... ou de esperarem que os pais delas agissem como adultos.

O conde balançou a cabeça.

– O que, na minha opinião, nunca vai acontecer.

– Sim, mas as duas damas que eram solteiras poderiam ter se casado.

Foxstead soltou uma gargalhada.

– Para começar, lady Verity já tinha um pretendente sério, um cretino que procurou outra dama quando surgiu a notícia sobre o divórcio dos pais dela.

– Isso é inconcebível!

– Concordo. Mas essa é a sociedade de Londres. Basta uma brisa de escândalo para todo mundo sair correndo. Quando as irmãs fundaram o negócio, o divórcio tinha acabado de entrar em litígio. Nenhum pai ou mãe queria os filhos perto da mancha de algo tão escandaloso. Então, mesmo se lady Diana e lady Verity conseguissem encontrar um homem que ignorasse isso, sem dúvida teriam que se casar com alguém bem abaixo delas. A sociedade era bem rígida em relação a divórcios. Pensando bem, ainda é.

Aquilo era uma enorme injustiça. Não era de admirar que Diana estivesse furiosa com ele. Ela acreditara que ele a estivesse acusando de atraí-lo para uma situação em que seria obrigado a se casar com ela. Geoffrey sabia que ela jamais faria isso. Então, por que chegara a dar a entender que faria?

Porque estava ocupado demais escondendo os próprios segredos para pensar em como o ato de escondê-los poderia afetá-la. Da próxima vez – supondo que houvesse uma – ele se sairia melhor.

– Então, como ela... como elas são consideradas na sociedade atualmente? O negócio delas parece ser um sucesso.

– Levando em conta que elas recusam mais clientes do que aceitam, eu diria que são *muito* bem-sucedidas. Ainda há os conservadores que as desaprovam, mas a Ocasiões Especiais tem muitos apoiadores e pessoas querendo a ajuda delas, de modo que estão sempre ocupadas. E, como não aparecem nos eventos em que trabalham, elas conseguem oferecer um serviço e continuar fazendo parte da sociedade, mesmo que apenas formalmente.

– Apenas formalmente? A esta altura, o divórcio já deve ter sido esquecido. Elas são filhas de um conde, pelo amor de Deus!

– E de uma mãe adúltera que fugiu com o amante. Isso faria com que qualquer pretendesse pensasse duas vezes.

– Isso é ridículo! – opinou Geoffrey. – Como se mau-caratismo fosse algo herdado.

– Concordo, mas nós somos homens das ciências. A maioria dos membros da sociedade é de criaturas supersticiosas que têm um profundo desrespeito por fatos e evidências. Considero lady Diana melhor do que metade das jovens de Londres, mas você e eu não somos típicos.

Um bolo se formou no estômago de Geoffrey.

– Está interessado em lady Diana? – perguntou Geoffrey. – Como uma possível esposa, quero dizer.

– Não estou interessado em ninguém. Ainda não terminei minha época de devassidão.

Foxstead o analisou.

– Mas você parece um tanto interessado nela para um homem que tinha afirmado não ter planos de se casar tão cedo.

– Ainda não tenho. Só a considero... uma mulher fascinante. Só isso.

– Ora, Grenwood. Foi fisgado, não foi?

Geoffrey zombou da ideia.

– Não fui mais fisgado por ela do que você pela sua taça de champanhe.

– Ah, como é romântico, comparando uma mulher a champanhe. Mas também esse champanhe é delicioso.

– Sei bem disso – disse Geoffrey –, eu paguei por ele.

Foxstead deixou que ele mudasse de assunto.

– Eu tomaria outra taça. Quer me acompanhar?

– Claro – aceitou Geoffrey e suspirou. – Tenho que fazer um brinde a Rosy. É uma boa ideia fazer com champanhe.

O comentário de Geoffrey sobre Rosy pareceu fazer o conde parar.

– Posso garantir que seguirei seu sermão ao pé da letra. No futuro, não farei nada além de dançar de forma respeitável com sua irmã. Eu juro.

Foxstead abriu um sorriso.

– Embora eu saiba que ela tem uma fortuna, o que sempre é bom. Além disso, ela é uma mulher muito bonita, se me permite.

– Recomendo que *não* diga isso onde eu possa escutar – resmungou Geoffrey. – E, quem quer que se aproxime dela, que não faça isso apenas pela fortuna dela, ou eu mesmo terminarei com o noivado antes que comece.

Foxstead riu.

– Anotado.

O resto da noite passou como fumaça... em parte porque Geoffrey acabou bebendo muito champanhe com Foxstead, que ficou até bem depois da meia-noite. E, em parte, porque as palavras de Diana sobre paixão continuavam repercutindo em sua cabeça, sem mencionar outras partes de seu corpo.

Geoffrey se arrastou para a cama logo depois que Foxstead foi embora, mas não pegou no sono logo. Ficou deitado, fitando o dossel de sua cama na impressionante suíte enquanto tentava em vão não imaginar Diana com ele.

Uma fantasia o atormentava: Diana nua, chamando-o para cima dela enquanto ele se ajoelhava entre suas coxas e fazia amor com ela apreciando seus seios fartos – ali, disponíveis para ele – com os olhos e as mãos. Pegou no sono com aquela imagem gloriosa.

No meio da madrugada, ele acordou de um sonho vívido dela, apenas tempo suficiente para massagear o membro rígido até que ele chegasse ao clímax, depois voltou a dormir. Quando acordou de novo, o sol já estava alto.

Felizmente, as outras pessoas da casa dormiram tanto quanto ele. Agora entendia por que as damas da Ocasiões Especiais estavam tão sem energia e mal-humoradas na manhã em que as conhecera. Ele não teria a menor condição de participar de reuniões às dez da manhã. Graças a Deus, tivera a precaução de cancelá-las.

Ponderou se deveria ou não ir à casa da Sra. Pierce, considerando a fúria de Diana na noite anterior. Porém, o que mais poderia fazer para avaliar quão irritada ela ficara? De que outra forma poderia determinar se ela estava apenas atormentando-o com aquela história de ele ser seu professor nos "assuntos da paixão" ou se ela realmente pensara nisso? E, se pensara, se poderia voltar a considerá-lo?

Porque Deus era testemunha de que seria impossível trabalhar enquanto pensava em Diana em sua cama. Ele precisava esclarecer a disposição dela quanto a esse assunto ou se afastar de tudo o que dissesse respeito a ela e, dali em diante, deixar que a mãe e Rosy lidassem com a Ocasiões Especiais sem ele.

Decidido isso, ele engoliu a receita de seu novo criado pessoal para ressaca – uma mistura desagradável de chá de sálvia, sal de Epsom, vinagre e soro de leite – e desceu para ver o que as damas fariam naquele dia. Graças a Deus sua ressaca não estava tão forte, porque o remédio, apesar de acabar com sua dor de cabeça, aumentava o enjoo.

Encontrou a mãe e Rosy no café da manhã, ambas vestidas para impressionar. Depois de se servir de uma xícara de chá, juntou-se a elas à mesa.

– Vocês duas estão muito bonitas. Aonde vão?

– Ao ateliê da modista – respondeu Rosy, tão alto que fez com que ele estremecesse. – Nossos vestidos para o meu baile já estão prontos, então vamos experimentá-los. Depois, Diana vai nos levar para comprar bolsas, sapatos e luvas que combinem.

– Entre outras coisas – acrescentou a mãe.

Ela trocou um olhar com Rosy que fez com que as duas começassem a rir como adolescentes.

– Posso me atrever a perguntar que "outras coisas" são essas? – indagou ele.

– Não – respondeu a mãe. – Não precisa saber de tudo, Geoffrey.

– Tudo bem. Se não quiserem me contar, não contem. Mas talvez eu vá fazer compras com vocês.

O que poderia dar a ele a chance de conversar com Diana a sós.

– Também preciso de sapatos e luvas – falou o duque.

– De fato precisa – concordou Rosy.

Ela espiou debaixo da mesa.

– Falta pouco para essas botas não serem mais apresentáveis. Além disso, não poderá entrar com elas no Almack's; não é permitido. E não pode usar os mesmos sapatos que usou ontem no meu baile. Precisa de algo mais elegante.

Ele piscou. Rosy já falava como as damas da Ocasiões Especiais.

– Eu não fazia a menor ideia de que minha irmã tinha se tornado uma especialista em botas masculinas. Espero que nenhum sapateiro a esteja cortejando em segredo. Quanto a isso, eu bato o pé – brincou ele.

Rosy riu do trocadilho.

– Os únicos sapateiros que conheço são velhos ou recém-casados, com esposas ciumentas que ficam ao lado enquanto eles medem meus pés. Então, não são maridos adequados.

– Principalmente os casados – comentou Geoffrey.

– O que Rosy quis dizer quando falou que você precisa de sapatos "mais elegantes" foi que precisa de sapatos de dança. Aqueles que usou ontem não servem para dançar.

Ele se segurou para não bufar. Quando exatamente a mãe tinha aprendido a diferença entre sapatos de dança e sapatos comuns? Era melhor que elas não esperassem que ele dançasse. Uma única aula na varanda escura com Diana em seus braços não o transformara em nenhum especialista.

– Vou adorar quando bailes, festas e clubes não definirem mais como gastamos nossos dias – resmungou ele. – E meu dinheiro.

– Eu também – disse uma voz cadenciada que vinha da porta. – Porque, a partir desse dia, o senhor não estabelecerá mais como gastamos os dois. E sim o *marido* de Rosy. E eu não terei nada a ver com isso, graças a Deus.

Diana estava ali. Que bom. Pelo menos, poderia resolver a questão de uma vez por todas.

Ele ficou de pé, como um bom cavalheiro, e fez uma mesura adequada. Depois, não resistiu:

– Não é a senhorita que diz que discutir sobre dinheiro é grosseria?

– Estávamos discutindo sobre dinheiro?

Diana tirou as luvas, um dedo de cada vez.

– Não me lembro de ter dito essa palavra. Foi o senhor quem disse.

– Ela o pegou, Geoffrey – comentou Rosy, um pouco contente demais.

– Verdade.

Geoffrey se permitiu correr o olhar do casaquinho marrom – infelizmente abotoado – até o vestido de musselina.

– Gostaria de se juntar a nós para o café da manhã, lady Diana?

– Já tomei meu desjejum. Mas aceito de uma xícara de chá bem encorpado se tiverem. E mel, talvez?

Ele fez um gesto para o criado, que assentiu e saiu depressa para buscar o que ela pedira.

Diana se sentou ao lado de Rosy e começou a detalhar aonde elas iriam depois que saíssem do ateliê da modista.

– Ah, e Geoffrey vai conosco hoje – avisou Rosy. – Ele precisa de luvas e... O que mais você queria, Geoffrey?

Ele encarou Diana.

– Sapatos. Principalmente sapatos de *dança*.

Ela nem ao menos corou à menção dele sobre dança. Talvez fosse tão "fria" quanto dissera.

Ele duvidava.

– Espero dançar *bastante* no Almack's na próxima quarta-feira. Cheguei a comentar, lady Diana, que consegui os ingressos para mim, minha mãe e Rosy? Aparentemente, as damas que selecionam os convidados lá apreciam a oportunidade de encontrar um duque.

– Um duque vestido a contento – completou ela. – Sapatos em vez de botas, calças curtas em vez de compridas, plastrão branco e um bicorne.

Ele ergueu uma sobrancelha.

– A senhorita acha que não me deixariam entrar se faltasse algum item desses?

– Tenho certeza. Já fizeram isso antes.

– Com um duque?

– Com um conde. Pergunte ao seu amigo, lorde Foxstead, que tentou entrar usando calça comprida.

Aquilo soava como um feito de Foxstead. Geoffrey balançou a cabeça.

– Certo. Irei como um "duque vestido a contento". Graças a Deus eu tenho todas essas coisas.

– Graças a Deus o senhor tem.

O criado chegou com o chá e Diana se levantou para pegá-lo, depois apoiou a xícara na mesa.

– Vossa Graça, podemos conversar em particular? Tem algumas questões sobre as suas contas que precisamos discutir.

Ele assentiu.

– Vamos para o meu escritório, então.

Eles mal tinham chegado lá quando ela explodiu:

– Por que o senhor, depois de me evitar por dias, de repente resolveu acabar comigo ao se referir à nossa "dança"...

– Em primeiro lugar, não mencionei a "nossa" dança. Eu jamais faria isso. Por isso minha mãe e minha irmã nem se importaram com o que eu disse. Em segundo lugar, não consegui arranjar outro jeito de falar com a senhorita a sós... para dizer que não há nada no mundo que eu gostaria mais do que "ser seu professor nos assuntos da... paixão".

– E como eu disse para o *senhor* ontem à noite, teria sido um enorme erro. Agora eu vejo. Não tenho a menor vontade de me envolver com um homem sem coração, que deixa uma dama pensar algo só porque não tem coragem de admitir *por que* não pode se casar.

– Eu tenho razões para minha discrição e para minha relutância em me casar que não ouso explicar nem para a senhorita nem para ninguém. Mas não é por falta de coragem nem de compaixão. Essas são duas coisas que não me faltam.

– Ainda não vi indício algum delas.

– Tudo bem. Então, darei provas. Tantas que a senhorita vai ficar cansada.

– Isso é prerrogativa sua. Não quer dizer que eu vá mudar de ideia. Pelo menos, não sem lutar, Vossa Graça.

– Eu não esperaria menos da minha deusa da caça, lady Diana.

– *Sua* deusa da caça? Palavras ousadas para um homem sem provas. Mas admito que é autoconfiante.

Ele chegou tão perto que conseguiu sentir o cheiro de morango que ela exalava. Queria tanto sentir seu gosto, mas não ali, onde corriam o risco de serem descobertos. Não a envolveria em um escândalo que pudesse evitar. Ela já sofrera o bastante.

– A senhorita ainda não me viu sendo autoconfiante. Mas verá.

– O senhor ainda não me viu sendo teimosa, Vossa Graça. Mas verá.

Com isso, ela se virou e se dirigiu de volta à sala de café da manhã. Ele riu. O que ela ainda não tinha visto era a presença dele o tempo todo.

No dia em que se conheceram, ela insistira em transformá-lo em um duque mais apresentável. Que o fizesse, então.

Porque, sempre que ela começava a trabalhar com ele, eles acabavam se beijando. Ou "dançando". Então, ele a deixaria continuar assim, até que os dois acabassem na cama dele.

CAPÍTULO DOZE

Uma semana tendo Geoffrey como "acompanhante" do grupo em todos os lugares fez com que Diana percebesse algumas coisas. Era notável o que acontecia ao se ter um duque imponente à disposição. Qualquer homem que pudesse fazer comentários deselegantes para elas pensava duas vezes quando notava Geoffrey a encará-lo. Qualquer mulher que geralmente pudesse ser esnobe com elas reconsiderava seu comportamento ao perceber que estavam na companhia de um duque.

Geoffrey até tinha conseguido as entradas para levá-las ao Almack's, o clube misto mais disputado da alta sociedade, além dos convites para o baile daquela noite, e não por ser um duque. As damas que faziam parte do comitê do clube eram famosas por rejeitarem até pessoas com os mais altos títulos.

No passado, a Ocasiões Especiais só conseguira convites em troca da promessa de algum favor para uma das damas do comitê: oferecer um de seus serviços de graça ou espalhar alguma fofoca entre seus conhecidos. Elas podiam recusar… mas isso significava que não as deixariam entrar. Como Diana e as irmãs se recusavam a serem chantageadas, raramente conseguiam convites, portanto não entravam. E era um estigma não poder entrar no lugar mais sagrado da sociedade.

De alguma forma, Geoffrey conseguira contornar tudo isso. Então, naquele momento, Diana e as irmãs estavam na casa de Eliza escolhendo os acessórios que usariam com seus vestidos novos naquela noite no Almack's.

Até o momento, Geoffrey *tinha* demonstrado coragem. Porque qualquer pessoa que enfrentasse as damas do comitê do Almack's tinha ousadia. Enfrentar e ganhar? Isso quase nunca acontecia. Desde então, Diana vinha se esforçando bastante para não demonstrar que estava impressionada. Da próxima vez que o visse, perguntaria como ele tinha conseguido.

– Onde está o seu pretendente esta tarde? – perguntou Verity para Diana.

– Que pretendente? – indagou Diana, tentando soar indiferente.

– Grenwood – respondeu Eliza. – E não se faça de desentendida.

Diana forçou um sorriso.

– Então, não sejam bobas. Grenwood não é meu pretendente. Ele não tem a menor intenção de se casar, nem eu, de modo que, por definição, não pode ser meu pretendente.

– Guarda-costas, então? – sugeriu Verity. – Tigre de estimação? Amuleto da sorte? Avise quando eu chegar à descrição certa.

– Amigo e cliente – afirmou Diana. – Só isso.

Embora, a cada dia, ele se tornasse menos uma perturbação durante o dia e mais uma forte tentação à noite.

– E duque, claro. O que impede que ele seja qualquer uma dessas coisas que você falou.

Diana levantou um xale violeta na frente do rosto.

– O que acham? Este ou o marfim?

– Isso me impede? Sério? – questionou uma voz masculina vinda da porta.

Com o coração acelerado, ela se virou e encontrou Geoffrey.

– O senhor precisa parar de convencer nosso pobre mordomo a deixá-lo entrar sem ser anunciado.

– Por quê? Norris acha divertido.

Ela o encarou, incrédula.

– O *nosso* Sr. Norris? Pomposo e rígido?

– Certo, ele não aprova, mas ainda me deixa entrar.

Ele piscou ao se aproximar dela.

– Quanto ao meu título me impedir de ser algo, gosto bastante da ideia de ser seu guarda-costas. Tigre de estimação… acho que não.

– Por que não? – questionou Verity.

– Por que ele quer que eu seja o bichinho de estimação – respondeu Diana, friamente. – Seria mais fácil me controlar.

– Pelo contrário – respondeu Geoffrey. – Não tenho a menor vontade de ter um animal de estimação e, certamente, não uma tigresa. Mas gosto da ideia de ser um amuleto da sorte.

Geoffrey a analisou de forma tão meticulosa que ela teve vontade de sorrir. Mas não se atreveu, ou ele ficaria ainda mais convencido.

– A senhorita deveria usar o xale roxo – opinou ele.

– Por quê? – indagou ela, estreitando os olhos ao fitá-lo.

– Porque eu gosto.

– Vou usar o marfim, então.

Ele riu com vontade.

– Eu sabia que a senhorita faria isso. Por isso escolhi o roxo.

– É violeta – corrigiu-o.

Ela o fitou com desconfiança.

– E eu conheço o *senhor* também. Nunca escolheria o marfim. O seu gosto é mais… extravagante.

– Está dizendo que uma das suas opções de xale é "extravagante"? Não pode ser. Eu achava que a senhorita fosse a rainha da moda.

– Eu nunca disse que era…

– É assim que Rosy a chama.

– Ah.

Diana derreteu.

– É muita gentileza dela.

Ele cruzou os braços por cima do impressionante peitoral.

– Por que, quando eu digo que a senhorita é a rainha da moda, se sente insultada, mas, quando é Rosy, ela é gentil?

– Porque o senhor nunca é gentil.

Mentirosa. Você já o viu sendo gentil com Rosy e com a mãe inúmeras vezes.

– Agora, estou me sentindo insultado.

Ele exibiu alguns papéis e os sacudiu.

– Talvez, por nunca ser gentil, eu deva me livrar desses convites para o baile desta noite.

Antes que Diana pudesse reagir, Eliza se aproximou e os pegou.

– Não ouse. Não vou deixar que nossos ingressos para o Almack's se tornem munição para qualquer guerra entre vocês.

– Guerra? – indagou Geoffrey.

Ele encarou Diana.

– Não estamos em guerra, estamos, senhorita?

– De forma alguma – respondeu Diana com o maior sorriso que conseguiu dar. – Não faço a mínima ideia do que elas estão falando, Vossa Graça.

– Cuidado, Eliza – disse Verity baixinho. – Quando eles começam com essa história de "senhorita" e "Vossa Graça", é melhor se preparar e se proteger.

Diana decidiu que era melhor mudar de assunto.

– Onde está Rosy, senhor? Achei que ela planejava se juntar a nós aqui.

– Ela e minha mãe devem chegar a qualquer minuto. Seguiram na carruagem para buscar alguma coisa no luveiro. Pedi que me deixassem aqui antes. Já fiz compras nessas últimas semanas para uma vida inteira.

– Posso imaginar – comentou Eliza, rindo. – Meu falecido marido nunca teria resistido tanto quanto o senhor.

Diana percebeu que as palavras de Eliza eram verdadeiras. Estivera tão presa em seu ressentimento pelo jeito evasivo de Geoffrey que acabara ignorando suas melhores qualidades, as quais ele demonstrava com seu comportamento com a mãe e a irmã. Isso e o fato de estar disposto a experimentar coisas diferentes e mudar. De alguma forma.

– O senhor pode estar cansado de fazer compras – comentou Diana –, mas a melhora nos seus… trajes demonstra que todas essas compras deram frutos. O senhor está vestido à perfeição para o baile desta noite. Essa calça de seda preta é nova, não? E o senhor já deve ter se acostumado com a ajuda do criado novo, já que ele conseguiu fazer um belo nó na sua gravata.

– Obrigado. Passarei a ele o seu elogio. Ele ficará encantado, pois também a considera a rainha da moda.

Então Geoffrey limpou a garganta e se virou para as irmãs dela.

– Ah, mais uma coisa. Ontem, decidi seguir o conselho de lady Verity e passei na Gunter's para dar uma olhada no cardápio para o jantar do baile.

– O que o senhor achou? – perguntou Verity.

– Na minha opinião, a senhorita fez excelentes escolhas. Não fiz nenhuma alteração.

Então, ele olhou para todas.

– Entretanto, o Sr. Gunter me contou algo interessante. Ele disse que as senhoritas usam parte dos seus honorários para ajudar duas instituições de caridade. É verdade?

– É, sim – respondeu Diana.

Será que ele planejava negociar honorários mais baixos, que não incluíssem a caridade? Se fizesse isso, estaria se metendo em uma briga maior ainda. E ela repensaria tudo de bom que acabara de atribuir a ele.

– Acho errado as senhoritas abrirem mão de qualquer parcela dos honorários para darem à caridade.

Quando as três começaram a protestar, ele falou mais alto do que elas.

– E é por isso que doarei meus próprios fundos para as suas instituições de caridade, de modo que possam ficar com todos os honorários para as senhoritas.

As três ficaram em silêncio, pasmas. Principalmente Diana. Agora ele tinha demonstrado coragem *e* compaixão. Não que isso mudasse algo. Ele ainda não lhe dera uma razão para se opor a um matrimônio. Embora, sinceramente, ela não pudesse exigir isso dele, já que ela mesma não tinha vontade de se casar. De verdade. Dissera isso a ele.

Ele entregou três envelopes a Diana, fixando o olhar nela enquanto falava:

– Não sei a quem procurar, então prefiro que a senhorita entregue essas doações às instituições de caridade em meu nome. Se não se incomodar.

Por que ela se incomodaria? Olhou para os envelopes que ele lhe entregara e percebeu que os dois primeiros estavam endereçados às instituições e o terceiro, a ela. Ahhh. Por isso ela poderia se incomodar. Porque ele estava tentando lhe passar uma mensagem, o que era bastante inapropriado.

Ele continuou a fitá-la, ciente da escolha diante dela. Afinal, ela poderia dar alguma desculpa e lhe devolver o envelope suspeito.

Porém, a curiosidade superou a decência, e Diana colocou os três envelopes no bolso de seu avental.

– Obrigada, Vossa Graça – disse ela. – É muita gentileza sua. Sei que ficarão felizes em receber as doações.

– Espero que sim.

Verity e Eliza olharam para o duque de forma estranha.

– Quer dizer, espero que seja suficiente para cobrir o valor que a Ocasiões Especiais doaria – logo acrescentou ele.

– Qualquer doação ajuda – declarou Eliza. – Nós nos certificaremos que chegue até elas.

Naquele momento, o Sr. Norris apareceu à porta.

– A Sra. Brookhouse e lady Rosabel estão aqui para ver lady Diana.

– Deixe-as entrar, Sr. Norris – disse Diana.

Assim que elas entraram, o barulho no cômodo triplicou. Rosy estava animada, assim como as irmãs de Diana, e todas falavam ao mesmo tempo. Diana achou que seria seguro para ela sair por alguns minutos.

Ela deveria ser mais esperta. Assim que passou pela porta que levava à sala de estar privada, Eliza chamou:

– Aonde você vai?

Por sorte, Diana tinha uma resposta pronta.

– Acabei de lembrar que tem uma coisa que quero oferecer para Rosy usar com o vestido dela. Já volto.

Assim que fechou a porta e se afastou, correu para a janela e abriu os três envelopes que Geoffrey entregara. As doações eram tão incrivelmente generosas que ela quase perdeu o fôlego. Então, preparada para o que quer que viesse, leu a carta no terceiro envelope:

Cara lady Diana,

Esta noite, eu gostaria de encontrá-la a sós. Se a senhorita vai querer, é escolha inteiramente sua. Mas acredito que demonstrei o que prometi: não sou uma pessoa covarde sem coração. Por favor, me permita defender meu caso pessoalmente, a sós, para que ninguém nos escute. Não consigo encontrar outra forma de me explicar.

Se a senhorita concordar, use essa planta do prédio da King Street. Marquei o ponto de encontro. Se puder me encontrar lá às dez da noite, será uma honra.

D.

Uma planta? Ela balançou a cabeça. Só Geoffrey, o engenheiro, daria uma planta. E quem era "D."?

Duque. Ahh.

Ela leu o bilhete de novo e percebeu que, caso caísse em mãos erradas, ninguém saberia que era dele ou do que se tratava. Poderia ser facilmente um cliente antigo da Ocasiões Especiais ou um amigo. Nem precisava ser um homem. O cuidado que ele tivera para protegê-la a surpreendeu. Tinha que admitir: às vezes ele sabia *mesmo* ser gentil.

E os esforços dele não seriam em vão. O bilhete iria direto para o fogo, mas ela guardaria a planta. Porque também queria encontrá-lo a sós, nem que fosse para descobrir se ele teria mais a lhe contar sobre sua situação.

Pensando bem, talvez houvesse uma forma melhor de usar o bilhete. Pegou um lápis e escreveu uma mensagem abaixo da dele, endereçando-a para D. e assinando L.D., de "lady Diana". Então rasgou a parte superior do papel, jogou-a no fogo, virou o envelope ao contrário, colocou seu bilhete e lacrou com sua cera pessoal. Para ser ainda mais cuidadosa, deixou a parte externa do envelope em branco.

Seguiu para a porta, então notou que esquecera algo. Pegou a bolsa que, na verdade, pensara em usar ela mesma como acessório e se apressou para a sala, onde o barulho já diminuía.

Primeiro, se aproximou de Geoffrey.

– Vossa Graça, acredito que tenha, sem querer, deixado uma correspondência sua junto com as doações.

Ela percebeu a decepção dele ao ver o que parecia ser o bilhete original, então acrescentou, em voz um pouco mais baixa:

– Talvez o senhor devesse abrir. Pode ser importante.

Os olhos dele brilharam.

– Muito bem.

Ele abriu um sorriso ao ler.

– Muito obrigado, Diana. Era mesmo importante.

Depois de lançar um sorriso disfarçado para ele, Diana se aproximou de Rosy.

– Aqui está a bolsa que pensei para você.

O resto da tarde passou depressa e virou noite enquanto elas se preparavam para o Almack's. A Sra. Brookhouse estava tão orgulhosa do filho e da filha que perguntou de novo se podia ir.

– Ficarei só assistindo – assegurou a Sra. Brookhouse. – Eles nem vão notar que estou lá.

– A senhora ainda está de luto – explicou Diana, com paciência. – Isso iria manchar para sempre como as pessoas a veem… e como veem Rosy. A senhora não quer que digam por aí que desrespeita a memória do seu marido. Uma coisa é o evento ser na casa do seu filho, mas no Almack's…

– É outra, bem diferente – completou Eliza. – As pessoas não são gentis. E as pessoas que consideram uma entrada para o Almack's o santo graal têm tendência a julgar as roupas e o comportamento de todo mundo lá, mas serão ainda mais críticos com vocês três, que é o motivo para minhas irmãs e eu querermos ir: para sermos uma barreira entre eles e seus filhos.

– Não precisa ser uma barreira para mim – assegurou Geoffrey, bem direto. – Posso garantir que sei exatamente o que dizer se alguém for desagradável comigo ou com minha irmã.

Diana lançou um olhar de súplica para ele.

– O senhor não deve dizer nada. Qualquer defesa fará com que sejam ainda mais cruéis. Deve parecer entediado com toda a experiência. Você também,

Rosy. Aqueles olhos arregalados e brilhantes foram apropriados no palácio St. James, mas, no Almack's, fariam de você um cogumelo.

Geoffrey franziu a testa.

– Um *fungo*? De que forma minha irmã poderia ser um fungo?

– Não um cogumelo de verdade – começou a explicar Diana. – É que chamam assim a pessoa que ganha muita proeminência da noite para o dia.

– Isso nos descreve muito bem – afirmou Geoffrey. – E também os cogumelos.

– Daí o termo. Mas é um insulto. Se alguém chamá-lo de cogumelo, estará sendo rude.

Geoffrey cruzou os braços.

– Tudo isso me faz pensar em por que me esforcei tanto para conseguir esses ingressos.

– Porque eles mostram que o senhor foi um dos poucos escolhidos – explicou Verity. – Se Rosy se sair bem no Almack's, ela poderá escolher o homem que quiser.

– E o que significa sair-se bem? – perguntou a Sra. Brookhouse. – O que ela precisa fazer?

– Agir com autoconfiança e como se estivesse entediada – respondeu Diana. – Vamos juntos e devemos nos comportar como se víssemos com desprezo quem não faz parte do nosso grupo.

– Vai ser fácil – disse Geoffrey. – Eu os vejo assim.

– Não estou preocupada com o *senhor* – comentou Diana. – E sim com Rosy.

Rosy franziu a testa.

– Talvez eu não devesse ir, então.

O grito que todos deram a assustou.

– Tudo bem, tudo bem, eu vou. Céus, vocês colocam fé demais em mim!

– Demais? – questionou Diana. – Bobagem. Você merece. Só fique perto de mim e tudo ficará bem. Além do mais, você vai encontrar algumas das damas que conheceu na sua apresentação à rainha ou até mesmo no seu jantar. Caso se canse de conversar conosco, pode ir falar com elas… qualquer coisa que faça com que pareça à vontade no Almack's. Já pedi que lorde Foxstead lhe reserve a primeira dança, assim você já começará em uma posição invejável.

Diana viu que Geoffrey se preparava para protestar.

– E nem pense em tentar proibir, duque. Seu amigo Foxstead se comportará. Ele é um cavalheiro, afinal.

Geoffrey bufou, incrédulo. Mas não disse mais nada.

Diana se virou para a mãe dele.

– A senhora prefere ficar aqui até voltarmos? Ou prefere que alguém a leve para a casa Grenwood?

– Não precisa, é muito fora do caminho. Prefiro esperar aqui até que voltem. Trouxe um livro para ler, então ficarei bem.

– Então está certo.

Diana analisou os outros.

– Prontos para invadir o Almack's?

Todos assentiram.

– Excelente. Nossas carruagens nos esperam.

CAPÍTULO TREZE

Levou um tempo até conseguirem entrar. Era necessário apresentar o documento de identidade e o convite na porta. Eles chegaram na mesma hora que vários outros convidados, então precisaram esperar em longas filas.

Uma vez lá dentro, Geoffrey examinou o salão de baile. Queria entender por que as pessoas se esforçavam tanto para estarem ali.

– Então, este é o Almack's. Não estou vendo nada que justifique a atração por este lugar.

– Nem eu – concordou Diana. – Mas os outros veem e minhas irmãs também, então preciso seguir as regras do jogo.

Ela levantou o olhar para fitá-lo.

– Ainda não agradeci por ter nos oferecido as entradas e os convites. Falando nisso, como os conseguiu?

Ele abriu um sorriso.

– A senhorita não me achava capaz?

– Não tem nada a ver com as suas habilidades. Apenas sei que as damas que selecionam os convidados podem ser petulantes a ponto de se tornarem cruéis.

Isso fez com que o sorriso dele se apagasse.

– A senhorita sabe disso por experiência própria.

Diana deu de ombros.

– O casamento escandaloso dos meus pais teve um efeito de longo prazo. Quando um clube como este tem a respeitabilidade como virtude fundamental, ninguém que tenha algum escândalo na vida, por menor que seja, está a salvo. Há um tempo que não conseguimos entradas para o Almack's.

Diana o fitou com atenção.

– *Como* o senhor os obteve? Não consigo imaginá-lo bajulando aquelas damas.

– Segundo Foxstead, isso é o que todo mundo faz e raramente dá certo. Talvez se eu fosse uma pessoa diferente… mas eu sabia que aquelas mulheres não me dariam confiança.

Ele sentiu um arrepio.

– Então, supus que "bajular" o marido delas faria mais sentido. Dois deles investem nos mesmos projetos que eu, então estavam mais dispostos a me ajudar.

– Ora, que perspicaz da sua parte! – elogiou ela. – O senhor está aprendendo a distorcer as regras para conseguir o que quer.

– Exatamente.

– E o senhor é homem, então sabe como contornar as mulheres.

– Claro.

Assim que disse isso, Geoffrey percebeu como devia ter soado.

– Quer dizer, eu não…

Diana riu.

– Estou implicando com o senhor. Pelo menos está usando seu poder para o bem da sua irmã, o que é admirável.

Ela olhou para o outro lado do salão, onde algumas das poderosas damas estavam reunidas.

– E não poderia ter escolhido um grupo mais merecedor para contornar ou menosprezar.

Ele relaxou.

– Foi o que imaginei pelo que a senhorita falou mais cedo.

– Meu pai vem tentando conseguir uma entrada para Sarah aqui no Almack's há uns dois anos. Ele é… complicado, então entendo por que não dão um convite para *ele*. Mas ela é adorável e tão respeitável quanto uma viúva deve ser.

– Quem é *Sarah*? – perguntou ele. – Tem uma quarta irmã Harper que não quis ser sócia no negócio?

– Ah! Não, me desculpe.

Diana o puxou para uma área embaixo do mezanino onde ficavam os músicos, que não estava tão cheia nem barulhenta.

– Ela é nossa… madrasta, suponho que deva chamar assim. Era uma viúva com filhos quando papai se casou com ela. Mas é só um pouco mais velha do que nós, então acabamos chamando-a pelo primeiro nome. Talvez devêssemos chamá-la de lady Holtbury, mas é confuso para nós; parece que estamos falando da mamãe.

– Seu pai certamente não perdeu tempo em se casar de novo.

Se Geoffrey já não odiasse o que o homem tinha feito com as filhas, isso o convenceria.

Ela deu de ombros.

– Papai precisa de um herdeiro. Às vezes me pergunto se ele não estava apenas esperando uma desculpa para se divorciar da mamãe, para que pudesse tentar de novo com outra mulher, já que nossa mãe só lhe deu filhas.

Aquilo fez Geoffrey estremecer.

– Se a senhorita estiver certa, o comportamento dele é detestável. Um casamento é muito mais do que produzir um herdeiro, não importa o que a aristocracia dite.

– O senhor precisa parar de falar como se não fizesse parte da aristocracia – repreendeu, balançando a cabeça. – O senhor é um duque e espera-se que tenha um herdeiro.

– Não me sinto um duque.

– Mas certamente já teve tempo para se acostumar com a ideia.

– Na verdade, não.

Deveria contar pelo menos isso a ela, de forma que Diana entendesse melhor a situação dele.

– Rosy falou a verdade quando mencionou que nosso pai foi deserdado ao se casar com a nossa mãe. Depois disso, foi como se todos tivessem morrido para ele; foi uma deserdação mútua, se é que isso existe. Então, meu pai não acompanhou a linhagem, supondo que estava bem embaixo na lista para se tornar duque. Ele morreu achando que era o sexto na linha de sucessão, e eu, o sétimo.

– Mas ele estava errado.

– Estava.

Geoffrey piscou para ela.

– Espere, como a senhorita sabe?

Diana abriu um sorriso envergonhado.

– Eu não deveria contar isso, mas, depois que o aceitamos como cliente, fizemos o mapeamento das conexões da família. São bem complicadas.

– No mínimo. Meu antecessor viveu tanto que sobreviveu aos três filhos, que não tiveram nenhum herdeiro homem, e a dois primos que também sobreviveram aos próprios filhos. Quando meu antecessor morreu, já tinham feito o rastreamento do ducado a pedido dele. Subiram a árvore genealógica até os antepassados em busca do dono original do título e, então, desceram por um ramo diferente da família, até me encontrar. Felizmente, ou infelizmente, dependendo do ponto de vista, quando isso aconteceu, os dois irmãos do meu pai já tinham morrido sem deixar herdeiros homens.

– Se seu pai estivesse vivo, ele teria sido duque antes do senhor.

– E visconde de Brookhouse. Sim.

Talvez não tivesse morrido tão cedo também. Pois os detestáveis parentes o teriam acolhido de braços abertos e ele não teria se afundado tanto em melancolia e em uma garrafa. Ou garrafas.

Mas, como ele odiava os parentes, talvez não fizesse diferença.

Algo ocorreu a Geoffrey.

– Por que a senhorita e suas irmãs pesquisaram minha genealogia?

Ela deu de ombros.

– Para que soubéssemos quem são seus parentes caso fosse necessário convidar algum deles para seus eventos sociais.

Ele lhe lançou um olhar sombrio.

– A senhorita não os convidou para o baile de Rosy, convidou?

– Não. Sua mãe deixou bem claro que eles nunca deveriam ser convidados para nada. Além disso, suponho que seus parentes mais próximos, seus avós paternos, no caso, já morreram.

– Se a senhorita está dizendo. Eu nunca soube e nunca quis saber. Eles lavaram as mãos em relação ao meu pai, depois que ele se casou com minha mãe. Se eu pudesse ter recusado o ducado e o viscondado, teria feito isso, mas, além do fato de que, querendo ou não, são meus, minha mãe me mostrou que o título poderia me ajudar em alguns dos meus projetos. O duque de Bridgewater certamente se beneficiou do seu título.

Diana inclinou a cabeça.

– Não sei quem é esse.

– Isso porque ele nunca participou de política e quase nunca vinha a Londres. Passou a vida toda construindo canais.

O duque de Bridgewater era um homem que Geoffrey admirava.

– Ah, sim, aquele que era conhecido como "duque do canal". Quem é o herdeiro *dele*?

– Ninguém. Ele nunca se casou e não tinha parentes para herdar.

– Como o senhor.

– Suponho que sim.

Geoffrey não tinha pensado nisso antes.

– Não tem suposição aqui. Nós seguimos todos os rastros da sua família. O senhor é o último duque de Grenwood.

Ele cruzou os braços.

– Até eu me casar e ter um filho.

Ela o fitou, desconfiada.

– Primeiro de tudo, eu me lembro do senhor dizendo que não deseja se casar.

– Isso não é verdade. Eu quero. Um dia. Daqui a muitos anos.

– Mesmo se…

Geoffrey fez uma careta, então Diana emendou sua frase.

– Mesmo *quando* o senhor se casar, não há garantias de que terá um filho.

– Verdade.

Ele, porém, adoraria desfrutar as tentativas de produzir um herdeiro. Com ela, a única mulher com quem gostaria de se casar. Então, percebendo que entrava em território perigoso, ele mudou de assunto.

– A senhorita pretende dançar esta noite?

Ela levantou o olhar para fitá-lo, com uma sobrancelha erguida.

– Se alguém me tirar para dançar, sim.

– Não olhe para mim – avisou ele. – Aquela única aula que a senhorita me deu não foi o suficiente para que eu seja capaz de dançar em público.

Ela riu.

– Então está claro que precisamos contratar aulas de dança antes do baile de Rosy na semana que vem. O senhor *tem* que dançar no baile da sua irmã, mesmo que não seja com ela.

– Se a senhorita insiste.

Ele levantou a cabeça e olhou para um relógio, que marcava nove horas da noite. Depois de correr os olhos em seu entorno para garantir que não havia ninguém por perto, ele baixou o tom de voz.

– Espero que a senhorita vá me encontrar daqui a uma hora.

– Eu disse que iria, não disse?

– Não exatamente. Seu bilhete deixou a entender que sim, mas "eu posso" não foi uma resposta tão clara quanto eu esperava.

Ela bufou.

– Se o senhor se lembrar do seu bilhete, "eu posso" é uma resposta direta à sua última linha, em que escreveu "se puder me encontrar".

– Ah. Presumo que a senhorita faria qualquer coisa para proteger sua reputação.

– Não "qualquer coisa", uma vez que concordei em encontrá-lo a sós. Mas o senhor se esforçou tanto para esconder a *sua* identidade que achei que seria justo fazer o mesmo.

Ela chegou mais perto dele.

– Não quero arruiná-lo, senhor.

Ele riu.

– Por que assinou L.D.?

– "Lady Diana".

– Ah, infelizmente, não consegui entender.

Ela abriu um sorriso envergonhado.

– Demorei um pouco para descobrir o que seu "D." significava. Quando percebi, vi como era desligada. Talvez eu devesse ter assinado "D.", de "desligada".

– Ou "Diana". Se alguém visse o bilhete, acharia que era escrito para si mesma.

O sorriso dela o deixou animado.

– A senhorita conseguiu entender a planta? – perguntou ele.

– Não tive tempo de estudá-la.

Ela balançou a cabeça.

– Só o senhor mesmo para incluir uma planta.

– O que a senhorita espera de um engenheiro? Para mim, pedir plantas é rotina. Além disso, eu não conhecia o prédio, então precisava de uma.

– Bem, vou tentar analisá-la antes das dez.

– Melhor ainda, sabe onde é a sala de descanso das damas?

– Se quer privacidade – sussurrou ela –, não é o melhor lugar.

Ele revirou os olhos.

– Eu sei disso. Mas tem uma escadaria logo depois dessa sala. Se conseguir chegar lá às dez, eu a encontro nas escadas e a levo para onde vamos. Só faça o possível para que ninguém a veja.

– Farei o meu melhor.

Naquele momento, lorde Foxstead se aproximou. Diana se afastou, aparentemente supondo que o conde queria falar com Geoffrey. Mas o cretino parou na frente *dela* e fez uma mesura.

– Lady Diana, a senhorita me daria o prazer de uma dança?

Ela lançou um olhar disfarçado para Geoffrey.

– Eu... eu ficaria honrada. Obrigada.

Geoffrey lançou um olhar furioso para Foxstead, que não fez nada além de sorrir.

Diana e o conde se afastaram, deixando Geoffrey fervilhando de raiva. Não estava irado com Diana – aprendera durante a preparação de Rosy que as mulheres só podiam recusar uma dança a um homem em situações muito especiais. Inferno, mesmo que ela *pudesse* se recusar a dançar com Foxstead, Geoffrey entendia por que não o faria. Pelo que ele vira, Diana e as irmãs tinham poucas oportunidades para dançar. Não, era Foxstead que ele queria estrangular. O sujeito convidara Diana só para irritar Geoffrey, porque acreditava que ele ficaria com ciúmes.

Geoffrey não estava com ciúmes. Nem um pingo.

Fique repetindo isso para si mesmo e talvez se torne verdade.

Ele fechou a cara. Por que ficaria com ciúmes de Foxstead? Em menos de duas horas, Geoffrey esperava estar abraçando e beijando Diana... dando o prazer que ela desejava e merecia. O prazer que ela já conheceria caso o pai não tivesse feito a mãe deixá-lo, o que arruinara a chance de Diana ter uma vida mais convencional.

Isso era o que Geoffrey acreditava que acontecera. Os comentários velados – e os não tão velados – de Diana e das irmãs sugeriam isso. Mas não havia razão para Diana passar o resto da vida sendo uma noviça casta da alta sociedade. Ele tinha toda a intenção de garantir que isso não acontecesse. Podia não estar em posição de se casar com ela no momento, mas gostaria muito que ela tivesse a experiência do que poderia receber no casamento. Assim, se Geoffrey ficasse livre ou um homem como Foxstead a pedisse em... Não, Foxstead não. Não podia confiar que ele seria fiel, assim como solteirões tipo lorde Winston, o único outro solteiro que ele conhecia do mundo dela.

Bem, essa parte ficaria a critério dela. Contudo, agora que a ideia de se casar com ela surgira em sua cabeça, ele não conseguia se livrar dela. E se ele...

Isso não daria certo. Precisava seguir o plano original. O resto teria que deixar por conta dela.

Para surpresa de Diana, Foxstead não foi o único homem a tirá-la para dançar. Dois outros o seguiram. Talvez seu desempenho com o conde tivesse feito com que se lembrassem de que era famosa por dançar bem antes de o incidente colocar um ponto-final à vida romântica dela e de Verity. Ambos foram educados, então Diana teve certeza de que não estavam apenas tentando se aproveitar.

Só Geoffrey fazia isso.

Fazia mesmo? Ela não achava. Geoffrey não era como eles. Ou, pelo menos, ela esperava que não. Mas era ridículo que ela finalmente estivesse no Almack's, sendo acompanhada por um homem gentil até Eliza depois da dança, e só conseguisse pensar em Geoffrey e no compromisso deles mais tarde. Olhou de novo para o relógio. Mais dez minutos.

– Diana? – chamou uma voz baixa.

Virando-se, ela abriu um sorriso.

– Winston!

Diana apresentou o primo de segundo grau a seu parceiro de dança, que fez uma mesura e se afastou, deixando que os dois conversassem a sós. Diana olhou furtivamente ao redor deles para garantir que Geoffrey não estivesse perto o suficiente para escutar e sorriu.

– Fico feliz em vê-lo.

– Eu tinha esperança de encontrá-la aqui.

Ele assentiu para onde Rosy dançava, feliz, com outro cavalheiro.

– Suponho que o irmão não permitiria que ela dançasse comigo. Grenwood deve estar por perto.

Lorde Winston tinha sido um homem bonito aos 20 anos – alto e magro, com seus olhos e cabelos pretos. Contudo, com apenas 28, parecia mais... endurecido, como se já tivesse vivido muita coisa e ainda faltasse algo em sua vida. Naquela noite, porém, sob as famosas velas de cera do Almack's, ele parecia mais jovem.

Diana o encarou.

– Qual é seu interesse em Rosy?

– Ela é... diferente de todas as outras debutantes.

A prima o fitou com desconfiança.

– E como sabe disso? Encontrou-a apenas uma vez.

– Romeu e Julieta só se encontraram uma vez e se apaixonaram.

– E morreram por isso. Não é um destino que eu queira para nenhum de vocês.

Ela baixou o tom de voz.

– Está dizendo que está apaixonado por Rosy?

– Não sei. Não consigo explicar, porque nem eu entendo.

Diana suspirou.

– Não precisa explicar.

Procurou por Geoffrey, mas não o encontrou. Já devia ter ido para a escadaria.

– Rosy e o irmão dela são diferentes das pessoas que estamos acostumados a conhecer na sociedade.

– Eles não pertencem à sociedade – falou Winston.

Ele fitava Rosy como um artista a olharia para pintar seu retrato.

– Mais importante ainda: eles não *querem* pertencer. É um tanto...

– Inebriante.

– Perturbador.

Ele lançou um olhar pesaroso para ela.

– Faz com que questionemos tudo em que acreditamos.

– Isso é verdade – admitiu Diana.

O relógio começou a soar a hora.

– Desculpe-me, Winston, eu estava a caminho da sala de descanso. Mas precisamos conversar em breve.

– Claro – respondeu ele, assentindo.

Ela começou a se afastar, então parou.

– Se quiser dançar com Rosy, agora seria a hora certa. Eu... ouvi Grenwood dizer que iria para a sala de chá.

Winston ficou radiante e se afastou depressa.

Diana se perguntou se fora sensato incentivá-lo, porém não ficou para descobrir. Além disso, o interesse dele em Rosy poderia ajudá-la tanto quanto a ele, porque significava que ele poderia testemunhar de forma verdadeira que ela fora para a sala de descanso, e Geoffrey, para a sala de chá.

Se alguém, por acaso, notasse – o que provavelmente não aconteceria.

Ela seguiu na direção da sala de descanso e ficou feliz por não encontrar ninguém no corredor. Passou direto por ela, seguiu para a escadaria e conseguiu entrar sem ser vista.

Mal havia chegado quando Geoffrey surgiu do nada e colocou um dedo em seus lábios. Então ele a conduziu escada abaixo, para uma parte do prédio aonde ela nunca fora.

Embora soubesse que o prédio não era exclusivo do Almack's, que havia alojamentos também, nunca imaginara como seriam, então ficou surpresa quando Geoffrey destrancou uma porta e entrou.

O cômodo estava mobiliado, o que a surpreendeu.

– De quem é esse aposento?

– Meu. Foi assim que consegui a planta do prédio. Eu disse ao dono que queria alugar um aposento mobiliado para uma reunião particular com meus amigos solteiros na próxima semana, e ele insistiu que eu o alugasse por um mês. Então, aqui estamos.

– Mas o senhor não pode... eu acho que não... Ninguém sabe que o senhor o alugou?

– Ninguém além de mim e da senhorita. E do dono, claro, que ficou bastante contente em alugá-lo para um duque.

Ele pegou a mão enluvada dela e a beijou, o que, de alguma forma, pareceu mais íntimo do que quando a beijara na boca. A luz estava baixa e eles estavam sozinhos. Aquilo era maravilhosamente proibido.

E, quando ele foi beijando o braço dela até chegar ao cotovelo, ficou ainda mais. Ele a provou ali... *provou* mesmo, com a língua, e aquilo fez com que uma corrente de excitação tomasse conta de Diana.

– Geoffrey – sussurrou ela. – E eu achei que fôssemos... conversar.

– Mais tarde – respondeu ele, rouco.

Mais tarde? Ah, meu Deus.

Agora ele a estava segurando de leve pela cintura, para que conseguisse beijar a parte dos seios dela que ficavam à mostra por cima do corpete, e ela mal conseguia respirar de tanto prazer.

Mas e se eles fossem pegos...

– Mais tarde, quando? Nós... temos que voltar antes das onze... quando servem o jantar.

– Ouvi dizer que o jantar não é bom – murmurou ele, enquanto delineava o mamilo dela com o polegar por cima do vestido.

Ai. Meu. Deus.

– Essa n-não é a questão.

Quando os beijos dele começaram a subir pelo pescoço até a orelha enquanto massageava seu seio, ela gemeu. Aquilo era *tão* bom, *tão* imoral.

– Pelo menos um de nós... precisa estar lá, ou as pessoas vão... notar... Então, temos que sair... antes.

– E nós vamos. Mas isso ainda me dá muito tempo para saboreá-la – sussurrou ele, então mordiscou a orelha dela como se quisesse devorá-la.

– Como assim?

– Eu vou mostrar.

Ele deu um passo atrás para fitá-la, os olhos cintilando como chamas azuis sob a luz do lampião.

– Finalmente percebi que posso apresentá-la ao prazer sem arruiná-la. Você sairá daqui tão casta quanto entrou.

Geoffrey ergueu Diana abraçando suas saias e a colocou no sofá com tanta delicadeza quanto um pássaro que se acomodasse no ninho.

– E, então, você saberá... se vale a pena se casar ou não.

A menção ao casamento a deixou confusa. Geoffrey não queria se casar, ele mesmo tinha dito. Será que mudara de ideia? *Ela* mudara?

Enquanto ela estava desatenta, com o pensamento fixo naquela palavra, ele levantou o vestido dela até a cintura, expondo-a. Diana tentou fechar as pernas, porém ele murmurou:

– Não, não.

Ele as afastou com delicadeza.

– Quero provar seu gosto aqui...

E lambeu a parte interna de sua coxa.

– E aqui...

Lambeu a outra coxa.

– E depois quero beber seu mel.

Deus do Céu, o que *aquilo* significava? As "mulheres maculadas" não tinham falado nada sobre provar nenhum mel quando tentaram explicar o que envolvia se deitar com um homem.

De repente, o calor da boca de Geoffrey cobriu o sexo dela e sua língua passou pelas dobras macias. Diana quase perdeu a cabeça. Então era *aquilo* que ele queria dizer com "mel".

Porém ele não exatamente... bebia. Ele massageava e roçava e *acariciava* a carne macia dela com a boca e a língua de forma tão maravilhosa que ela agarrou o cabelo dele para puxá-lo para mais perto. Ele riu, então voltou a usar sua língua com movimentos deliciosos.

Então ele *introduziu* a língua nela. Ah... *Deus.* As sensações mais escandalosas tomaram conta de Diana. Ela pressionou o corpo contra a boca dele e ele usou o polegar para apertar um ponto que, no passado, ela mesma achara prazeroso roçar. Sendo que quando *ele* fazia...

– Isso – conseguiu dizer ela. – Assim... meu Deus...

A língua dele entrava nela cada vez mais forte e mais depressa, enquanto o polegar seguia a mesma sintonia, até que ela sentiu como se uma corda invisível a levantasse no ar e ela achou que pudesse voar... ou morrer... ou *explodir*.

E então aconteceu, com as costas arqueadas e as mãos agarradas ao cabelo dele. Foi como se seu corpo se despedaçasse em volta da língua e do polegar de Geoffrey.

Ela caiu para trás, exausta. Seus sentidos ainda zuniam, como se a corda continuasse a vibrar dentro dela. Que... maravilhoso.

– Isso, minha querida Diana – disse Geoffrey, baixinho –, é paixão.

Ora, ora. Ela vinha perdendo mais do que imaginava. Deitou-se por um momento para desfrutar a sensação e desejou poder contar a alguém quanto aquilo era mágico. Mas só podia contar para *ele*. E, a julgar pelo sorriso presunçoso em seu rosto, ele já sabia. Ela não sabia como, mas ele *sabia*.

Naquele instante, ela se deu conta de algo. Sentou-se e puxou as saias para baixo para cobrir sua carne deliciosamente saciada.

– E você? Não quer sentir prazer também?

– Eu senti prazer ao vê-la sentir prazer – afirmou ele com doçura enquanto se levantava para se sentar ao lado dela.

Sua respiração ainda estava ofegante, como se estivesse cansado pelos seus esforços.

– Posso não ser uma mulher experiente, mas até eu sei que não é assim que funciona. Talvez não tenha percebido, mas uma das instituições de caridade que ajudamos é para "mulheres maculadas". Algumas delas são bem acessíveis para falar sobre o processo de se tornarem "maculadas".

– Verdade? – disse ele, erguendo uma sobrancelha.

– Você sabe perfeitamente bem que sim. Elas até me disseram onde comprar esponjas para evitar engravidar e como usá-las.

Ela meneou a cabeça em direção à protuberância lindamente delineada pela calça de seda preta.

– É assim que sei que não está, digamos, tão *satisfeito* com nosso encontro quanto eu.

– Não importa.

Ele franziu a testa ao tirar o relógio do bolso.

– De acordo com as suas regras, precisa sair daqui dentro de quinze minutos se quiser preservar sua reputação. Então, ainda podemos conversar. Ou você pode me satisfazer. A escolha é sua.

Frustrada com o duque por ele sempre criar situações em que não poderia ir tão longe quanto ela queria, Diana se levantou e ajeitou as saias.

– Não quero satisfazê-lo. E não quero que me satisfaça. Quero que *nós* tenhamos prazer juntos, da mesma forma que as pessoas casadas têm, que claramente é algo em que você não tem interesse.

Quando ela começou a se afastar, ele pegou sua mão.

– Não é que eu não queira. Mas não ousaria me casar antes de ter certeza de… certos assuntos.

– Não estou dizendo que deveria se casar comigo. Nunca falei isso. Só estou dizendo que quero vivenciar a mesma forma de fazer amor que as pessoas casadas experimentam. Porque, por mais que tenha sido maravilhoso o prazer que me proporcionou, não sei se dividir uma cama com um homem seria tão bom assim.

Ela o fez soltá-la.

– Ouvi dizer que pode ser doloroso para a mulher.

– Também ouvi dizer.

Ele se levantou, o rosto ficando vermelho.

– Só estou tentando não arruiná-la.

– Não me importo se me arruinar! Além disso, por que dão tapinhas nas costas e parabéns a um homem por ter relações com uma viúva que acabou de conhecer, mas, se uma mulher fizer o mesmo até com um homem que conheça, ela está arruinada?

Diana começou a correr as mãos pelas saias, como se quisesse alisá-las para não deixar traços do prazer que sentiram… que *ela* sentira.

– Não aceito a ideia de que isso me arruinaria.

– Nem eu – concordou ele. – Mas o simples fato de você ter cuidado para não ser vista comigo demonstra que reconhece que ela é real. Inferno, agora mesmo, está tentando esconder o que fizemos. Você não tem mais escolha do que eu nesse sentido. Infelizmente, não mandamos no mundo. Nem mesmo na Grã-Bretanha.

Diana ergueu o queixo.

– Pois deveríamos. Faríamos um trabalho melhor.

– Vou agora mesmo falar com o rei – disse ele, secamente. – Tenho certeza de que ele e seus ministros vão renunciar e nos deixar assumir o trono.

Diana engoliu as lágrimas que se formavam em sua garganta.

– Isso eu gostaria de ver.

Ela passou a mão com cuidado pelo cabelo, torcendo para que não estivesse muito desfeito. Queria chorar, mas sabia que não ousaria. Aparecer em um salão de baile com nariz e olhos vermelhos faria com que todas as línguas começassem a fofocar. O que provava o ponto dele. Maldito!

Geoffrey a puxou para seus braços.

– Se realmente quer ir para a minha cama, não vou negar. Que homem faria isso? Podemos fazer aqui. Mas teremos que encontrar um jeito que não chame atenção.

Ela suspirou.

– Vou pensar. Tenho certeza que consigo dar um jeito.

– Se alguém consegue, esse alguém é você.

Geoffrey olhou para o relógio.

– É melhor você ir. Preciso de algum tempo para… lidar com essa proeminência na minha calça.

Isso fez com que ela sorrisse.

– Como você faz para…

– Não se preocupe – disse ele. – Logo vai descobrir.

– Então, nos vemos no jantar.

– Já jantei – disse ele com a voz rouca. – E muito bem.

– Ah, Deus, eu conheço esse olhar – comentou ela. – É melhor eu ir.

Por sorte, Diana conseguiu sair do aposento, subir as escadas e se dirigir para a sala de descanso sem ser vista. Contudo, enquanto entrava no cômodo – onde havia apenas uma senhora, que cochilava –, não pôde deixar de se perguntar por que Geoffrey ainda não lhe contara o motivo de tanta relutância em se casar. Não fazia sentido para ela.

Uma coisa de cada vez, Diana, disse para si mesma. *Uma coisa de cada vez.*

CAPÍTULO CATORZE

Eles saíram do Almack's às duas da manhã. Assim que Geoffrey e Rosy pegaram a mãe na Grosvenor Square e se dirigiram para casa, ele começou a se libertar daquela tortura chamada plastrão.

– Geoffrey! – repreendeu-o a mãe. – Você deve, pelo menos, esperar até chegarmos à casa Grenwood. E se sofrermos um acidente e alguém o vir assim?

– Se sofrermos um acidente – respondeu ele –, as pessoas vão estar muito mais preocupadas com a estrutura da carruagem cravada no meu peito do que se estou usando gravata ou não.

– Cruzes! – exclamou a mãe dele. – Que pavor!

– Tudo bem. A estrutura da carruagem cravada no…

– Basta de partes de carruagem cravadas no corpo de alguém – declarou ela, revirando os olhos.

Ela então se virou para Rosy.

– Quero saber de tudo sobre o baile.

Deus do céu! De novo, não. Já havia escutado mais do que o suficiente no caminho do Almack's para a Grosvenor Square.

– Posso contar tudo em um minuto – intrometeu-se Geoffrey. – Rosy participou de praticamente todas as danças. Foi para o jantar, que me disseram que estava terrível, de braços dados com um conde. Ela foi a sensação do baile.

– A sensação não, Geoffrey – corrigiu Rosy. – Mas acho que me dei muito bem com a maior parte das pessoas.

Ele riu.

– Bonequinha, esse é o eufemismo do século. Você se deu bem com todos porque foi você mesma: gentil, educada e sem me meter em fofocas.

Ele olhou para a mãe.

– Durante a única dança em que ela não teve parceiro, conversou com uma mulher que, por acaso, era a mãe de uma das damas do comitê do Almack's, que, claro, gostou de Rosy na mesma hora. Depois, minha irmã conseguiu deixar um rapaz tímido à vontade o suficiente pra tirá-la para dançar. Acontece que o pai dele é um príncipe estrangeiro. Ele e o filho ficaram muito gratos.

Geoffrey balançou a cabeça.

– Depois disso, até as mais rígidas viúvas da sociedade olharam para ela com aprovação.

A irmã tinha o dom de pisar em terrenos desconhecidos e sair triunfante do outro lado. Ele só esperava que a sorte permanecesse ao lado dela se o escândalo da família algum dia fosse descoberto. Uma vez que a imagem de alguém era maculada, era quase impossível sair impune.

– Até agora, parece que foi tudo *maravilhoso*! – exclamou a mãe.

Ela se voltou para a filha mais uma vez.

– Mas quero detalhes. Com quem você dançou? Quantas vezes? Conhece algum deles?

Geoffrey bufou. Por que as mulheres sempre queriam os detalhes?

Como Diana. Ela sempre o pressionava para explicar, para fazer mais... para tirar sua inocência. E, Deus, como ele queria! Se pudesse ter uma esposa, ela seria sua escolha. Mas não podia, ainda não. Não se quisesse proteger a mãe e a irmã de um desastre. Talvez com o tempo, depois que os boatos em Newcastle sobre a morte do pai tivessem abrandado, Geoffrey também poderia sossegar.

Ele suspirou. Mas era possível que o boato aumentasse ainda mais, agora que ele herdara o ducado. Não, não podia expor uma dama fina àquilo, principalmente Diana, que já tinha enfrentado um escândalo. Já bastava que a irmã e a mãe precisassem enfrentar também.

– Por que está tão quieto, filho?

Ele forçou um sorriso.

– Por nada. Por quê?

Rosy cutucou a mãe.

– Ele ficou quase uma hora sumido antes de irmos jantar.

– Ficou?

A mãe arqueou uma sobrancelha.

– Foxstead e eu fomos até a carruagem dele pegar a comida e a bebida que ele tinha levado – explicou Geoffrey.

– Ora essa! Foxstead estava dançando com Verity – afirmou Rosy. – Eu lembro claramente porque eu estava dançando com...

Rosy interrompeu a frase e Geoffrey olhou para ela desconfiado. Então ela fez um gesto para esquecerem o assunto.

– Ah, não lembro o nome dele. Algum lorde. Como podem imaginar, eu o achei chato.

Aquilo não soou como algo que a irmã diria, mas talvez ela tivesse sido um pouco contaminada pela altivez da sociedade. O sujeito teria que ser *muito* chato para ela mencionar isso. Rosabel tendia a ser mais generosa em suas descrições.

– Então onde você estava? – perguntou a mãe para Geoffrey.

Maldição. Ela farejara algo suspeito e não ia sossegar enquanto ele não contasse uma história convincente. Ou, pelo menos, palatável.

– Saí de fininho para seduzir uma das damas do comitê do Almack's – disse ele, sério.

– Geoffrey Arthur Brookhouse! – exclamou a mãe dele.

– Você não fez nada disso – afirmou Rosy, com um ar de quem sabia das coisas. – Nenhuma delas parecia feliz com a sua presença. E todas são casadas.

– Por isso, precisei sair de fininho.

– Eu juro – disse a mãe – que um dia desses você vai se meter em algum caso escandaloso e as pessoas vão acabar acreditando, tenha você feito ou não.

Era precisamente o que ele temia.

Chegaram em casa e ele deu boa-noite para as damas, mesmo não tendo a menor intenção de dormir. Em vez disso, se dirigiu ao escritório para tomar o primeiro uísque da noite. O Almack's era famoso por não servir bebidas nem vinho porque as poderosas damas do comitê queriam que os homens ficassem sóbrios. Como elas esperavam que um homem, principalmente um que não soubesse dançar, aguentasse a noite toda sóbrio? Desejou ter levado um cantil de bolso.

Depois de se servir de um copo de uísque, caiu em uma confortável poltrona que havia trazido de Newcastle. Deus do céu, como detestava festas, saraus, bailes e qualquer outra coisa em que a alta sociedade de Londres pudesse sonhar para atormentá-lo. Mas continuaria a frequentá-los, por Rosy.

Como um cachorro que lambe a ferida, ele se levantou e foi destrancar a gaveta de cima de sua escrivaninha. Por um momento, ficou apenas encarando a carta. Então, pegou-a com cuidado, pois não queria que suas leituras repetidas a estragassem. Afinal, poderia precisar dela um dia.

Já lera aquele maldito texto umas cem vezes, mas ainda não tinha encontrado saída para o dilema em que o pai o colocara. Não que a intenção do pai tivesse sido dar uma solução. A intenção fora deixar uma garantia. Contudo, ela se tornara uma faca de dois gumes que poderia acabar com a vida de Geoffrey, independentemente de qual lado o atingisse.

Depois de fitar a carta por um momento, Geoffrey percebeu que não estava no estado mental apropriado para aquilo. Preferia ir para cama e sonhar com a adorável Diana e sua insistência para que ele e ela arranjassem um jeito de escapar. Ele riu. Aquela mulher era uma aventureira.

Virou o que restava de seu uísque, subiu para o quarto e se despiu sozinho, já que dera a noite de folga para o criado. Diana era a única coisa boa em toda aquela baboseira social. Ela o fazia rir. Ela o seduzia de uma forma que nenhuma mulher tinha feito. Não podia acreditar que os homens ingleses não a consideravam aceitável como esposa por causa de um escândalo bobo que não chegava nem aos pés daquele que ele esperava evitar. Mas estava começando a aprender que os aristocratas nem sempre eram coerentes.

A disposição de Diana em entregar sua virtude a Geoffrey também não era coerente. Ainda assim, ele estava mais do que pronto para instruí-la nas artes da cama, contanto que pudesse fazer isso sem arruiná-la. Ela até podia não aceitar a ideia de que uma mulher casta poderia ser arruinada, mas a ideia existia, e ele faria de tudo para que nunca surgissem boatos sobre o desejo dela de ser deflorada. No mínimo, devia isso a ela.

A ideia de tê-la em sua cama... Inferno, só de pensar, ficava excitado de novo. Ainda conseguia sentir o cheiro dela, senti-la atingir o clímax em sua boca, escutar seus gemidos de satisfação. Mal podia esperar para tê-la por completo. Agora, só precisava pensar em como se encontrarem a sós sem levantarem nenhuma suspeita. Não era tão fácil quanto parecia. Diana tinha irmãs abelhudas, assim como sua irmã e sua mãe.

Ficou deitado na cama, fitando o dossel, que era creme com desenhos de todos os tipos de flor. Ele reconheceu as rosas, os gerânios e as margaridas, mas as outras não eram tão fáceis. E o fato de ele saber bem pouco sobre jardinagem não ajudava. Ele dera carta branca para o jardineiro da casa Grenwood fazer o que quisesse, contanto que a irmã aprovasse. Ela era a jardineira da família.

Será que Diana gostava de jardins? Ela pensara em oferecer o jantar ao ar livre, antes de ficar tão frio. O que não faltava era espaço para aquilo, mesmo ali, no coração de Londres. Havia partes dos extensos jardins que eram tão reservadas que…

Era isso! Ele sabia exatamente como ficar sozinho com Diana sem chamar a atenção de nenhum membro abelhudo da família deles nem dos criados. Teria que acordar cedo. Precisava preparar tudo.

Dormiu ainda fitando o dossel, com um sorriso nos lábios.

Na manhã seguinte, Diana estava deitada na cama, revivendo cada momento de sua experiência com Geoffrey nos aposentos que ele alugara no prédio do Almack's. Só que aquilo não era suficiente para ela. Queria experimentar tudo.

Ah, ficava furiosa com isso! Uma mulher como ela deveria poder desfrutar certas coisas sem ser rotulada para o resto da vida. Porém, como Geoffrey dissera, o mundo era assim e ninguém abriria uma exceção para ela.

Frustrada, ela se levantou e se vestiu, então desceu para tomar café da manhã. Não se surpreendeu por estar sozinha à mesa. Depois de ficarem acordadas até tarde na véspera, todas dormiriam até o meio-dia pelo menos. Exceto ela. Porque não conseguia dormir, já que só pensava em se encontrar com ele a sós de novo.

Se saísse de casa, teria que levar um criado, por causa dos bons costumes – para sua *segurança*, na verdade – e os serviçais não eram tão discretos quanto deveriam. No mínimo, ele contaria às irmãs dela sobre seu passeio caso ela fosse a qualquer outro lugar que não fosse a casa Grenwood.

Muito bem. Então, iria à casa Grenwood. Se saísse enquanto as irmãs dormiam, não precisaria responder ao ataque de perguntas sobre por que sairia e aonde ia. Sem falar das insinuações sem fim sobre ela e o duque, que as irmãs acreditavam estar prestes a casar-se com ela ou arruiná-la. A opção escolhida dependia do dia, da hora, do tempo e sabe-se lá mais o quê, provavelmente da direção do vento.

Deixaria apenas um bilhete dizendo que fora à casa Grenwood para consultar a mãe de Geoffrey sobre o baile de Rosy. Era vago o suficiente, não era?

Apressou-se e ficou surpresa por conseguir sair bem rápido. Era assim quando não precisava lidar com duas irmãs sonolentas.

Era quase meio-dia quando chegou à casa Grenwood. Infelizmente, não sabia muito bem o que faria, agora que estava ali. Por sorte, Geoffrey praticamente a encontrou à porta.

– Vejo que recebeu meu recado.

– Que recado?

– Esqueça.

Ele olhou de modo discreto para os diversos criados em volta, todos ansiosos para assistir a um confronto entre ele e Diana.

– A senhorita está aqui. É o que importa. Venha fazer uma caminhada comigo. Tive uma epifania sobre sua ideia de servir o jantar do baile ao ar livre se o tempo permitir. A data do baile coincide com a lua cheia.

– Eu sei. Por isso a escolhemos.

Quando ela considerara servir o jantar do baile ao ar livre? Porque, se isso acontecera, ela deveria estar louca ou bêbada. Os sapatos para dança pareceriam feitos de papel nos caminhos de pedra do jardim. No jantar da semana anterior, só teria dado certo porque eles ficariam confinados à varanda, que tinha piso de mármore.

Com duzentos convidados, no entanto, seria impossível. A varanda não era grande o suficiente.

– Por aqui, lady Diana – disse ele, oferecendo-lhe o braço. – Tenho algo para mostrar à senhorita.

Ela aceitou o braço dele prontamente. Precisava admitir que estava um lindo dia para um passeio pelos jardins. O sol brilhava, os tordos voavam, os estorninhos cantavam e as rosas se abriam. Quem poderia negar aquele convite?

No minuto em que saíram da casa, porém, ele falou:

– A senhorita ainda quer aquela aula sobre… hum… prazeres conjugais?

O coração dela começou a palpitar.

– Por quê? O senhor pensou em alguma forma de fazer isso sem que nenhum parente seu nos pegue?

– Nem os criados – acrescentou ele com um olhar ardente para Diana. – Sim.

Foi naquele instante que ela percebeu.

– Esta caminhada não tem nada a ver com servir o jantar ao ar livre, tem?

– Claro que não – assegurou ele. – Na verdade, quando eu disse aquilo, fiquei preocupado que a senhorita fosse protestar.

Ela riu.

– Eu teria protestado, mas fiquei curiosa para escutar seu ponto de vista. Além disso, está um lindo dia para passear pelo jardim.

– Odeio decepcioná-la, mas não vamos passear pelo jardim. É perto demais da casa. Vamos a uma construção na outra extremidade.

O pulso dela acelerou e, quando Geoffrey cobriu sua mão com a dele, chegou a um ritmo alucinado.

– É algum lugar que eu tenha visto? Tenho andado ocupada demais dentro da sua casa para me afastar muito.

– Para dizer a verdade, não é muito grande. Mas fui até lá hoje para ver se era possível usar e está em melhores condições do que eu tinha imaginado.

– Parece sinistro. Que tipo de construção é?

– A senhorita vai ver em um instante.

A voz dele ficou mais rouca.

– Tenho a intenção de seduzi-la, querida Diana, supondo que ainda queira.

Ela levantou o olhar para fitá-lo, seu pulso acelerado pelo olhar faminto dele.

– Com certeza.

Ele fez uma curva no caminho. Adiante, cercada por bétulas e limoeiros, havia uma pequena construção de pedra com uma chaminé e uma grande janela aberta. Era tão alta quanto algumas das árvores e não parecia em nada com a casa principal.

– Acho que essa é a construção mais estranha que já vi em Londres – comentou Diana. – E isso significa muito. O que é?

Ele parou, como se estivesse se preparando para os protestos dela.

– É um laboratório.

Ela se soltou dele e colocou as mãos na cintura.

– O senhor quer fazer amor comigo em um laboratório!

– Não é mais um laboratório. E, mesmo quando era, duvido que meu antecessor usasse muito. Ele mandou construir porque a esposa não gostava que ele fizesse experimentos químicos dentro de casa.

– Mulher esperta – comentou Diana.

– Confesso que não é perfeito para os nossos propósitos, mas, infelizmente, todos notarão se formos para meus aposentos. A senhorita pode não *querer* se importar em ser arruinada, mas nós dois sabemos que se importa.

Ela suspirou.

– Eu não gostaria que minhas irmãs passassem por esse constrangimento.

– Que tal assim? – sugeriu ele, puxando-a por um braço na direção da construção. – Dê uma olhada. Ninguém nunca vem aqui e parece que meu antecessor não era um bom cientista, então nem tem cheiro de produtos químicos. Não muito. Deixei a janela e a porta abertas a manhã toda para que o perfume das flores pudesse entrar. Na verdade...

Ele correu na frente dela para entrar, então saiu de lá com os braços cheios de lírios.

– Coloquei estas flores lá dentro na esperança de melhorar ainda mais o cheiro.

– Flores para deflorar? – brincou ela.

– Mais ou menos – respondeu ele, prestando atenção à reação dela quando as entregou.

Ela não conseguiu se manter firme. Amava lírios. Cheirou as flores enquanto ele a guiava para dentro. Quando entrou, prendeu a respiração. Em um canto, havia várias almofadas, de diversos tamanhos, na certa colocadas ali para o encontro deles.

– Por favor, diga que não foram os criados que trouxeram as almofadas para cá – pediu ela.

– Eu mesmo as trouxe. E me certifiquei de que ninguém visse.

Ela balançou a cabeça e riu.

– Claro, tenho certeza que eles não notaram Vossa Graça carregando uma pilha de almofadas para o jardim.

– Para os fundos do jardim, aonde ninguém nunca vai.

Ele pegou os lírios dela e colocou no balcão de mármore que ficava atrás, um movimento que a deixou imprensada contra a mesa. Não que se importasse de ficar tão perto dele. Hoje ele cheirava a alguma fragrância.

– Não minta para mim – disse ela. – O senhor *está* usando água da rainha da Hungria, não está?

– Fiquei curioso para saber se a senhorita iria perceber – comentou ele, sorrindo. – Depois que a mencionou, supus que, se a senhorita gostava, não poderia ser ruim. Mas o cheiro dela me deixa com fome. De comida, quero dizer.

– Eu me atrevo a dizer que o senhor está sempre com fome de comida, mas, neste caso, o alecrim e o tomilho na fórmula podem estar abrindo seu apetite.

– Talvez. Sem falar no vinho em que o alecrim e o tomilho ficaram. O que me faz lembrar...

Ele pôs os braços embaixo da mesa, de onde pegou uma garrafa de champanhe e duas taças, que colocou atrás de Diana.

– Este lugar tem outra vantagem. O mármore e a escuridão mantêm o champanhe gelado. Quer um pouco?

Eu quero um pouco de tudo o que tiver para me oferecer.

– Champanhe? Claro. Confesso que tenho um fraco por champanhe.

Com uma expressão travessa, ele abriu a garrafa e serviu as duas taças enquanto ela tirava o chapéu e o colocava na mesa. A janela estava bem atrás deles, permitindo que uma brisa fresca entrasse.

– Então, se eu lhe oferecer bastante champanhe, vai deixar que eu me aproveite da senhorita? – indagou ele ao entregar a taça a Diana.

Depois de tomarem uns dois goles, ela colocou a taça na mesa.

– Ou vai deixar que *eu* me aproveite do *senhor* – sugeriu ela, começando a desfazer o nó da gravata dele. – Tenho a intenção de seduzi-lo, querido duque, supondo que ainda queira.

– Eu quero isso desde o dia em que nos conhecemos – confessou ele, com a voz rouca.

Ela hesitou.

– O dia em que nos conhecemos? Tanto tempo assim? O senhor disfarçou bem.

– Sinceramente, não sei como consegui esconder.

O olhar de Geoffrey recaiu sobre o corpete dela, onde o lenço estava frouxo. Ele começou a desamarrá-lo.

– Toda vez que a senhorita colocava aquele maldito lápis na boca, eu imaginava como seria... colocar a minha língua na sua boca. Ser o seu lápis.

Ela caiu na gargalhada, o que o surpreendeu.

– Eu não conseguia entender por que o senhor ficava olhando para o lápis! Ah, Deus, eu deveria ter imaginado que era algo... impróprio.

Ele por fim conseguiu desamarrar o lenço dela e tirá-lo. Mal percebeu que ele caiu no chão, na sua ânsia de olhar o que Diana vestia por baixo.

– Ora, *isso* é impróprio – disse ele.

O vestido dela era perfeitamente apresentável com o lenço e definitivamente *não* apresentável sem ele.

– Escolheu este vestido por minha causa? – indagou ele, ao passar o dedo pela borda do corpete.

– Claro – respondeu ela no que esperava ser uma voz sedutora. – É o único vestido que tenho que abre pela frente.

Enquanto o olhar de Geoffrey ardia na pele dela, ele sussurrou:

– A senhorita é provocante, não é?

– Se o senhor está dizendo.

Ela arrancou a gravata dele e a colocou na garrafa de champanhe.

– Não sei exatamente o que estou fazendo.

– A senhorita sabe muito bem. Só não sabe que sabe.

Enquanto ela tentava entender a frase, Geoffrey foi até a pilha de almofadas, pegou uma bem fofa e colocou na mesa. Então, examinou o vestido dela.

– Não consigo descobrir por onde abro.

Ela entendia. Homens raramente compreendiam os mistérios dos trajes femininos. Dizer a ele que era um vestido tipo avental seria tão elucidativo quanto falar chinês.

– Só observe.

Ela abriu os dois botões decorados que ficavam nos ombros e deixou a parte da frente cair.

Antes que ela pudesse fazer qualquer outro gesto, ele soltou a parte que cobria o espartilho dela, então desamarrou os laços que prendiam a saia, fazendo com que tudo se abrisse do pescoço até o quadril.

– Ora, ora! – exclamou ela. – Depois que começou, logo pegou o jeito.

– Como disse, sou engenheiro. Aprendo rápido como as coisas funcionam.

O olhar dele a escrutinou de forma provocante para seduzi-la.

– E agora quero descobrir como *você* funciona.

Ao dizer isso, Geoffrey a ergueu e a sentou na almofada.

– O que acha que está fazendo? – questionou ela. – Tem uma janela bem atrás de mim!

– Eu sei.

Ele se esticou sobre ela para fechar a janela.

– Mas está sol, então eu verei se alguém se aproximar muito antes que a pessoa possa vê-la. Além disso, foi inteligente escolher esse vestido, tão respeitável pelas costas.

O olhar dele ardia.

– E tão erótico na frente – acrescentou ele.

As palavras dele causaram uma excitação em Diana que foi da cabeça até suas partes íntimas, fazendo com que se contorcesse na almofada.

– Geoffrey...

O beijo dele a interrompeu. Foi intenso e voraz e também lascivo, como uma espada bruta entrando em uma bainha ornamentada. Enquanto ele a beijava sem pressa, abaixou o espartilho, então desamarrou a combinação até que ficasse solta sob os seios expostos dela.

Geoffrey parou para fitá-los. Antes que Diana percebesse, ele estava deixando um rastro de beijos até os mamilos dela, depois chupando-os e acariciando-os, fazendo com que ela sentisse arrepios que a deixaram trêmula de desejo.

Ela correu os dedos pelo cabelo dele, levando sua cabeça para trás, e soltou a gola do paletó dele com os polegares. Ou tentou, mas Geoffrey percebeu a intenção dela e foi rápido em atirar a peça em cima das almofadas.

Quando Diana desabotoou o colete dele, porém, Geoffrey não deixou que ela o tirasse.

– Se sua família vier procurá-la – avisou ele –, precisaremos nos vestir rápido. Mas, se está procurando algo para fazer com essas suas mãos hábeis...

Ele desabotoou a calça e a abaixou, expondo as ceroulas, que mostravam uma protuberância impressionante e que pareceu crescer ainda mais sob o olhar dela.

Ele riu.

– Como eu disse, provocante.

Geoffrey colocou a mão de Diana sobre as ceroulas.

– Mas não me importo, contanto que eu consiga o que quero no final.

– E o que você quer? – perguntou ela, em um sussurro.

– Nós dois unidos intimamente.

Ele chegou mais perto.

– Mas, primeiro, esfregue sua mão em mim... *por favor*. Não faz ideia de quantas vezes sonhei com você pegando o meu... lápis.

Foi a vez dela de rir.

– Nunca ouvi as "mulheres maculadas" chamarem assim.

Ela acariciou o membro excitado dele por cima da ceroula e ficou maravilhada pela forma rápida como ele respondia ao seu toque.

– E isso é bem mais... substancial do que um lápis.

– Estou tentando ser... um cavalheiro – disse ele. – Mas não sei se vou conseguir... Não tenho nenhum controle quando se trata de você.

Ele agarrou a mão dela.

– Melhor parar.

Ele soltou a ceroula e a abaixou.

– Preciso entrar em você, doçura.

Entrar. Ela estava tentando decidir se ainda queria aquilo. Porque, pelo que podia ver do interessante... equipamento dele, era bem intimidador. O membro enorme que se sobressaía como se quisesse encontrá-la...

Era agora ou nunca. Ele pretendia entrar nela com aquilo. Será que iria doer *muito*? Ou seria como várias outras coisas, diferente do que parecia?

– Tente não se preocupar – disse ele, com a voz rouca, o olhar fixo nela.

Como ele tinha adivinhado? Ela era assim tão transparente?

– Sabe como se faz? – perguntou ele. – As "mulheres maculadas" explicaram?

– Explicaram. Embora eu tenha duvidado no começo.

Essa segunda menção às "mulheres maculadas" fez com que Diana lembrasse que não levara sua esponja! Porém não se arriscaria a contar e fazê-lo parar. Além disso, quais eram as chances de ela engravidar no primeiro encontro?

– Vou fazer bem devagar, eu juro.

Ele a tocou com os dedos entre as pernas até ela gemer.

– Confia em mim?

– Claro que sim.

Ela agarrou os braços dele.

– Eu também quero, você sabe.

Um pouco para enfatizar o que dizia e um pouco porque ansiava por isso, ela roçou sua virilha na mão dele, para que ele a acariciasse mais.

– Ah, sim, isso é *esplêndido*.

– Então, vamos deixá-la um pouco mais confortável – disse ele com um sorriso atrevido.

Geoffrey levantou as saias dela até as coxas, depois ergueu Diana o suficiente para puxar o tecido até a cintura dela, de forma que as nádegas ficassem na almofada. Diana ficou impressionada com a força dele.

Ele ergueu as pernas dela e posicionou uma em cada lado de seu quadril. Os movimentos foram tão ágeis que Diana teve um momento de pânico. Então ele usou a mão para continuar estimulando-a e esperou que ela relaxasse mais até que, bem devagar, foi introduzindo nela seu membro ereto.

Ora, que interessante! Não doeu tanto, mas foi como um intruso. Um intruso grande em um lugar apertado.

– Você... está bem? – perguntou ele, como se estivesse hesitante em escutar a resposta.

– Vou ficar, assim que me acostumar.

Ela esperava que sim. Ela rezava para que sim, embora provavelmente fosse pecado rezar pedindo que a fornicação ficasse mais confortável.

Ah, não queria pensar naquilo. Então, colocou a mão livre dele em seu seio e o beijou com toda a vontade. Se era para pecar, queria ser boa naquilo.

– Você é... gloriosa – murmurou ele, enquanto a beijava. – Molhada e doce, capaz de me fazer ajoelhar aos seus pés.

Então ele começou a se mexer para dentro e para fora. Trocou a mão de lugar, do seio para a lombar de Diana, de forma a puxá-la para si.

– Prenda suas pernas atrás da minha bunda.

– Olha a boca, Geoffrey – implicou ela, mas fez o que ele mandou.

Nossa, *aquilo* fez muita diferença. O corpo dela se encaixou maravilhosamente no dele, seguindo seu movimento. De repente, foi como se cada investida dele tocasse em um pedaço diferente das suas partes íntimas, criando um tipo de prazer entre suas pernas que ficava mais forte a cada estocada.

Logo, estavam em um movimento frenético, com ela praticamente fora da mesa enquanto ele a possuía com mergulhos poderosos que a pegavam de surpresa.

Era tudo tão excitante e bruto e *maravilhoso*! Não era mágico nem místico nem nenhum desses sentimentos obscuros e suaves. Era terreno, como a chuva e os raios, como as águas do rio batendo nas pedras. Os dois ofegavam juntos, tentando respirar, até que ela nem sabia qual respiração era de quem.

– Geoffrey... *Geoffrey*... – sussurrou ela, rouca, seu corpo entrelaçado ao dele, agarrado ao dele para que ele pudesse ensiná-la.

– O que você quiser... eu dou... minha deusa Diana...

Para um homem que dizia não querer casar, ele certamente era possessivo.

Era como se Geoffrey fosse uma fruta no alto, balançando-se, estimulando Diana a pegá-lo. Ela precisava dessa fruta, era uma necessidade nua e crua que tomava conta dela cada vez mais. Seu prazer parecia inalcançável. Ela o buscava, precisava dele, precisava *de Geoffrey*, cada vez mais rápido e mais forte, indo cada vez mais alto, e quem sabe ela... conseguisse...

– Ah! – gemeu.

A necessidade dentro dela aumentou como uma febre, levando-a além.

– Isso é... muito... Ah, Deus, Geoffrey... Geoffrey... isso!

E, assim, ela finalmente provou seu fruto do paraíso.

CAPÍTULO QUINZE

As palavras "Ah, Deus, Geoffrey" soavam no ouvido dele enquanto ele sentia os músculos de Diana se contraírem repetidas vezes em volta do seu membro. Foi a deixa para que ele também encontrasse seu alívio. Deveria ter tirado, mas não conseguiu sair do calor delicioso daquela carne macia onde gostaria de ficar para sempre. Então, despejou sua semente nela e rezou para não criar raiz.

– Doçura... você... você... acabou comigo – sussurrou ele, ao sentir seu membro desinchar e encolher depois do gozo.

Nunca tinha entendido por que os franceses chamavam o orgasmo de *la petite mort*, "a pequena morte". Até aquele momento. Ter que sair dela, soltá-la e saber que poderia ser a última vez dentro dela era um tipo de morte.

Principalmente com Diana, que afirmara querer apenas experimentar o prazer. Mas e se ela quisesse mais do que isso? Ele arriscaria o futuro dela com um casamento? Ele a arrastaria para o escândalo familiar que poderia surgir a qualquer momento? Ela já tinha sobrevivido a um escândalo. Por que iria querer passar por tudo de novo? Ainda mais quando podia levar a algo bem pior. Aquilo poderia matar o casamento deles.

Ela ainda tremia em seus braços, o que só fazia com que quisesse abraçá-la mais. Então ela aproximou os lábios do ouvido dele e sussurrou:

– Esqueci a minha esponja. Mas, para ser justa, eu não sabia que faríamos... isso logo.

– Case-se comigo – respondeu ele, surpreendendo a si mesmo.

Não estava pensando, naquele mesmo minuto, em por que não podiam se casar?

Ao perceber que tinha soado mais como uma ordem do que um pedido, ele deu um passo atrás, beijou-a na boca e anunciou:

– Nós devemos nos casar.

Ela arregalou os olhos. Desceu da mesa e desviou o olhar enquanto começava a ajeitar suas roupas.

– Por quê? Só porque desfrutamos de um momento de prazer juntos?

– Porque…

Porque eu quero possuí-la de novo. Porque todos os dias espero ansioso o momento de vê-la. Porque você é o único brilho que me ajuda a sair da escuridão em que entrei depois da morte do meu pai.

Ele não disse nenhuma dessas coisas. Seria revelador demais. Em vez disso, levantou suas ceroulas e a calça para se cobrir.

Ele pegou a almofada manchada de sangue e a entregou para Diana.

– Eu tirei sua inocência. Por isso.

Hesitando com as palavras, ela devolveu a almofada.

– Eu já disse: nosso… encontro não foi para obrigá-lo a se casar. Foi para determinar se eu acharia a parte física do casamento interessante. E descobri o que precisava saber.

Ele deveria se atrever a perguntar?

– E o que decidiu?

– Não sei se devo contar – disse ela, maliciosa, enquanto continuava endireitando suas roupas, amarrando aqui, abotoando acolá. – Você já é presunçoso demais.

Ele riu.

– Venho de uma longa linhagem de sujeitos presunçosos.

Ele fechou as ceroulas e a calça.

– Pergunte para minha mãe.

– É melhor não. Eu não conseguiria fazer isso sem ficar vermelha.

Como ele não disse nada, ela soltou um longo suspiro.

– Digamos apenas que agora entendo por que dividir a cama com um homem tem seus… atrativos.

– Mas…?

Ela levantou a cabeça.

– O que o faz achar que há um "mas"?

– Você está resistindo ao meu pedido de casamento, enquanto qualquer outra mulher imploraria para nos casarmos depois de ser deflorada por mim.

Ele a encarou, desafiando-a a responder.

– Se estivesse na minha posição nos últimos quatro anos, não acha que iria preferir a vida de solteiro ao casamento?

– Os últimos quatro...

Ele parou.

– Ah, certo. Seus pais.

Como podia ter sido tão estúpido a ponto de esquecer?, pensou Geoffrey.

– Eu vi como é um casamento ruim. Não é bonito e vai além do casal: afeta os filhos também – contou Diana.

Ela encontrou seu lenço e o colocou em volta do pescoço, depois o amarrou da mesma forma que um homem faria com um plastrão.

– Gosto de achar que lidaria melhor com a situação do que minha mãe e, certamente, melhor do que meu pai. Mas quem pode garantir? Até que eu tenha filhos, não há como saber.

– Falando em filhos, e se você descobrir que está...

– Sim, eu me casaria com você. Uma criança nunca deve ter que sofrer. E, mais uma vez, desculpe por ter esquecido a esponja.

– Não precisa se desculpar. Eu também poderia ter trazido uma camisa de vênus. Deveria ter trazido, para garantir. Mas teria que comprar, pois não tenho nenhuma comigo em Londres.

Ela virou a cabeça.

– De que adiantaria uma camisa?

Ele riu. Ela tinha uma combinação inusitada de inocência e conhecimento mundano. Talvez fosse isso que o atraísse nela. Nunca sabia o que esperar.

– Estou falando de camisinha.

– Ah! Já ouvi falar.

A expressão de entendimento no rosto dela foi cômica.

– Então é *assim* que funciona. Quando as "mulheres maculadas" me mostraram uma, vazia e mole, não consegui entender como poderia ser eficaz.

Para disfarçar o rosto corado, ela disse:

– Também chamam de camisa de vênus? Por quê?

– Inferno, não faço ideia.

Diana abriu a boca para falar, mas ele acrescentou:

– Não se atreva a dizer "olhe a boca, Geoffrey". Minha mãe já fala isso e eu não vou ter uma esposa que faça o mesmo.

– Então, pare de praguejar – aconselhou ela. – De toda forma, não aceitei ser sua *esposa*. Não que eu ache que o pedido foi sério.

– Eu *estava* falando sério.

– Mesmo?

Ela cruzou os braços na altura dos seios, já respeitosamente cobertos, o que fez com que ele se lembrasse que precisava terminar de se vestir antes que alguém aparecesse.

– Então de repente mudou de ideia a respeito de casamento? Agora quer uma esposa?

– Não... quer dizer... sim, mas...

– Está vendo?

Ela colocou o chapéu e amarrou as fitas embaixo do queixo.

– Você também tem um "mas".

– Acho que sim.

Ele abotoou o colete, suspirando.

– Diana, me diga uma coisa. Você acredita que um homem deva proteger sua família? Garantir que nenhum mal aconteça, mesmo que isso signifique negar algo a si mesmo?

Como a mulher que ele deseja?

– Se a família dele não puder se defender, acredito que sim. Mas essa não é a questão aqui. A questão é que você queria saber as razões para minha relutância em me casar, mas não quer me contar as suas.

Ele se aproximou dela.

– As suas razões não podem arruinar ninguém. As suas razões não terão repercussões por anos se resolver contá-las para a pessoa errada.

Ela estreitou os olhos.

– E suponho que me considere a pessoa errada.

Maldição! Ele não deveria ter falado daquele jeito.

– Eu não disse isso.

– Não precisou.

Ela se virou para sair, então parou e o olhou.

– Não confia seus segredos a mim e talvez eu entenda por quê.

Geoffrey tinha começado a relaxar, a sentir um alívio por ela aceitar as razões dele para manter seus segredos, quando o tom de voz dela ficou sarcástico.

– Afinal, só nos conhecemos há um mês. E, poucos instantes atrás, você estava *dentro de mim.*

Ele estremeceu ao escutar isso. Mas ela mal notou.

– Sua mãe e sua irmã me contaram todos os segredos delas. Aparentemente, *elas* confiam em mim. Como sabe que não me contaram o que está escondendo?

– Porque *elas* não sabem. E prefiro manter as coisas assim. Por isso minha recusa em contar para você.

– Você não...

Ela o fitou boquiaberta.

– Meu Deus! Se eu fosse elas, nunca o perdoaria. Por que os homens sempre acham que as mulheres não são capazes de guardar segredos importantes? Elas são capazes e guardam segredos, principalmente quando tem a ver com suas famílias. Além disso, se eu quisesse arruiná-lo, era só acusá-lo de... me seduzir ou de difamar minhas irmãs ou qualquer outra coisa.

– É verdade – concordou ele, irritado pela recusa dela em reconhecer que ele não estava pronto para contar os segredos a ela. – Mas eu não pagaria a você e suas irmãs o que devo.

Ela o encarou.

– Você é um cretino, sabia?

– Olhe a boca, Diana – disse ele enquanto amarrava sua gravata.

Ele podia ver pelo rosto vermelho dela que aquelas palavras realmente a tinham tirado do sério. Mas ela também o tirara do sério.

– Ahhh, você é tão... você me... Por que algum dia eu iria *querer* me casar com você?

Ela ergueu o queixo.

– Obrigada pela aula de como fazer amor, Vossa Graça. Foi muito agradável. Mas o que aconteceu depois foi suficiente para me mostrar como seria um casamento com o senhor e acredito que eu não precise dessa experiência, muito obrigada!

Ela saiu do laboratório batendo pé e seguiu pelo caminho que atravessava os jardins, sem saber do golpe que dera no coração de Geoffrey.

Não, não no *coração*. Não era nada tão absurdo assim. Porque, se fosse, ele estaria encrencado. Ele a observou até ela desaparecer. Então começou a andar de um lado para o outro, jogando almofadas e se comportando como uma criança.

Ou um cretino. Ele parou para encarar a parede. Maldição! Ela estava certa. Ele *era mesmo* um cretino. Mas ela o fazia perder a cabeça quando... exigia coisas que ele não podia lhe oferecer.

Como a sua confiança?

– Cale a boca! – gritou ele para a própria consciência. – Por que tem que aproveitar cada errinho meu e jogar na minha cara?

– Com licença – disse uma voz feminina à porta. – Cheguei em uma hora ruim? Devo voltar depois?

De cara feia, ele se virou e encontrou Verity, que olhava de modo furtivo para dentro do cômodo, como se estivesse imaginando com quem ele falava.

– Sim – respondeu ele. – É uma hora ruim. Mas pode entrar mesmo assim. Por que não?

Ainda mais desconfiada do que antes, Verity entrou.

– Encontrei Diana no jardim. Ela disse que o senhor estava mostrando um laboratório a ela. É aqui?

– É, sim.

Ele se esforçou para se acalmar, a fim de esconder o que ele e Diana fizeram ali.

– Desculpe por ter sido rude. Estou um pouco preocupado com o baile, que está se aproximando, como pode imaginar.

Ele quase engasgou ao falar a mentira. Duvidava que algum dia fosse se preocupar com um baile, mas precisava de *uma* desculpa para estar gritando com sua consciência.

– Não tanto quanto eu – revelou ela. – Sua cozinheira não tem experiência com jantares para baile. Acredito que seu antecessor não costumasse oferecer festas.

– Ele morreu com 91 anos, então duvido que tenha dado alguma festa nas últimas décadas.

– Tem razão. Nunca ouvi falar em nenhuma festa dele.

O silêncio caiu entre eles. Geoffrey gostava de Verity de maneira geral, embora ela fosse artística demais para seu gosto. Diana, pelo menos, tinha uma cabeça racional em cima do pescoço.

– Posso fazer uma pergunta? – pediu Verity, então continuou sem esperar uma resposta. – Para que servem essas almofadas? Tem algo a ver com o antigo laboratório?

Tem a ver com a sua maldita irmã mandando-a vir aqui para me atormentar enquanto ela foge.

É claro que ele não podia dizer isso. Provavelmente, deveria seguir a mesma desculpa que usara com Diana mais cedo, por mais ridícula que pudesse soar.

– Eu estava tentando convencer Diana a fazermos o baile ao ar livre. A lua vai estar cheia, sabia?

– Sei sim, por isso escolhemos essa data.

Deus, ela estava falando igual à irmã, isso era enlouquecedor.

– Então, pensei que as cozinheiras pudessem ficar aqui e usar a lareira para o que fosse necessário e os criados pudessem pegar as bandejas com as taças de champanhe pela janela.

Verity levantou uma sobrancelha.

– Uma única janela. Para bandejas de champanhe para duzentas pessoas.

Ele fingiu um suspiro.

– Sua irmã também não gostou na ideia.

– Mesmo depois de o senhor tentar convencê-la com champanhe?

Verity meneou a cabeça em direção às duas taças e à garrafa.

Ele começava a ficar irritado de novo.

– Eu só queria que ela provasse antes que eu encomendasse para o baile.

Verity se aproximou e deu um gole direto da garrafa.

– Mesmo depois de aberto, esse champanhe me parece muito caro, Vossa Graça. Acho que o senhor não deve fazer ideia de quanto custaria esse champanhe em particular para tantos convidados.

– Ah, acho que faço ideia, sim.

Ele cruzou os braços.

– E foi por isso que escolhemos um mais barato.

Verity abriu um sorriso.

– Excelente. Um item a menos na minha lista.

Ela indicou um canto do cômodo.

– E as almofadas?

Droga, deveria admitir logo que estava apenas seduzindo a irmã dela. Seria mais fácil e faria com que parecesse menos idiota.

E mais… bem… canalha. Sem falar que Diana cortaria sua cabeça fora se ele fizesse isso.

– Já estavam aqui quando entrei. Acho que os criados guardam as almofadas extras aqui.

– Certo. Em vez de guardarem dentro de um armário ou no sótão, onde ficariam protegidas das intempéries e seriam mais fáceis de acessar de dentro de casa.

Ela riu e se virou para a porta. Então parou, como se pensasse um pouco para encará-lo de novo, dessa vez parecendo bem séria.

– Francamente, Vossa Graça, da próxima vez que o senhor e minha irmã quiserem um tempo a sós para alguns beijos ou…

Ela levantou a mão.

– Não quero saber – decidiu ela. – Mas é melhor deixar que ela invente as desculpas. Porque o senhor é um péssimo mentiroso. Se fosse Eliza a vir aqui, ela não teria deixado o senhor nem passar pela parte do champanhe antes de começar a encher os seus ouvidos.

– E a senhorita? – perguntou ele. – Não vai encher os meus ouvidos?

– Farei mais do que isso se fizer Diana sofrer. Por enquanto, vou esperar para ver. Sei que ela gosta do senhor. Só espero que não tome vantagem disso. Podemos não ter um pai nem um marido em casa para nos proteger, mas temos o Sr. Norris e, pelo que sei, ele é um ótimo atirador.

– Norris? – zombou ele. – A senhorita está de brincadeira.

– Nem um pouco. Ele era da Marinha Real. Acho que estava com o almirante Nelson na batalha de Trafalgar. Mas, depois disso, desistiu de seu posto. Disse que era muito sangue e muita morte. Então, tome cuidado com o coração da minha irmã. Ou o senhor verá que ele ainda se lembra como derramar sangue.

E, com essa observação final, ela foi embora.

Que inferno! Aquelas irmãs não estavam de brincadeira. Não era de admirar que pudessem escolher seus clientes. Além de entenderem tudo no tocante à sociedade inglesa, ainda eram muito unidas.

Desconfiava que tinha perdido essa batalha em particular – e em duas frentes. Teria que ser mais esperto da próxima vez.

Na sala de estar da casa Grenwood, Diana tentava decidir como deveriam arrumar os móveis para o baile quando a irmã entrou.

– Meu Deus, Diana, o que você fez com aquele homem? – indagou Verity ao se aboletar no sofá. – Você tinha que ter escutado a história ridícula que o duque inventou.

Com uma careta, Diana foi examinar a tela da lareira.

– Sobre o quê?

– Sobre o que vocês dois estavam fazendo no laboratório.

O coração dela parou. Virou-se para encarar a irmã.

– Não pode acreditar no que ele diz.

– Ah, não. Não acreditei nem por um momento que ele a levou lá para convencê-la a servir o jantar do baile ao ar livre.

Diana quase desmaiou de alívio.

– Na verdade, ele fez essa sugestão, sim.

Mais ou menos. E, como os criados tinham ouvido, Verity não escutaria nada diferente.

– Ele também sugeriu que os criados pegassem as bandejas com as taças de champanhe por aquela única janela?

– Ele mencionou isso.

Maldição, Geoffrey Brookhouse. Não poderia ter inventado algo melhor?

– Claro que eu disse a ele que isso nunca daria certo.

Verity fitou a irmã com olhos mais atentos.

– Ele lhe disse que as almofadas ficavam guardadas lá geralmente?

Diana voltou a examinar a tela da lareira em busca de defeitos imaginários.

– Bem, não. Ele não me disse isso. Seria absurdo.

– Foi o que falei. Para ele.

Diana podia sentir o olhar da irmã queimando nas suas costas.

– O que você quer saber?

– Quero escutar a *sua* versão para o que vocês dois estavam fazendo lá.

– Isso não é da sua conta – respondeu Diana.

Verity se aproximou e abraçou a irmã por trás.

– Não precisa ficar furiosa. Não quero vê-la sofrer.

Diana se virou para abraçar a irmã.

– Eu sei. E ele não vai me fazer sofrer. Ele só... Às vezes ele pode ser um...

– Cretino?

Diana riu.

– Exatamente.

Ela deu um passo atrás para olhar a irmã.

– Mas, na maior parte do tempo, ele me faz derreter só de olhar para mim. Lorde Minton também a deixava assim?

Verity suspirou.

– Raramente.

– Bem, então fico feliz que ele tenha mostrado quanto era covarde ao abandoná-la.

– Eu também.

– Porque vai aparecer alguém que vai fazer seu coração disparar e seus joelhos ficarem bambos e, graças à covardia de lorde Minton, você estará livre para se casar com *esse* homem.

Verity a fitou, desconfiada.

– Agora está falando absurdos.

– Não estou nada! Eu acho…

Alguém pigarreou à porta. Diana e Verity se viraram e encontraram Rosy parada ali.

– Diana, posso falar com você? Em particular.

Diana forçou um sorriso.

– É claro.

Verity murmurou algo sobre ir falar com a cozinheira e saiu da sala.

Diana se sentou no sofá e deu um tapinha no lugar ao seu lado.

– Sempre pode falar comigo sobre qualquer coisa, a qualquer hora, Rosy. Somos amigas.

– Obrigada.

Rosy se sentou tensa ao lado de Diana.

– Vou direto ao assunto. O que é láudano?

Diana piscou. Tinha pensado que Rosy queria conversar sobre algo relacionado ao debute. Não sobre medicamentos e, certamente, não sobre um tão poderoso e devastador como o láudano.

– Por que você quer saber?

– Não conte a mamãe e Geoffrey sobre isso nem diga a ele que perguntei.

Deus do céu, essa família era tão cheia de segredos quanto a sua.

– Por que não me conta primeiro, antes de eu decidir como a questão deve ser tratada? Se for para manter em segredo, eu certamente farei isso. Tudo bem?

Rosy balançou a cabeça.

– Bem, no dia em que papai morreu, mamãe não estava em casa. Tinha passado a noite fora da cidade, ajudando minha tia, irmã dela, que estava doente. Ela voltaria a tempo do jantar e tinha pedido que Geoffrey e eu cuidássemos do papai, porque ele vinha se sentindo muito mal naquela semana. Achávamos que estivesse com algum problema de estômago, como já havia acontecido centenas de vezes.

Rosy pegou seu lenço e secou os olhos.

– Quando fui ver como ele estava, meu pai já tinha mandado seu criado ir chamar o médico. E me pediu para chamar Geoffrey. Foi o que fiz. Depois, ele me pediu para pegar uma cerveja. Quando voltei, o médico já estava lá para examiná-lo.

Ela suspirou.

– Geoffrey me mandou fazer alguma outra coisa, mas não consegui sair sem saber o que o médico diria, então me escondi e… meio que escutei atrás da porta. Papai disse para o médico que tinha confundido o frasco de láudano com o de tintura de ruibarbo e tomado demais. O médico tentou dar outro remédio a ele, mas não adiantou. Papai já estava doente e o láudano foi a gota d'água.

Deus do céu, Diana não sabia o que fazer. Por que o pai deles tomava láudano?

– Houve alguma investigação?

– Não. Geoffrey disse que o médico declarou que foi acidental, então não foi necessário.

Rosy levantou o olhar para fitar Diana.

– Porque ele tomou o láudano sem querer, sabe? O frasco estava vazio, então o médico levou os dois frascos, de láudano e de tintura de ruibarbo, para o caso de *haver* uma investigação e ele precisar testemunhar. Mas Geoffrey fez o médico prometer que não contaria nada para mamãe sobre o láudano.

– Você contou a ela? Ou perguntou a ela ou a Geoffrey sobre o láudano?

– Está maluca? E arriscar deixar Geoffrey furioso comigo? Não, obrigada. Prefiro comer minhocas.

O olhar de Rosy ficou perturbado.

– Mas, ultimamente, pensando no papai… bem, só quero saber o que é láudano e por que fez tão mal para o papai a ponto de ele morrer.

Diana só sabia que qualquer quantidade de láudano podia ser perigosa. Quando combinada com álcool, quem sabia o que poderia acontecer?

Coitado do homem. Não era de admirar que Geoffrey não falasse muito sobre o pai. Ainda devia ser doloroso saber que ele era dependente de láudano. Bem, isso era suposição dela. Afinal, que idiota confundiria láudano com tintura de ruibarbo? Mas o que poderia dizer a Rosy?

A verdade, claro. A menina vinha carregando essa preocupação.

– O láudano costuma ser prescrito para dor, mas pode se tornar um veneno quando ingerido em maior quantidade. Sem dúvida, quando seu pai… confundiu com tintura de ruibarbo, foi a gota d'água, como você disse.

– Então, por que Geoffrey não queria que mamãe soubesse?

O que ele dissera? *Porque elas não sabem. E prefiro manter as coisas assim. Por isso, minha recusa em contar para você.*

Só que não fazia sentido. O pai deles estava morto. Não havia motivo para esconder um vício que boa parte da sociedade tinha. Diana sempre achara um hábito perigoso e, pelo visto, estava certa, mas ninguém se envergonhava dele. Ou não *muito*.

Geoffrey, porém, tinha ideias estranhas sobre tais coisas. Quem saberia o que ele pensava?

Rosy ainda a encarava, esperando uma explicação que Diana não sabia dar.

– Sinceramente, não sei por que seu irmão não quer que sua mãe saiba. Acho que você terá que perguntar a ele. Qualquer coisa que eu disser será especulação.

– Eu compreendo.

Com um suspiro, Rosy olhou para as próprias mãos.

– Tem outra coisa que preciso saber. Não tem nada a ver com papai.

– Certo.

– Você… contou para meu irmão que dancei com lorde Winston ontem à noite?

Isso é que era mudar de assunto, mas era uma pergunta que fazia sentido, considerando a atual situação de Rosy.

– Não. Não vi motivo para isso.

Diana observava Rosy.

– Como foi? Você o achou tão interessante quanto antes?

O rosto dela se iluminou.

– Ele é muito engraçado. Gosto disso nele.

– Eu também.

Então Rosy se conteve.

– Mas lorde Foxstead também é engraçado. Ele foi muito gentil comigo. Só acho que é um pouco velho demais. Tem quase a idade de Geoffrey.

Diana se segurou para não rir. Foxstead devia ter quase 30 anos, o que não era muito velho na opinião da maioria das pessoas. Mas Diana entendia o fato de ele ser visto assim por uma menina que tinha acabado de concluir sua educação.

Às vezes Geoffrey parecia mais velho do que era. Era o peso do mundo que ele carregava nas costas. Qualquer dia, ela conseguiria passar por aquela armadura e descobrir o que o deixava tão cauteloso e por que ele não queria se casar com ela agora.

A não ser que ele simplesmente não quisesse se casar *com ela*.

Diana ficou tensa. Se fosse esse o caso, ela o mandaria para o inferno. Era uma mulher bonita e com muitas qualidades. Se ele não conseguia ver isso, só podia lamentar por ele. Ela se recusava a desperdiçar a vida à sua espera.

CAPÍTULO DEZESSEIS

G eoffrey estava no limite. Fazia dias que não via Diana mais do que alguns poucos minutos. Entre suas reuniões e a corrida dela para preparar a casa Grenwood para a chegada de duzentos convidados, eles não cruzavam muito o caminho um do outro.

A forma como as coisas tinham ficado o deixava desconfortável. Ainda mais agora, que tinha chegado a hora do baile de debutante de Rosy. Ou quase. Ele, Rosy e a mãe estavam reunidos na sala íntima para a inspeção de Diana, que ainda não chegara.

Naquele momento, contudo, Geoffrey estava mais preocupado com Rosy. Ela ficava andando de um lado para o outro, nervosa com o baile, e ele não fazia ideia do que dizer.

A mãe cochichou algo para a jovem, mas sua expressão não mudou nem um pouco. Talvez *ele* devesse dizer algumas palavras.

– Você está linda, bonequinha.

O olhar de Rosy o encontrou, cheio de preocupação.

– Estou mesmo?

– Claro. Eu não diria isso se não estivesse. Eu a cobri de elogios da última vez que a vi usar um vestido de baile, lembra?

Rosy assentiu, como se fosse incapaz de fazer mais do que isso, e ele conteve um suspiro.

– Preciso elogiar daquele jeito de novo? Não sou muito bom nisso, como sabe. Quer dizer, acho que as rosinhas na faixa da sua cabeça são bonitas. E gosto desse negócio rosa por cima do vestido branco e desses triângulos na bainha e nas mangas. E da forma como esses triângulos se repetem na parte rosa e deixam o tecido branco brilhoso aparecer...

– O tecido branco brilhoso é cetim, filho, e o que você chama de negócio rosa é crepe rosé – explicou a mãe, revirando os olhos. – Esses triângulos são um debrum.

– Desculpe se não entendo de moda – resmungou ele.

– Definitivamente não entende – murmurou Rosy.

– Eu ouvi o que disse – comentou ele. – E acho que não é nenhum crime ser um homem comum sem o menor senso de...

De repente, Diana entrou na sala com uma falange de criados que carregavam bolsas de flores roxas e duas garrafas de champanhe.

– Desculpem-me o atraso. Essas esporas ainda não tinham chegado à florista, então prometi a Verity que eu esperaria para trazê-las. Onde ela está?

– No salão de baile, esperando que acabem de fazer o desenho a giz na pista de dança – informou a matriarca.

Diana fez um gesto para os serviçais, que seguiram para o salão com as flores.

– Não pisem nos desenhos feitos a giz – gritou ela depois que eles saíram.

– Não vai ser problema – garantiu a mãe. – Por sorte, os desenhistas deixaram uma margem ampla em volta da obra deles para que Verity pudesse arrumar os arranjos de flores e para que as pessoas possam admirar o desenho antes de a dança começar.

Geoffrey mordeu a língua para não falar nada. Ainda não compreendia a atração do desenho feito a giz no chão, que seria estragado quando a dança começasse. Mas Rosy quisera isso desde a hora que ficara sabendo que existia, e ela teria o quisesse, mesmo que ele precisasse se cobrir de giz.

Geoffrey soltou uma gargalhada sem humor. Isso não aconteceria nem em um milhão de anos.

Diana olhou para ele pela primeira vez em dias.

– Já viu o desenho?

– Já. É bem... extravagante.

Ela soltou um suspiro aliviado.

– Extravagante é bom.

– Bom para um baile – comentou ele.

A mãe dele riu.

– Não iríamos querer uma imagem das suas pontes *reais*, Geoffrey. Elas são muito... Bem, digamos que não sejam bonitas.

– Não sei usar o giz como aqueles sujeitos, então vocês não terão que ver as minhas pontes desenhadas no salão de baile.

Para serem apagadas pela dança em uma hora, no máximo.

– Podem ficar com as suas pontes bonitas. Prefiro as que servem para o transporte de pessoas e carruagens de um lado do rio para o outro.

As mulheres se entreolharam e caíram na gargalhada. Até mesmo Rosy, graças a Deus. De alguma forma, ele tinha conseguido quebrar o clima pesado na sala, e isso valia a quantia de dinheiro que gastara com o desenho a giz. Embora ainda preferisse pontes funcionais às "extravagantes".

E, definitivamente, preferia uma Diana sorridente a uma indiferente. Em tudo o que fizera ao longo da semana – organizar os criados, consultar Eliza sobre os músicos, ajudar Rosy a escolher as joias –, ela fora gentil, prestativa e competente.

Fora o bastante para fazer com que ele se perguntasse se ela estava certa. Talvez estivesse na hora de confiar seus segredos a *alguém*. Ela era esperta, talvez conseguisse encontrar uma forma de ele sair da situação difícil em que se encontrava. Seria bom ter a perspectiva de outra pessoa. Dava certo em engenharia. Por que não daria em outros aspectos da vida?

Você só a quer na sua cama.

Sim, ele queria. Muito. Mas era mais do que isso. Queria o direito de ficar na companhia dela sempre que possível. Porque começava a perceber que, depois daquela semana, não teria mais esse privilégio. E isso era tão ruim quanto ser esmagado por uma roda de ferro.

O fato de que o dia chegaria, querendo ele ou não, fazia com que desejasse mais tempo: uma semana, um mês, um ano. Na verdade, o tempo à sua frente parecia um grande vazio, cheio de trabalho e nada mais.

– Como estou, Diana? – perguntou Rosy, ansiosa. – Estou preocupada com meu cabelo. Eliza está tão concentrada nos músicos que tive que confiar na minha criada. Eu sei que Eliza ensinou muito a ela, mas está tão simples…

– Está perfeito. Não pense que precisa competir com as damas com seus penteados elaborados. O seu está lindo pela simplicidade.

Diana se virou para o duque.

– Não concorda?

Os olhos de todas se cravaram nele. Não havia nada mais assustador do que três mulheres determinadas esperando que ele proferisse sua opinião.

– Não sei muito sobre penteados simples ou elaborados. Mas sei do que gosto. E gosto do seu.

Rosy sorriu para ele e a mãe assentiu em aprovação. Isso fez com que um nó se formasse em sua garganta. O patinho feio deles tinha se transformado em um cisne. Ele não sabia quando nem como isso acontecera, mas estava orgulhoso por ela ter sido capaz de se tornar um lindo diamante. Enquanto isso, ele mal conseguira se transformar em um metal comum.

E assim, do nada, ele se lembrou por que não podia se casar com mulheres como Diana: porque nunca faria parte do mundo dela. Ou faria? Ela vivia dizendo que ele já fazia parte.

– Bem – disse Diana –, então vamos nos encaminhar para a sala de estar formal, onde a fila de convidados já vai começar.

Ele deu um passo à frente para entrar no caminho dela.

– A senhorita poderia me dar um minuto para discutir uma questão?

Pelo menos, ele conseguiria resolver uma das dificuldades entre eles.

Ela arqueou uma sobrancelha enquanto as mulheres seguiam sem ela.

– Antes mesmo que o senhor mencione, a resposta é não. Não vou ao baile e o senhor não vai me convencer. Há muitas tarefas a serem feitas e preciso falar com sua governanta.

– Ah. Não, não era isso, mas, se mudar de ideia…

– Não vou. E o senhor ainda não fez as aulas de dança. Então nem poderíamos dançar juntos.

– Na verdade, fiz aulas de dança, sim. O que a senhorita acha que eu ficava fazendo enquanto vocês discutiam sobre arranjos de flores? Não sou muito bom, mas…

Ela ficou de boca aberta.

– O senhor fez aulas de dança? Que homem maravilhosamente sorrateiro! Eu nem suspeitei.

– Quer dizer que está disposta a colocar seu vestido de baile para dançar comigo?

– Não, mas quer dizer que o *senhor* pode ir lá e fazer algo além de ficar parado na lateral da pista olhando de cara feia para o par de Rosy – retrucou ela. Então acrescentou com um tom malicioso: – Talvez o senhor conheça uma mulher digna de sua confiança.

– Já conheci – declarou ele. – E ela está bem na minha frente.

Por um momento, ela pareceu perplexa.

– Não foi o que o senhor disse na última vez que estivemos juntos.

– Eu sei. Fui um tolo. Mas acho que a senhorita já percebeu isso.

A expressão dela suavizou um pouco antes de ficar desconfiada de novo.

– Como posso acreditar?

– Não sei. Talvez considerando que, na maior parte do tempo, eu disse a verdade para a senhorita.

– Hum – sussurrou ela e cruzou os braços.

Rosy voltou para a sala.

– Diana, estamos prontas.

– Estou indo – respondeu ela.

Virou-se para Geoffrey, a testa franzida.

– E o senhor me diz isso *agora*? Quando não posso fazer nada a respeito?

– Só queria que soubesse.

– Bem, obrigada, então. Agora, se me dá licença...

– Na verdade, nem era isso que eu queria dizer. Era que não exijo mais que Rosy tenha cinco visitantes por dia na próxima semana para que eu pague o dobro dos seus honorários. Farei isso independentemente do número de visitantes que ela tiver. Porque tudo o que vocês deram a ela não tem preço.

Ele falara com muita convicção.

Diana o encarou por pelo menos meio minuto.

– O que fez com que tivesse esse... rompante de generosidade? O senhor está bem?

Ela colocou as costas da mão na testa dele.

– Espere, é uma piada?

– Estou falando sério, maldição!

Ela riu.

– Deve estar mesmo, para usar sua linguagem chula.

– Diana...

– Tudo bem. Só estava brincando. Mais tarde podemos conversar sobre isso. Agora precisamos ir para a sala de estar.

– Certo.

Ele ofereceu o braço e ela o aceitou, o que o fez inflar de orgulho. Era uma sensação um tanto peculiar: ter orgulho de estar de braço dado com certa mulher. Pelo menos para ele, era peculiar.

– Preciso falar com o senhor mais tarde também – disse ela.

– Sobre o quê?

– Tem a ver com Rosy. Mas pode esperar.

– Muito bem – disse ele. – Mas confesso que preferia estar sozinho com a senhorita a estar em um salão de baile com mil pessoas.

– Mil! Onde está escondido esse salão gigantesco?

– A senhorita sabe o que quero dizer, doçura – disse ele baixinho enquanto entravam na sala.

– Sei, sim.

Ela levantou o olhar para fitá-lo.

– E sinto o mesmo.

– Que bom. Só se lembre disso mais tarde, depois que todo mundo for embora.

A mãe dele e Rosy os avistaram e se aproximaram para levar Geoffrey para a fila de cumprimentos. Aproveitaram para perguntar a Diana em que ordem deveriam se postar para receber os convidados e também repassaram as frases que teriam que dizer. Geoffrey não se importava com nada daquilo.

O que quer que acontecesse, Diana e ele ficariam sozinhos mais tarde. Era só o que importava.

Algumas horas depois, Diana estava sentada na sala íntima, que estava fechada para os convidados, com os pés em uma otomana. Adoraria poder tirar os sapatos, mas não ousava, porque sabia por experiência própria que, no instante em que os tirasse, alguém viria chamá-la para cuidar de um contratempo qualquer. Só precisava de alguns minutos para recuperar o fôlego, se acalmar e se lembrar por que fazia aquele tipo de trabalho.

Porque podia. Porque gostava – na maior parte do tempo. E porque, por mais bobo que Geoffrey pudesse achar, Diana tinha a sensação de que ajudava pessoas, em geral jovens damas que mereciam uma vida melhor do que costumavam lhes oferecer.

Naquela noite específica, contudo, vinha sendo difícil se lembrar disso. Nunca se sentira tão deslocada quanto ao ver Geoffrey dançar com uma jovem atrás da outra. Ah, ele não tinha opção. Mesmo antes de entrarem no salão de baile, a mãe lhe implorara que fosse para a pista de dança, provavelmente pela mesma razão que Diana esperara que ele dançasse: para que não ficasse olhando de cara feia para os pares de Rosy.

Ele resmungara, mas cedera. E provara ser um dançarino razoável: longe de ser espetacular, mas bom o suficiente para impressionar os convidados, que provavelmente já tinham escutado os boatos sobre a profissão pouco comum de Sua Graça.

Para azar dela, todas as mulheres com quem ele dançara eram bonitas. Não podia culpá-lo por isso: se era preciso fazer algo de que não se gostava, como dançar, podia pelo menos encontrar uma parceira atraente para dividir a tarefa. Ainda assim, fora difícil de assistir. O que era ridículo. Ciúme não fazia parte de sua natureza. De jeito nenhum.

Exceto, talvez, quando se tratava dele.

Um serviçal entrou às pressas, sem bater.

– Senhora, precisa vir comigo. Tem algumas pessoas tentando invadir o baile. Dizem ser parentes de Sua Graça.

Ah, não. Isso não parecia nada bom.

Mesmo cansada, ela se pôs de pé de imediato e acompanhou o homem até o vestíbulo.

– Onde está Sua Graça? Alguém sabe?

– Um criado foi atrás dele. Mas essas damas, se é que podemos chamar assim, estão insistindo e não sei quanto tempo mais conseguiremos segurá-las.

Assim que entraram no vestíbulo, Diana avistou quatro mulheres e um cavalheiro discutindo com vozes cada vez mais alteradas com o mordomo de Geoffrey, que estava acompanhado por dois dos mais fortes lacaios da casa, um de cada lado.

A mulher que parecia ser a mais velha disse com uma voz carregada:

– Sou tia paterna do duque. Tenho certeza de que ele vai querer ver a mim e ao meu marido, sem falar das minhas filhas, primas dele. Ele provavelmente não sabia como nos encontrar para mandar o convite, mas sei que gostaria da nossa presença.

– Até parece – sussurrou Diana baixinho.

– O que disse? – indagou o serviçal.

– Nada.

Não era comum ela precisar fazer isso, mas, de vez em quando, suas responsabilidades incluíam assegurar que pessoas indesejáveis e que não foram convidadas fossem expulsas das festas e bailes da Ocasiões Especiais.

Então, era capaz de lidar com essa situação. Colou um sorriso simpático mas firme nos lábios, se aproximou e se colocou ao lado do mordomo.

– Com licença, senhora, mas...

– Lady Fieldhaven para você. Agora, vá chamar seu patrão para resolvermos essa situação.

– O duque não é meu patrão. Sou lady Diana Harper, da Ocasiões Espe-

212

ciais, e estou encarregada do assunto. A senhora já deve ter ouvido falar do meu pai, o conde de Holtbury, não?

A mulher teve a audácia de lançar um olhar de desdém para ela.

– Todo mundo já ouviu falar dele. Ele e sua mãe são um tanto infames.

– Verdade. Mas isso não tem nada a ver com este baile em particular. A senhora e eu sabemos muito bem que Sua Graça não deixou de convidá-la por não ter seu endereço. Ele não os convidou porque ele e a família dele foram maltratados pela senhora. Então, sugiro que se retire antes que eu mande um lacaio retirá-la.

Lady Fieldhaven se inflou para parecer maior. Ainda assim, continuou menor do que Diana.

– A senhorita tem a ousadia de falar comigo sobre os meus parentes! Posso garantir que Sua Graça…

– Não quer nada com a senhora – declarou Geoffrey ao entrar no vestíbulo.

Diana ficou grata por ele ter um físico tão imponente. Porque, se Diana não conseguisse intimidar a mulher e sua família, Geoffrey certamente conseguiria.

Ele parou ao lado de Diana.

– Por falar em ousadia, madame, a senhora é patética como tia.

– Veja bem – disse lorde Fieldhaven –, o senhor está insultando minha esposa.

O homem não deveria ter aberto a boca, porque isso só fez com que Geoffrey prestasse atenção *nele*.

– Tenho pena do senhor, por ser casado com uma mulher sem um pingo de apreço pela família, que se juntou à mãe, minha falecida avó, para cortar relações com meu pai, *irmão* dela, e afastá-lo de toda a família. Minha maravilhosa mãe insistiu que deveríamos visitá-los quando éramos crianças, mas sua esposa e meus avós se recusaram a nos receber. Então, me parece adequado que eu recuse também.

Ele se virou para ir embora, mas lady Fieldhaven disse:

– O senhor pode ter herdado o ducado, mesmo sem merecer, mas continua sendo um ninguém, um grosseiro, exatamente como eu desconfiava. Curioso mencionar seu pai, considerando que o assassinou.

Geoffrey congelou. Diana não conseguiu nem reagir. Matar o pai? Geoffrey não seria capaz disso.

Quando ele se virou, o ódio ardia em seu rosto.

– Pelo amor de Deus, onde a senhora escutou algo tão vil?

– Tenho as minhas fontes em Newcastle.

Ela puxou a capa que usava, como se quisesse se proteger da descortesia de Geoffrey.

– O senhor acha que, só porque eu não quis expor minhas filhas ao comportamento negligente do seu pai, eu não sabia o que acontecia na sua casa? Eu sabia, sim. Fiquei sabendo que seu pai morreu por overdose de láudano. Embora ninguém saiba como ele conseguiu o suficiente para matá-lo, fontes confiáveis dizem que o *senhor* deu a ele.

A voz dele ficou gelada.

– Além do fato de eu não saber nada sobre dosagem de láudano e, por isso, nunca o administraria, eu amava meu pai. Ele era meu pai, pelo amor de Deus! Por que eu o mataria?

– Para herdar o ducado, oras.

Diana não conseguiu segurar o riso.

– Sua Graça nem queria o ducado. Nunca quis.

Isso tirou lady Fieldhaven do prumo por apenas um segundo.

– Bem... é claro que ele queria, já que o título vinha com várias propriedades.

– E várias dívidas – acrescentou Geoffrey. – A senhora é uma tola se acha que eu me importava em ser duque. Meu pai nem sabia quem herdaria o título, muito menos eu. Supunha que seria um dos meus primos distantes.

Lorde Fieldhaven bufou.

– O senhor está nos chamando de mentirosos?

Geoffrey chegou tão perto do sujeito que lorde Fieldhaven teve que levantar o olhar pra fitar o homem mais alto e mais jovem e engolir em seco.

– Se não tomar cuidado – continuou Geoffrey –, eu o desafiarei para um duelo. E me atrevo a dizer que o senhor não é tão bom quanto eu nem com a pistola nem com a espada.

Lady Fieldhaven se colocou no meio dos dois e enfiou um dedo no peito de Geoffrey.

– Ele vai desafiar o senhor para um duelo primeiro.

– Fique quieta, Ivy – mandou lorde Fieldhaven.

Ele puxou a esposa para o seu lado.

Geoffrey soltou uma gargalhada sem humor.

– Eu gostaria muito disso, lady Fieldhaven, porque me daria o direito de escolher as armas. E eu iria preferir meus punhos. Acho que causariam um bom estrago no rosto do seu marido.

– O senhor não ousaria.

Ela endireitou os ombros.

– Porque aí eu revelaria sua perversidade daqui até Newcastle e o senhor seria obrigado a enfrentar um júri de iguais para se defender.

Por alguma razão, aquilo deteve Geoffrey, o que não fez o menor sentido para Diana. Ela se recusava a acreditar que ele seria capaz de matar uma pessoa, muito menos o próprio pai. A ideia era absurda.

Percebendo seu momento de triunfo, a tia continuou:

– Mas o senhor poderia me convencer a segurar minha língua. Poderíamos fazer as pazes se pedisse uma das minhas filhas em casamento.

A expressão de Geoffrey ficou sombria.

– Não vou fazer nada disso, senhora.

Ele olhou para as três jovens, que estavam claramente constrangidas com a cena.

– Não que não sejam damas adoráveis, tenho certeza.

Ele focou o olhar na tia.

– Mas prefiro cortar minha própria garganta a aceitá-la como sogra. Então, sugiro que a senhora vá embora agora, antes que eu precise pedir para meu lacaio escoltar sua família até a carruagem.

Ela arregalou os olhos.

– O senhor não me deixa escolha, a não ser espalhar o boato sobre a morte do seu pai por todos os lugares.

Mulher tola. Ela realmente achava que o Poderoso Geoffrey cederia diante de um ataque? Estava claro que ela não o conhecia – o que só dava credibilidade à história dele de que ela e a família cortaram relações com o pai dele por ter se casado com sua mãe.

– Que seja. E a senhora não *me* deixa escolha a não ser contar para todos da sua tentativa de me chantagear.

Ele chegou mais perto.

– A senhora acha que vai conseguir casar suas filhas depois que as pessoas souberem que eu as recusei como possíveis esposas? Que a senhora acredita tão pouco na capacidade delas em atrair um marido que precisou me chantagear para casar com uma delas? Logo eu, um homem que a senhora afirma que matou o próprio pai?

– O senhor não faria isso! Ora... ninguém acreditaria. O senhor mesmo disse que elas são "adoráveis".

– Ainda assim, não tenho a menor vontade de me casar com elas.

Lorde Fieldhaven pegou a esposa pelo braço.

– Vamos, Ivy. Você tentou e não conseguiu. Acho melhor irmos embora antes que alguém dê um soco em alguém.

– Excelente ideia – concordou Geoffrey. – Vão embora. Seria muito mais civilizado do que eu ter que expulsá-los, embora menos satisfatório.

– Nós vamos, senhor – disse lorde Fieldhaven.

O homem puxou a esposa porta afora pelo braço, enquanto as três adoráveis filhas iam atrás.

Na opinião de Diana, nenhuma das três parecia ansiosa para se casar com o novo duque de Grenwood, ainda mais depois da resposta à chantagem da mãe delas. Diana se perguntou se também deveria reconsiderar a possibilidade de se casar com ele, mesmo se ele quisesse se casar com *ela*, o que não era nem um pouco certo. Entretanto, quaisquer que fossem as batalhas que os esperavam, ela estava disposta a lutar.

Contanto que isso significasse que estaria com Geoffrey.

CAPÍTULO DEZESSETE

Depois que os Fieldhavens foram embora, Diana se virou e encontrou vários empregados de Geoffrey parados ali. Ele ficou pasmo ao perceber que, pelo visto, tinham escutado tudo.

Deu uma tossidinha antes de se dirigir a eles.

– Agradeço a ajuda de vocês com meus parentes. Gostaria de poder prometer que isso nunca mais voltará a acontecer, mas é impossível garantir. Meu pai tinha muitos parentes distantes.

Ele juntou as mãos às costas e continuou:

– Entretanto, peço que não repitam o que escutaram aqui esta noite. Posso garantir que são mentiras.

– Por favor, Vossa Graça, não precisa explicar – disse o mordomo, que olhou para seus colegas, que assentiram. – Não acreditamos nesses boatos. Temos muito orgulho em servi-lo e seremos muito discretos sobre o assunto. Não precisa se preocupar conosco.

Ele se empertigou, ficando ereto como uma vareta.

– Nós nunca o trairíamos. É só dizer o que precisa.

Geoffrey ficou sem palavras diante da demonstração de apoio da criadagem, que só o conhecia fazia um ou dois meses.

– Obrigado. Vocês me deixam honrado. Aprecio sua preocupação mais do que imaginam.

– Desculpe interrompê-los, senhores – disse Diana –, mas a melhor forma de demonstrar seu apoio no momento é… voltando para suas tarefas no salão de baile. No baile que está sendo dado para a irmã de Sua Graça.

Todos, incluindo Geoffrey, a fitaram sem alterar suas expressões. Até que, por fim, perceberam que quase todos os serviçais estavam ali, no vestíbulo, e saíram às pressas.

Todos, menos o mordomo, que se aproximou de Geoffrey com um olhar determinado.

– O senhor acha que os Fieldhavens ainda voltam esta noite?

– Acredito que não. Espero que não. Creio que esteja livre para cuidar das suas outras obrigações.

– Muito bem, Vossa Graça.

Enquanto o homem voltava para o salão de baile, Geoffrey pegou Diana pelo braço.

– Venha comigo.

Então, fez uma pausa.

– Por favor, se não se incomodar.

Ela se esforçou para não soltar uma gargalhada. Pelo visto, o Poderoso Geoffrey sabia ter bons modos quando queria.

– Claro. Acho que posso me ausentar por alguns minutos.

– Talvez seja mais do que alguns minutos – murmurou ele ao guiá-la por cômodos onde era pouco provável que seriam vistos.

Quando ela percebeu, já estavam entrando no escritório.

– Vou trancar a porta – avisou ele. – Acho que ninguém nos viu entrar, mas, caso alguém venha procurar por mim, não quero que nos peguem em flagrante.

Ele estava sugerindo o que ela achava? Fitou-o desconfiada.

– *Aqui?* Quer que nosso encontro íntimo seja aqui e *agora*?

– Não exatamente.

Ele abriu um sorriso pesaroso.

– Eu não me importaria, mas não foi por isso que a trouxe aqui. Preciso conversar com você sobre a morte do meu pai.

– Ah. Entendi.

Ela se sentou em uma cadeira diante da mesa.

– Acredite, sei que não existe a menor chance de ter matado seu pai.

Ele fixou o olhar nela.

– Você confia tanto assim em mim?

– Claro. Se não confiasse, nós nunca teríamos tido nosso primeiro encontro íntimo. Eu nem teria permitido que ficasse a sós comigo. Tenho muita experiência em afastar clientes não confiáveis.

– Infelizmente, acredito em você.

Como ele ficou em silêncio, ela disse:

– Ia me contar algo sobre seu pai?

– Isso. Você escutou a tal "evidência" que meus parentes mencionaram. É só uma parte do que podem alegar.

Ele se sentou atrás da mesa, destrancou a gaveta e pegou uma carta. Por um momento, ficou apenas olhando para ela, como se tomasse uma decisão.

– Infelizmente, o único antídoto para tal boato é esta carta, que traz algo ainda pior.

Com um suspiro, ele esticou o braço sobre a mesa e entregou a carta a Diana.

– Leia e vai entender. O que não entender, é só perguntar que eu explico.

Ela sentiu um arrepio ao pegar o documento.

– Teve todo o tempo do mundo para me contar seu segredo mais sombrio, mas escolheu contar agora, no meio do baile. Só por causa da comoção que seus parentes criaram?

– Sim. Porque pode ser que outros também criem essa "comoção". Porque o boato me seguiu até Londres mais rápido que eu esperava. Porque... parece que realmente gosta da minha família e não nos considera apenas clientes. Não entendo bem por quê, mas agradeço.

Ele a fitou com um olhar assombrado, dividido, desamparado.

– Vai entender tudo depois de ler a carta.

Será que deveria contar a ele o que Rosy revelara? Talvez fosse melhor esperar. Se pudesse guardar o segredo da irmã dele, guardaria. Porque era clara a preocupação de Geoffrey com o boato. Ele não deixava transparecer para todos, pois sempre tinha que ser o sujeito destemido, mas, no fundo, estava preocupado. Dava para ver. Era curioso como ela aprendera a julgar as emoções dele tão bem.

– Vai ler a carta? – perguntou ele, impaciente.

– Vou, sim, agora mesmo.

Enquanto ela desdobrava o papel, ele disse:

– Tente não amassar. Posso precisar disso um dia para salvar minha pele.

O comentário soou agourento. Diana se endireitou e começou a ler:

Querido filho,

Se estiver lendo isto, meu plano deu certo e não estou mais neste mundo, e sim no outro, ou logo estarei.

Espero evitar uma investigação ao fazer a minha morte parecer acidental, de forma que o médico não veja razão para chamar o legista.

Entretanto, se houver uma investigação, não mostre esta carta, a não ser que alguém seja acusado de me matar. Deixe que cheguem às próprias conclusões sobre a causa da minha morte. Com sorte, vão considerá-la acidental.

O coração dela vacilou quando percebeu o que lia. Não era o que esperava. Uma overdose? Sim. Um caso de uso habitual que deu errado? Possivelmente. Mas isso... ah, pobre Geoffrey. Pobre Sra. Brookhouse, pobre Rosy!

Ela o encarou.

– É um bilhete suicida?

– Infelizmente, sim.

Geoffrey engolia em seco sem parar.

– Quando meu pai me entregou, dizendo para não ler naquela hora, ele já tinha tomado um frasco ou mais de láudano. Queria garantir que ninguém, nem eu, tivesse tempo de salvar a vida dele dando alguma medicação que limpasse o estômago.

Geoffrey não a fitava nos olhos.

– Ele já havia mandado chamar o médico. Isso possibilitou que ficasse a sós comigo e concluísse seu plano, que só me envolvia porque ele queria entregar a carta em mãos. Primeiro, para não ser perdida na confusão após sua morte. E para que o legista não pudesse usá-la para atestar o suicídio. E, por último, para que ninguém pudesse usá-la para me chantagear.

– Que ironia.

– Sim – disse ele, com um sorrisinho. – É óbvio que ele não pensou que os parentes fossem as pessoas mesquinhas que são. Enfim, continue lendo.

Foi o que Diana fez.

Se houver uma investigação, diga ao legista que eu vinha usando quantidades cada vez maiores de láudano para dor. Explique que sua mãe não sabia de nada, o que é verdade. Tive que falar para o boticário que eu precisava para a minha dor de estômago. Foi a única forma de conseguir o suficiente para meu propósito. Nosso boticário deve ter o registro de minhas várias visitas e poderá confirmar que pedi que não contasse nada à sua mãe.

Por falar na sua mãe e na sua irmã, não conte a elas sobre a carta. Deixe que lamentem minha morte, que acreditem que foi uma doença de estômago que me levou embora. Eu mesmo direi ao médico que ingeri o láudano por acidente e pedirei que não revele nada sobre meu uso dessa substância, a não ser que seja extremamente necessário. Sua mãe já se culpa muito – não quero que se culpe ainda mais.

Agora chegamos à questão que deve estar consumindo sua mente. Por que estou fazendo isso? Porque estou com dor, e não a dor do tipo que o láudano pode aliviar. Não tenho mais utilidade para ninguém e só estou à espera da morte. Eu me senti assim a maior parte da vida, mas, nos últimos tempos, esses pensamentos vivem em minha cabeça. Só me deixam em paz quando vejo meus filhos seguindo suas vidas de forma tão bela e quando olho para o rosto de sua mãe. Sim, nós discutimos, mas essas discussões se dissipam na hora em que a abraço. Ela ficará muito melhor sem mim.

Assim, faz sentido deixar esta terra em um sono tranquilo, algo que poucas vezes tive na vida. Espero que entenda e, se não entender, que pelo menos não me culpe muito.

Você tem sido um bom filho para mim e tenho esperanças de que continue sendo ao respeitar meu desejo. Só não arrisque sua vida para impedir que alguém descubra que tirei a minha. Sei que tomará a decisão certa. Deixo sua mãe e sua irmã em boas mãos.

Com muito afeto,

Seu pai

Só quando o rosto de Diana ficou molhado ela percebeu que chorava. Geoffrey lhe ofereceu o lenço, então ela dobrou a carta com cuidado e a devolveu, depois enxugou os olhos e o nariz.

– Coitado do seu pai. Como ele devia estar melancólico para achar que essa era a única saída.

– Agora entende por que guardei esse segredo por tanto tempo?

– Acho que sim.

Era difícil falar com o nó que tinha se formado na garganta dela.

– Tem medo que descubram que seu pai se matou, pois o caso poderia ser levado ao tribunal.

– Exatamente. O suicídio pode ser considerado "autoassassinato". E sabe o que acontece com quem comete suicídio e é julgado em uma corte?

Ela o encarou.

– Não. Quer dizer, sei que vira um escândalo terrível e que quem é considerado culpado é enterrado com uma estaca no coração em uma encruzilhada e outras superstições absurdas...

– É muito mais do que isso.

Ele colocou a carta de volta na gaveta e trancou.

– Se meu pai fosse considerado culpado de assassinato, o que, em termos jurídicos, é o que um suicida faz, as propriedades dele seriam confiscadas pela Coroa: a casa em que minha mãe e minha irmã moram, a empresa que recebeu do meu avô, Stockdon & Filhos, e possivelmente até as propriedades do ducado que eu herdei. Não tenho certeza sobre elas porque estou relutante em consultar um advogado e levantar suspeitas. De qualquer forma, poderia ser desastroso para minha família, não apenas agora, mas por décadas.

– Meu Deus, que lei estúpida!

– É mesmo – concordou ele, seco. – Mas ainda está vigente. E, se a única forma de eu evitar ser acusado de homicídio fosse apresentar essa carta, ela poderia *me* salvar, mas, ao mesmo tempo, acabaria com minha família. Nenhuma das duas opções seria boa.

Não era de admirar que ele guardasse a carta com tanto cuidado. Diana não sabia se ficava grata por ele ter enfim revelado esse segredo para ela... ou com raiva por ter demorado tanto.

Isso também explicava por que ele tinha tanto desprezo por fofoqueiros. Porque essas pessoas poderiam destruir a vida dele, da mãe e da irmã.

Então, ela se lembrou de uma informação que lera em algum lugar.

– Acho que o júri poderia também dar outra sentença, menos terrível. Poderiam considerar seu pai *non... non...*

– *Non compos mentis*. Significa "com a mente doente".

– Isso! Eu sabia que já tinha ouvido falar de algo assim.

Ele tamborilou na mesa.

– Essa carta parece ter sido escrita por alguém doente da cabeça? Ele tramou para conseguir láudano e planejou o que fazer para parecer acidental. Ninguém o consideraria insano.

O coração dela se encheu de tristeza.

– É, acho que não.

– É verdade que os júris estão menos inclinados a considerar alguém culpado por suicídio atualmente, mas isso não significa que não possa acontecer.

– Entendo. Mas agora você é um duque. Isso pode ser usado em seu favor.

– Depende do júri.

Ele deu de ombros.

– Eles podem me considerar um grosseiro que nunca deveria ter se tornado duque.

Ela estremeceu com a forma como ele usou a palavra "grosseiro".

– Desculpe – disse ele, pegando a mão dela. – Eu não estava pensando em como você me chamou quando nos conhecemos.

Ela o encarou.

– É por isso que está tão determinado a ver Rosy casada, não é?

– Em parte.

Diana ergueu uma sobrancelha e ele suspirou.

– A maior parte. Quando ela se casar, eu saberei que está protegida de qualquer escândalo ou dificuldade financeira que poderia enfrentar se continuasse sob meu teto, principalmente se ela se casar com alguém a quem as leis comuns não se apliquem.

– Alguém que tenha um título.

– Sim. Já tendo passado por um escândalo por causa das ações dos seus pais, tenho certeza que você me entende.

Ela soltou a mão da dele.

– Entendo, embora o escândalo da minha família não tenha resultado em uma perda tão grande.

Ela se levantou e se pôs a andar de um lado para o outro.

– Por que está me dizendo isso agora se não quis contar antes?

– Porque o que falou sobre confiança mexeu comigo. Eu já tinha decidido lhe contar a verdade antes de os meus parentes chegarem, mas as mentiras deles tornaram mais imperativo que eu agisse logo.

Com um olhar sombrio, ele acrescentou:

– E, talvez, agora entenda por que não posso me casar ainda.

Ela ergueu o queixo.

– Não entendi. Acho que vai ter que me explicar melhor. Principalmente porque eu não disse que *queria* me casar com você.

A julgar pela surpresa no rosto de Geoffrey, ele não tinha previsto que seria forçado a explicar. E nem considerara que ela não se casaria com ele. O Poderoso Geoffrey sempre achava que tudo seguiria de acordo com os planos *dele*. E, embora agora Diana percebesse por que ele pensava assim, isso não mudava o fato de que estava disposto a sacrificar a felicidade dela – e a da irmã, ao escolher um marido para ela –, quisessem elas ou não.

Ele se levantou e contornou a mesa.

– Ainda não posso me casar com você... porque não quero que sofra, maldição. Não sei quantas vezes mais vou conseguir me livrar de conversas como a que acabei de ter com meus parentes. Muita gente em Newcastle considerava meu pai poderoso, só porque meu avô era um visconde. Meu pai nunca conseguiu criar laços fortes naquele lugar e, como resultado, nossa família também não.

Ele pegou as mãos dela.

– Se o fato de não gostarem da minha família chegar ao ponto de me acusarem de homicídio, eu não suportaria... Eu me *recusaria* a arrastá-la para isso. Ou para o escândalo de meu pai ser acusado e considerado culpado de suicídio.

Geoffrey soltou as mãos de Diana.

– Por isso é melhor que Rosy se case o mais rápido possível com um homem respeitável.

– Não se esqueça: ele precisa ter um título, como disse – acrescentou ela.

– Sim! Alguém com um título, se ela conseguir, e você me fez ver que ela consegue. Então, depois que já tiver passado tempo suficiente para eu ter certeza de que estou seguro, de que ninguém vai me acusar de homicídio, você e eu poderemos pensar em casamento.

Ela balançou a cabeça. A arrogância daquele homem nunca deixava de surpreendê-la.

– Quanto tempo seria "suficiente", supondo que eu aceitasse seu pedido?

Ele passou a mão pelo cabelo.

– Não sei. Depende de quanto tempo esses boatos vão durar.

– Entendi.

Ela finalmente compreendera de verdade. Embora tivesse desistido de fingir que não *queria* se casar com ele, não poderia se casar se ele esperava que o casamento atendesse apenas às vontades dele. Pelo visto, Geoffrey não conseguia visualizar um futuro em que os dois tomariam decisões juntos para a felicidade mútua.

– Você percebe – indagou ela – que esse desastre do qual vem nos protegendo inclui diversos "ses"? Se Rosy não se casar com alguém com título. Se você for acusado de homicídio. Se for forçado a se defender usando a carta de seu pai. Se o pobre do seu falecido pai for levado a um julgamento *post-*

-*mortem*. Se o júri considerar ser um caso de suicídio. Se você e sua família perderem seus bens e propriedades como consequência.

– Tudo isso poderia acontecer – argumentou ele, na defensiva.

– Poderia. Mas a probabilidade de que aconteçam nessa ordem e com o pior dos resultados é, sem dúvida, pequena. Evitar um casamento só porque esses problemas podem acontecer é como não se casar porque o rio Tâmisa pode vir a transbordar e inundar Londres inteira.

Ela levantou o olhar para fitá-lo.

– E se, por exemplo, em vez de usar a carta de seu pai, você insistir que o médico seja chamado como testemunha para confirmar a história dele de que confundiu láudano com tintura de ruibarbo?

Geoffrey fez uma careta.

– Pelo que sei, foi o médico quem começou os boatos. Espere, como sabe sobre a "história" do meu pai?

– Ah!

Ela já deveria ter contado.

– Rosy me falou. Ela ficou escutando atrás da porta enquanto você e seu pai conversavam com o médico no dia em que ele faleceu. Então, na semana passada, ela me perguntou o que era láudano.

O sangue se esvaiu do rosto dele.

– Como é que é? Ela anda por aí perguntando para estranhos sobre a morte do nosso pai?

– Não sei, mas duvido.

Diana cruzou os braços.

– E não sou exatamente uma estranha para ela.

Ele bufou.

– Eu não quis...

– Não, você nunca tem intenção de insultar as pessoas. Mas o insulto machuca mesmo assim.

Antes que ele tentasse se desculpar – e, quase na certa, piorasse tudo –, Diana acrescentou:

– De qualquer forma, acredito que ela só tenha *me* perguntado porque confia em mim. Mas talvez fosse bom conversar com ela se precisar de respostas. E se quiser evitar que ela continue fazendo perguntas. Ela queria entender por que seu pai pediu a você e ao médico que não contassem a ela e a sua mãe sobre o láudano.

– Meu Deus! – murmurou ele e começar a andar pelo escritório.

– O que você disse às duas quando ele morreu?

– Só o que meu pai pediu: que ele morreu por causa do problema no estômago. Já tinha um tempo que ele vinha sofrendo com isso e estava piorando. É claro que eu não imaginava que Rosy tivesse escutado e soubesse parte da verdade.

– Viu? Isso é o que acontece quando se guardam segredos. Eles não mantêm só os inimigos a distância, também afastam a família e os amigos. E, sem ninguém para ajudar, os resultados podem ser imprevisíveis.

– Pelo visto, sim – comentou ele.

– Se continuar insistindo em lutar suas batalhas sozinho, estará dando corda para se enforcar.

Ele parou na frente dela.

– Só estou tentando proteger minha família, pelo amor de Deus.

– Mas talvez sua família não *queira* sua proteção se você tiver que sacrificar sua vida e seu futuro financeiro em nome disso. Elas gostam de você. Talvez prefiram que diga o que precisa que elas façam, para que os três juntos possam agir de acordo.

Diana tentou não pensar no fato de que ele poderia preferir *não* se casar com ela para não arriscar que a verdade um dia fosse revelada e a atingisse.

– Então, o que pretende fazer em relação a Rosy? – perguntou Diana. – Vai contar a verdade a ela? Ou pretende escolher um nobre e forçá-la a se casar para que fique protegida de um possível futuro desastroso?

Ele arqueou uma sobrancelha.

– Sabe que eu não faria isso. O objetivo desse debute espetacular é garantir que ela possa escolher um homem que seja digno dela e que a protegerá se os problemas vierem.

– Da mesma forma que meu cunhado protegeu minha irmã quando vieram os problemas com meus pais? Eu também o considerava um bom homem, mas ele pode muito bem ter ido para a guerra para fugir da fofoca, deixando que Eliza enfrentasse tudo sozinha. Pois bem… e se o marido perfeito que você deseja para Rosy ficar constrangido ao descobrir que se casou com a filha de um homem que tirou a própria a vida? Homens são imprevisíveis quando se trata de escândalos. O marido de Eliza provou isso, e o seu escândalo é muito pior. Pode facilmente acabar com o casamento de Rosy antes mesmo que ele comece.

– Acho que sei escolher o marido adequado para minha irmã.

Ele fez uma pausa.

– Não que eu fizesse isso. Mas sou capaz de influenciá-la para que aceite o tipo certo e recuse o errado.

– Como *ousa* tomar decisões por sua mãe e sua irmã? Elas têm o direito de saber a verdade sobre seu pai, para estarem preparadas para o que vier. Até seus criados o apoiam. Imagine sua irmã e sua mãe. Porque eu tenho certeza, sabendo quanto as duas o amam, que elas iriam preferir enfrentar um escândalo e perder a fortuna se essa for a única forma de você ficar são e salvo ao lado delas.

Ele desviou o olhar.

– Se eu contar a elas, estarei traindo meu pai e deixando de fazer a única coisa que ele me pediu.

– Ele não tinha o direito de pedir!

Diana segurou os braços dele.

– Ninguém tem o direito de continuar fazendo escolhas pela família depois de falecer. Até testamentos podem ser contestados. Mas isto é decisivo. Ele escolheu o caminho mais sombrio para si mesmo e deixou para você a tarefa de encontrar, sozinho, um jeito de sair da situação difícil em que ele o colocou.

Ela ficou na ponta dos pés para dar um beijo no rosto de Geoffrey.

– A única forma de ganhar um jogo manipulado, meu querido, é se recusando a jogar. Confie naqueles que o amam e naqueles que você ama, confie em si mesmo e siga em frente.

– Você não entende – resmungou ele.

– Eu entendo, *sim*. Esse é o problema. Eu entendo muito bem. Essa também é a razão para eu nunca, nem de longe, ter considerado me casar. Porque muitas coisas podem dar errado. Posso não ter paixão suficiente ou meu marido pode ser um galanteador, feito meu pai. Posso não gostar de ser a esposa de um engenheiro, ou de um duque, ou de um homem de Newcastle e posso me ver presa em um casamento, feito minha mãe.

Ela pegou o rosto dele entre as mãos.

– Mas me parece que ficar se preocupando com cada "se" só leva a uma vida solitária e infeliz. A vida não nos garante nada. Nós sabemos disso e é exatamente por esse motivo que gostamos da companhia um do outro e nos entendemos tão bem. Com certeza é o mais importante quando se quer casar com alguém.

Isso é amor verdadeiro. Mas ela não se atreveu a mencionar amor, já que não tinha certeza dos próprios sentimentos, muito menos dos dele.

Quando ele cobriu as mãos dela, com suas incertezas refletidas no rosto, ela acrescentou:

– Você fica buscando garantias de que tudo ficará bem se nos casarmos. E Deus sabe que eu também gostaria de ter garantias. Mas ninguém tem. Às vezes, nem escolhemos nossa situação. Porque, se pudéssemos fazer isso, você certamente não teria optado por um pai que não conseguiu suportar a própria vida e eu não teria pais que não suportavam viver juntos.

Ela sorriu apesar das lágrimas.

– Teríamos escolhido circunstâncias muito melhores.

– Com certeza.

– Você tem que dar às pessoas a chance de mostrarem seu apoio. Eu sei, do fundo do meu coração, que sua mãe e sua irmã ficarão ao seu lado para o que der e vier. Acredita em mim quando digo que eu faria o mesmo?

– Não é uma questão de acreditar. É uma questão de resolver o que é melhor para minha família. E para você, se algum dia me der a chance de cuidar de você.

– Como poderá cuidar de mim se não nos casarmos?

– Nós *vamos* nos casar, mas só depois que eu tiver certeza de que seu marido não será um sujeito pobre. A não ser, claro, que esteja esperando um filho meu. Você já enfrentou escândalo suficiente sem isso.

– Primeiro de tudo, será *nosso* filho. Segundo, isso não faz o menor sentido. Se eu estiver grávida, você está disposto a colocar a mim e ao bebê em uma situação difícil. Mas, se for só eu, não pode?

Ele ficou confuso.

– Não foi isso que eu quis dizer.

– Parece que foi exatamente o que disse. O risco do escândalo de ter um filho ilegítimo supera o de que a morte do seu pai o tire de mim ou nos deixe na pobreza pelo resto da vida. Bem, tenho direito de expressar minha opinião sobre essas suas maquinações e digo que não pode decidir por mim. Não somos casados e, pelo visto, não seremos por um bom tempo. Assim, não pode resolver nada sobre o futuro de qualquer bebê que eu venha a ter fora do matrimônio.

– Diana, seja razoável. Sei que você não arriscaria o futuro de nosso filho por orgulho.

– Não, eu pouparia meu filho de crescer com pais em um casamento como o dos meus. Estou falando do tipo de relacionamento que eu desejo, o único que posso aceitar. Eu me recuso a estar em uma relação em que você decida tudo para o meu próprio bem sem me consultar.

– Não estou dizendo... eu não quero...

– E a Ocasiões Especiais? Se não for bem, você vai determinar que não tenho participação? E se você decidir construir uma ponte em algum canto perigoso do mundo? Iria sem mim, me deixaria aqui, preocupada? E, se me levasse junto, não ficaria preocupado comigo lá? Se você não consegue responder a nenhuma dessas perguntas, se nem as considerou, então está claro que não está pronto para se casar. E eu definitivamente não estou pronta para me casar com alguém como meu pai autoritário, mesmo que a paixão seja espetacular.

– Paixão espetacular?

Ah, Deus, não devia ter mencionado isso.

– "Paixão espetacular" compensa muita coisa – comentou ele.

Antes que ela pudesse responder, ele abaixou a cabeça e tomou os lábios dela em um beijo. Queria distraí-la, para terminar a discussão de forma que pudesse cuidar do assunto do seu jeito. Mesmo ciente disso, ela não o impediu. Porque podia ser a última vez que isso aconteceria. Porque a boca dele era generosa e exigente ao mesmo tempo. Ele dava e recebia, tudo em um único beijo doce e apaixonado.

Ele a pressionou contra a parede, seus lábios agora passeando, assim como as mãos. Ah, ela sentira falta daquilo, de tê-lo em seus braços. E qual seria o problema de estar com ele de novo, mesmo se nada mais acontecesse?

Ela não teve a chance de descobrir. Uma batida na porta do escritório deu um fim abrupto ao beijo deles, principalmente quando a pessoa tentou abrir a porta e descobriu que estava trancada.

Para horror de Diana, foi a voz de Eliza que escutou.

– Vossa Graça? Está aqui? O senhor está sendo solicitado no salão de baile.

– Maldição – sussurrou ele, os olhos mostrando sua relutância em se afastar de Diana.

– E não estamos achando Diana – acrescentou Eliza. – O senhor sabe onde ela está?

Ele meneou a cabeça na direção de uma espécie de alcova entre a estante e a parede e Diana entrou ali. Então ele se encaminhou para a porta e a abriu.

– Não – mentiu. – Não faço ideia. Já procurou na sala de descanso das damas? Mais cedo, ela falou algo sobre ajeitar o lenço.

Diana encostou a cabeça na parede e se conteve para não bufar. Não estava usando lenço, e sim uma estola, o que Eliza saberia. Era nisso que dava não ensinar moda aos homens.

– Por que o senhor não vai para o salão de baile enquanto procuro Diana na sala de descanso? – sugeriu Eliza.

– Muito bem – respondeu ele.

Diana esperou até escutar os passos dos dois se afastarem. Então, andou de fininho pelo escritório dele até a porta, pensando em como reaparecer no salão de baile sem levantar suspeitas.

– Eu sabia! – disse Eliza, atrás dela. – Sabia que você estava com ele ali dentro.

Diana girou para confrontar a irmã.

– Então por que nos interrompeu? Estávamos tendo uma conversa importante sobre nosso futuro.

– Espero que uma conversa que inclua casamento.

– Também espero. Mas você o interrompeu no meio do discurso, então agora não sei.

Eliza lançou um olhar de pena para a irmã.

– Se vocês estivessem tendo essa conversa, ele teria me dito e eu teria ido embora… ou esperado que ele viesse anunciar o noivado. Mas não foi o que ele fez. Ele ainda é um duque, querida irmã. Eles ainda se casam por motivos que não têm nada a ver com amor.

– A situação é mais complicada do que pode imaginar. Estou tentando resolver. Precisa confiar em mim. Sei o que estou fazendo.

Diana se empertigou.

– Além do mais, sou uma mulher adulta e perfeitamente capaz de cuidar dos meus assuntos.

– Tudo bem. Se insiste em ter o coração partido, não há nada que eu possa fazer para impedir.

O olhar de Eliza demonstrou sua preocupação.

– Mas também não vou ajudar. A única coisa que me dá esperança é o fato de que sua roupa parece intacta e a dele também. Nenhuma mulher consegue "ajeitar o lenço" tão rápido e Deus sabe que muito menos um homem. Então, pelo menos, ele a está tratando com um *algum* respeito.

– Você não faz ideia – disse Diana.

Nunca tinha conhecido um homem mais preocupado em protegê-la do futuro do que em fazer amor. Era lisonjeiro e sensato ao mesmo tempo.

Porém ela odiava o fato de não terem terminado a discussão. Porque logo o trabalho ali iria acabar e, depois, ela não o veria mais. Se seus argumentos sensatos e razoáveis não conseguissem fazê-lo mudar de ideia, como conseguiria se casar com ele?

Não que ele a tivesse pedido em casamento. Mas e se Eliza estivesse certa? E se ele fosse mais parecido com um duque típico do que ela se dava conta? Não, se esse fosse o caso, ele teria inventado outra desculpa para não se casar, uma que não arriscasse tudo o que ele possuía caso a verdade viesse à tona.

Ela suspirou. Aquilo só a deixou mais triste. Ele estava sendo nobre e mostrando seus princípios, que era tudo o que ela sempre buscara em um homem. O problema era que talvez nunca pudesse ter esse homem se ele decidisse se martirizar pelo bem da família.

E *isso* partiria seu coração.

CAPÍTULO DEZOITO

Geoffrey queria estar em qualquer lugar, menos ali, no meio de um baile que ele próprio oferecia. Queria tempo para pensar nas palavras de Diana e criar uma estratégia, para o caso de ela de fato se recusar a se casar com ele. Conseguia entender por que ela ficara furiosa – aquela situação também o deixava assim. Mas ela com certeza entenderia que ele estava lidando com o assunto da única forma que sabia.

Alguém anunciou que era hora do jantar. Rosy veio depressa para seu lado, com Foxstead logo atrás.

– Ah, Geoffrey, está tudo esplêndido, não acha? Participei de todas as danças e todos com quem dancei me elogiaram. Eu me sinto uma princesa.

– Vocês dançaram juntos a última música antes do jantar? – perguntou Geoffrey, lançando um olhar ameaçador para Foxstead.

– Dançamos, sim – respondeu o amigo.

O homem o estava atormentando, maldição.

– Não foi um amor da parte de lorde Foxstead?

Rosy colocou a mão no cotovelo dele.

– Eu já estava começando a ficar desesperada, achando que ninguém me chamaria para essa dança, apesar de todas as outras terem sido preenchidas rapidamente. Achei que o duque de Devonshire talvez fosse dançar comigo, mas ele foi embora antes do jantar.

Ela deu um tapinha no braço de Foxstead.

– Aí lorde Foxstead veio me salvar.

– É isso que os amigos fazem, não é? – indagou Foxstead, parecendo sério. – Eles vêm nos salvar.

– Verdade.

Nessa hora, Geoffrey se sentiu mal por não confiar nele.

– É isso que os amigos fazem.

Rosy franziu a testa.

– Seria constrangedor não participar logo dessa dança e ficar sem acompanhante no jantar do meu baile. Por isso, sou muito grata a ele.

– Eu também – concordou Geoffrey. – Obrigado, Foxstead.

O homem assentiu, depois se afastou com Rosy. Geoffrey se perguntou se Diana estava certa – talvez estivesse ocupado demais procurando inimigos e deixando de perceber os amigos, apoiadores e pessoas que o amavam.

Ele suspirou. Talvez. E talvez isso fosse apenas a calmaria antes da tempestade. Por que ninguém chamara Rosy para a dança antes do jantar? Será que os convidados escutaram o bate-boca no vestíbulo com os Fieldhavens? Ou ele estava apenas vendo problemas onde não existiam? De novo.

Lady Verity se aproximou dele.

– O senhor deveria jantar – declarou ela. – Está muito bom, posso garantir.

Ela esquadrinhava o salão de baile como se procurasse por alguém. Ela estreitou os olhos.

– Lá está. Vossa Graça, está vendo aquele sujeito perto da coluna?

– Qual coluna?

Ela fez uma cara feia para ele.

– A única coluna com um sujeito ao lado, agora que todos se encaminharam para o jantar. Ah…

Ela soltou um som para demonstrar sua frustração.

– *Lá.*

Ela meneou a cabeça para o outro lado do salão.

– Ele está de preto e de costas para nós.

– Todos os homens estão de preto, até eu.

Contudo, só para ser agradável, ele observou a área da qual ela falava.

– O sujeito com um bicorne embaixo do braço?

– Sim! Ele mesmo.

Verity olhou na direção do homem.

– Quem é ele?

– Não faço a menor ideia. Por que diabos eu saberia?

A mulher nem chamou sua atenção por causa do linguajar. Ele já tinha se acostumado com as três irmãs fazendo isso. Às vezes até praguejava só para ver se elas perceberiam.

– Será que ele foi convidado? – indagou lady Verity, pensando em voz alta. – Talvez eu consiga encontrá-lo na lista de convidados.

Ela suspirou.

– Tanto faz. Ele já foi embora. Se ele se comportar como de costume, já vai ter desaparecido quando eu chegar lá. Em todo caso, é melhor eu ir para a cozinha e garantir que a comida saia como o planejado.

Quando ela começou a se afastar, o duque a chamou:

– Lady Verity!

– Pois não.

Ela parou para encará-lo.

– O que houve?

– Se eu me casasse com sua irmã, a senhorita aprovaria?

Maldição! Ele definitivamente não deveria ter dito *aquilo*.

– Qual irmã? – indagou ela.

Quando ele a fitou desconfiado, ela riu.

– Não sou eu quem deve aprovar.

– Então, quem? Seu pai? Sua mãe? Lady Eliza é a mais velha das três, então, talvez...

– Diana, claro.

Ela balançou a cabeça.

– Embora, se o senhor não conseguiu perceber isso, talvez eu não aprove por causa da sua tacanhice.

Ela percebeu que ele estava confuso.

– O senhor já fez o pedido a ela?

– Mais ou menos.

– Que diabos isso quer dizer?

Ele bufou, frustrado.

– É difícil explicar.

– Bem, nesse caso, quando o senhor descobrir, me avise. Preciso ir agora.

Enquanto ela se afastava, a mãe dele chegou.

– Ainda pretende me acompanhar no jantar, filho?

Deus, tinha se esquecido completamente.

– Claro.

Ele lhe ofereceu o braço, e os dois se dirigiram para onde todos estavam, no fundo do salão.

– Sobre o que você e lady Verity falavam? – perguntou a mãe dele.

– Lady Diana.

Ela apertou o braço dele.

– O que tem ela?

Não, ele ainda não estava pronto para ter *aquela* conversa com a mãe.

– Não importa.

Ele abriu um lindo sorriso.

– Então, a nossa menina participou de todas as danças, não é mesmo?

– Participou. Pena que você não estava lá para ver.

– Precisei lidar com uns parentes do papai que tentaram entrar no baile. Sua mãe parou na mesma hora.

– Quem?

– Lorde Fieldhaven e a esposa.

– Ah, eu detesto os dois. Não entendo como seu pai e a irmã podiam ser tão diferentes. Eles também foram cruéis com você e Rosy quando eram pequenos.

– Eu lembro.

– Seu pai passou uma bela descompostura neles por causa disso.

– *Disso* eu não me lembro – disse Geoffrey

– Porque ele não fez na frente das crianças, claro. Não queria deixá-los ainda mais chateados do que já estavam.

Após uma olhada rápida em volta do salão, ela chegou mais perto do filho.

– Os Fieldhavens falaram algo sobre você ter matado seu pai?

Geoffrey piscou.

– Como sabe?

– Pelo amor de Deus, filho, nossa casa em Newcastle não era uma ilha. Escutei boatos. Por que você acha que eu estava tão ansiosa para mudar para o castelo Grenwood?

– Presumi que… as lembranças em Newcastle fossem dolorosas depois que papai morreu.

– Isso também, creio eu – disse ela, baixinho. – Mas escutei pessoas falando que ele tomou uma overdose de láudano.

Ela levantou os olhos para o céu.

– Não sei como seu pai pôde ter achado que conseguiria manter um boticário e um médico quietos sobre todo o láudano que ele consumia. Se ele tivesse me consultado, eu o teria aconselhado a me pedir para buscar láudano para ele. Eu diria que era para a minha irmã, e ninguém desconfiaria de nada.

Geoffrey sentiu o estômago revirar.

– Então Rosy contou para a senhora?

Ela ficou de boca aberta.

– Espere, como Rosy sabia?

Ele suspirou.

– Talvez seja melhor sentarmos em algum lugar mais reservado.

– Mais tarde. O jantar está sendo servido, e eu estou faminta.

O rosto dela se iluminou.

– Ah, já sei. Vamos pegar a comida e ir para o seu escritório. Aí você me diz o que Rosy poderia ter me contado.

Ele pensou em tudo o que deveria dizer. Em tudo o que Diana dissera.

– Na verdade, não é tão importante que não possa esperar até amanhã. Hoje é o debute de Rosy. Já perdi um bom pedaço. Então, vamos nos divertir. Como Diana diz, nossos convidados dançaram até apagar o giz do chão. Eu me atrevo a dizer que vão dançar ainda mais. E pretendo fazer o mesmo.

Ele se dirigiu para a sala de jantar, aonde o restante dos convidados já tinha chegado.

– Vamos comer marzipã, manjar branco, cheesecakes…

– E camarões, trufas e tortinhas.

– Eles chamam de tartelete, mãe. Sabia disso?

Ela sorriu.

– Não sabia. Obrigada por me dizer.

– Enquanto nos enchemos de tanto comer, não vamos ficar tristes por causa do papai. Vamos ficar felizes por Rosy.

O sorriso perdeu um pouco da força.

– Vou tentar.

– Tente bastante.

Ele também tentaria.

No dia seguinte, então, ele começaria a contar para a família sobre os segredos do pai. E talvez descobrisse o que sua mãe e Rosy sabiam e não tinham contado para ele. Estava na hora de os segredos entre eles serem revelados. De que outra maneira conseguiria convencer a mulher que desejava a se casar com ele?

A volta para a Grosvenor Square pareceu durar uma eternidade. Diana estava muito cansada – e não só por organizar o baile de Rosy. A conversa com Geoffrey fora exaustiva.

E Verity estava de novo falando sobre o estranho que sempre aparecia nos eventos que elas organizavam.

– Pelo menos Grenwood o viu também, então tenho certeza de que não estou imaginando coisas.

– Grenwood sabe quem ele é? – perguntou Eliza.

– Não – respondeu Verity. – Mas isso não me surpreende. Fomos nós que fizemos a lista de convidados, com exceção dos amigos engenheiros que ele insistiu em convidar.

– Você está quieta demais, Diana – comentou Eliza. – Acha que correu tudo bem?

– Ah, correu tudo muito bem, do meu ponto de vista – afirmou Verity. – Rosy conquistou vários admiradores, e Diana conquistou o pretendente que queria.

Diana piscou.

– Do que está falando?

– O duque de Grenwood me perguntou se eu aprovaria que ele se casasse com você.

Ela sentiu que estava ficando emocionada, mas se conteve.

– O que disse a ele?

– Que não sou eu que preciso aprovar. Que ele deveria perguntar a *você*. Diana bufou.

– Bem, ele ainda não fez isso, então não comecem a supor nada.

– *Ele* disse que "mais ou menos" a pediu em casamento. Verity inclinou a cabeça para o lado.

– E você está dizendo que ele não pediu?

– Acredito que ele tenha se enrolado nessa parte – opinou Eliza, secamente. – Mas o duque não é conhecido por ser bom em… bem… lidar com situações delicadas.

– Essa é uma boa descrição dele – concordou Diana. – É bem irritante essa mania que ele tem de fazer suposições e achar que tudo será do jeito que ele pensa. Ora, eu nem sei se *quero* me casar com ele, nem se ele me pedir. Podem imaginar como seria ser casada com ele?

– Eu posso – garantiu Verity com um olhar sonhador. – Tem que admitir que seria ótimo acordar ao lado de um homem em tão boa forma como ele.

– Meu Deus! – exclamou Eliza. – Você nunca acordou ao lado de homem nenhum. Como pode saber como seria?

A mais velha se virou para Diana.

– Mas ela tem razão. Existem certas compensações em ser casada com um sujeito com os… atributos dele.

Felizmente, estava escuro demais para suas irmãs verem como Diana ficou vermelha. Ela olhou pela janela.

– Ah, graças a Deus, chegamos em casa. Acho que não consigo aguentar nem mais um minuto com vocês duas tagarelando sobre meu possível futuro marido de forma tão ousada.

O lacaio sonolento chegou para colocar o degrau. Quando ele ia abrir a porta, Eliza disse:

– Um momento, por favor.

Ele soltou a maçaneta.

– Eliza! – repreendeu Diana. – O pobre homem está quase desmaiando de sono. E eu vou desmaiar por cima dele. Vamos logo.

– Só me responda uma pergunta – pediu Eliza. – E aí poderá sair da carruagem.

Diana respirou fundo.

– O quê?

– Está apaixonada pelo duque?

Olhando de Eliza para Verity, Diana pensou em dar uma resposta qualquer só para pararem de perguntar. Mas elas continuariam atormentando-a até que falasse a verdade.

– É claro que estou apaixonada por ele.

Ah, Deus, ela *estava*. E nunca nem tivera a intenção de se apaixonar. Como podia ter perdido tão facilmente a determinação em aguentar firme? Quando as coisas tinham mudado de "como convencer Geoffrey a fazer determinada coisa" para "como convencer Geoffrey a fazer amor comigo de novo"?

Ela bufou.

– Quem não se apaixonaria por aquele homem?

– Eu, *não* – declarou Verity. – Mas devo admitir que o corpo dele…

– Sim, sim, você já falou sobre isso – disse Diana, irritada, então olhou para Eliza. – Agora, vai abrir a maldita porta ou não?

Antes que ela começasse a chorar. Antes que pensasse em como era difícil estar apaixonada por um homem que provavelmente só amava o corpo dela e sua capacidade de reproduzir, porque ele claramente não respeitava sua opinião.

Eliza soltou a maçaneta e se virou para Verity.

– Ela já está praguejando como ele.

– Talvez seja por isso que ele gosta tanto dela – opinou Verity. – Ou talvez seja por causa dos volumosos sei…

– Basta! – exclamou Diana ao abrir a porta. – Não vou ficar sentada aqui enquanto vocês catalogam os *meus* atributos. Vou para a cama.

– Ela fica tão irritada depois de um baile! – comentou Eliza. – Já notou?

– Não tinha notado – respondeu Verity. – Mas estou notando agora.

Diana nem se dignou a dar uma resposta. Apenas se dirigiu para os degraus o mais rápido possível. Diferentemente dela, suas duas irmãs ficavam cheias de energia depois de tudo correr bem em um baile organizado pela Ocasiões Especiais. Elas adoravam dissecar tudo o que acontecera ao longo da noite e analisar se fora um sucesso.

Porém, com o sol já despontando no horizonte, ela só queria ir para a cama. Além de estar cansada demais para uma conversa razoável, ficara indisponível por pelo menos metade do baile: ou com Geoffrey ou vendo-o resolver a questão com os Fieldhavens. Por isso, não seria capaz de descrever certos aspectos da noite.

Assim que elas entraram e tiraram o chapéu e o xale, Diana se despediu:

– Boa noite para vocês, nos vemos amanhã.

Graças a Deus, elas a deixaram ir. Nem sempre isso acontecia.

Após se despir e deitar na cama, ficou ali repassando tudo o que ele dissera e tudo o que ela mesma dissera e ficou furiosa com ele de novo. Até que parou de pensar *nisso*.

E começou a se preocupar com o fato de que nunca mais ficaria a sós com ele. Geoffrey contratara a Ocasiões Especiais apenas até o baile de Rosy. Claro, ele teria que pagar pelos serviços que elas já tinham prestado até ali, mas isso não precisava ser feito pessoalmente. Poderia mandar seu secretário entregar o pagamento.

Bem, ele tinha um secretário? Se tinha, ela nunca o vira.

Precisava parar de pensar nessas coisas, ou iria enlouquecer. Talvez devesse focar em Geoffrey e seus beijos e em como fora maravilhoso senti-lo dentro de si.

Ao fazer isso, começou a se tocar. Infelizmente, não era tão satisfatório quanto com ele. Maldito homem! Ele a convencera de que ela não era fria... e tornara impossível que vivesse uma paixão por *ele*.

Se tivesse a oportunidade de ter outro encontro íntimo com Geoffrey, primeiro aproveitaria essa parte, para depois começar uma discussão. Ou, talvez, pudessem pular a discussão. Porque, se não encontrassem uma forma de entrarem em acordo, nunca seriam capazes de fazer um casamento dar certo. E ela começava a pensar que se casar com ele era exatamente o que queria.

Agora, precisava encontrar uma solução para a situação do falecido pai dele. Estava claro que os boatos em Newcastle eram um problema. Mas qual o tamanho desse problema? Era tão ruim quanto os Fieldhavens disseram? Considerando que lady Fieldhaven tinha interesse em apresentá-lo daquela forma, Diana duvidava. Pegou no sono pensando no suicídio do pai de Geoffrey.

Quando acordou à tarde, descobriu que suas regras tinham descido e começou a chorar. Agora nem poderia ter a esperança de contar com um filho para forçar Geoffrey a se casar com ela. Não que quisesse que fosse dessa forma. Mas agora teria que esperar por ele, o que também não queria, porque talvez tivesse que esperar por *anos*.

Então, se algum dia conseguisse desvencilhar seu coração de Geoffrey, que agora o tinha como refém, ela *nunca* mais se apaixonaria.

Estar apaixonada é um sofrimento sem fim quando não se pode estar com a pessoa amada.

CAPÍTULO DEZENOVE

Nos quatro dias que se seguiram, Geoffrey pensou em ir até a Grosvenor Square um milhão de vezes. Mas estava ocupado avaliando sua situação. Graças a Diana, começara a pensar em possibilidades além da terrível redoma que construíra para si, na qual ficava afastado de todas as pessoas que amava.

Entre as idas aos eventos sociais que Rosy frequentava, agora que recebia muitos convites, e as visitas diárias dos pretendentes, que ele se sentia obrigado a olhar de cara feia, Geoffrey não tivera chance de fazer uma visita a Diana. Principalmente porque vinha tomando coragem para contar à mãe e à irmã o que de fato acontecera ao pai e seus motivos para não ter revelado tudo antes.

Na verdade, agora que já tinha passado da hora das visitas, e, por milagre, a mãe e a irmã não tinham nenhum evento social à noite, os três estavam sentados no escritório dele, com a porta trancada, e ele mal sabia por onde começar.

A carta. Tinha funcionado para Diana. Deixaria que o pai narrasse a própria história. Era o que Geoffrey deveria ter feito desde o início com a mãe e Rosy. Ele acreditava que acertara ao ter esperado até conhecer Diana melhor antes de contar a ela. Mas não contar logo para a mãe e para a irmã? Era imperdoável.

Agora ele percebia que era uma traição do pior tipo. Podia ter sido o desejo do pai, mas Diana estava certa quando dissera: "Ninguém tem o direito de continuar fazendo escolhas pela família depois de falecer." Diana estava certa em muitos aspectos.

Com um suspiro, ele tirou a carta da gaveta.

– Eu deveria ter feito isso muito tempo atrás. Vocês duas têm o direito de saber. A minha esperança era evitar que sofressem, mas talvez eu tenha até piorado as coisas.

Ele respirou fundo, então entregou a carta.

– Isso é o que papai escreveu e me entregou antes de falecer. Ele já sabia que estava morrendo, pois tinha tomado dois frascos de láudano junto com suas bebidas habituais.

A mãe dele arregalou os olhos e pegou a carta como se fosse a chave para um baú do tesouro. Enquanto as duas liam, Rosy começou a chorar. Mas a mãe foi ficando mais furiosa a cada palavra.

Quando terminou, ela jogou a carta na mesa antes mesmo de Rosy chegar ao fim.

– Se ele já não estivesse morto, eu mesma o mataria. Como ele teve a ousadia? Agora não vai ver Rosy se casar nem os netos crescerem ou... o filho dele se tornar o maior duque de toda a Inglaterra!

– Não tenho certeza se ele veria esse último, mãe, mas entendo o que quer dizer. E compartilho da sua raiva.

Rosy tirou os olhos da carta.

– Foi por isso que ele me deu tantas tarefas naquele dia?

– Acho que sim, bonequinha – respondeu Geoffrey.

A dor da traição expressa no rosto dela cortou o coração de Geoffrey.

– Por que ele contou para você e não para mim? – indagou Rosy, lamentando-se.

– Porque ele sabia que eu protegeria vocês duas das consequências das ações dele se alguém descobrisse. Ele queria que ficasse em segredo.

A mãe dele bufou.

– A verdade é que seu pai não queria ser considerado *non compos mentis*. A maior preocupação dele era que as pessoas achassem que estava louco.

Geoffrey a encarou, estupefato. Quando Diana lhe contara sobre a pergunta de Rosy a respeito do láudano, ele começara a perceber que havia peças faltando na história, mas as peças da sua mãe eram particularmente sérias.

Ela se levantou e foi até a janela, para ficar olhando o jardim.

– Pelo visto, ele não se incomodava se fosse declarado suicida e perdesse todo o dinheiro e as propriedades da família para a Coroa.

– Ele estava tentando evitar isso, mãe – explicou Geoffrey. – Foi por isso que escreveu a carta só para mim.

– O que é *non compos mentis*? – perguntou Rosy.

Na hora seguinte, ele teve que explicar o que aquilo significava. Demorou bem mais para apresentar as leis à irmã do que para Diana. Rosy simplesmente não conseguia imaginar por que alguém se matar podia levar a uma escolha entre permitir que a Coroa pegasse todos os bens de sua família ou declará-lo publicamente incapaz.

Do ponto de vista dela, parecia mesmo injusto. Deixando de lado as restrições religiosas contra isso, não parecia certo punir um suicida aplicando penas financeiras à sua família. A punição não teria nenhum efeito sobre o comportamento do morto.

Quando Rosy entendeu por um momento, entrou em pânico.

– Ah, não! Eu contei a Diana sobre o papai e o láudano!

– Como você sabia? – questionou a mãe. – Sobre o láudano, quero dizer. Por fofocas?

– Não… exatamente – respondeu ela, envergonhada.

Com perguntas e respostas como aquelas levou um bom tempo para Geoffrey explicar a complicada trama do pai para tirar a própria vida e, ao mesmo tempo, proteger as finanças da família. Depois disso, claro, ele se empenhou em garantir a Rosy que ela escolhera a pessoa certa para perguntar sobre o láudano.

– Mas você não contou a mais ninguém, contou? – perguntou Geoffrey, preocupado.

– Para quem eu contaria? Meus pretendentes? Sou mais esperta que isso. E as minhas únicas amigas estão em Newcastle.

A mãe se sentou de novo para abraçar a filha.

– Você não fez novas amigas aqui?

– Acho que fiz.

Rosy abriu um sorriso.

– As damas da Ocasiões Especiais me disseram que me consideram uma amiga. Então já são três.

– Podemos voltar para Newcastle quando você quiser – garantiu a mãe, lançando um olhar severo para Geoffrey.

– Não – falou Rosy.

A jovem pensou por um momento.

– Gosto de tudo o que há para fazer em Londres. E, quando me casar…

– O que aconteceu com a promessa de cuidar da casa para mim? – perguntou o duque, de brincadeira.

– Você vai ter Diana para isso – respondeu ela, apenas.

A mãe a encarou.

– Você está sabendo de algo que eu não sei?

– Eu só acho que… eles dariam um ótimo casal – opinou Rosy. – A senhora não acha?

– Com certeza.

A mãe olhou para ele.

– Você deveria cuidar disso o mais rápido possível, filho.

Ele suspirou.

– Estou cuidando.

– Não está, não – ralhou a mãe. – Está aqui, sentado, conosco.

– Entendi – disse ele com um sorrisinho. – Agora a senhora está me expulsando daqui.

– Se for preciso – respondeu ela.

– E eu sei que ainda não se passou uma semana – acrescentou Rosy. – Mas, como já recebi trinta visitas em quatro dias, acho que você tem várias razões para ir lá e pagar a elas o dobro dos honorários.

– Como chegou a essa conclusão? – indagou ele. – Não que eu não tenha a intenção de pagar… eu já tinha dito a lady Diana que pagaria, porque estava impressionado pelos esforços delas. Mas, tecnicamente, quatro dias não são uma semana.

– A média de visitantes por dia é cinco.

Ele ergueu uma sobrancelha.

– Cinco vezes sete é trinta e cinco.

– Você disse uma semana. Eu supus seis dias, porque ninguém faz visitas aos domingos.

Quando ela abriu um sorriso triunfante, Geoffrey teve que rir.

– Você vai dar trabalho para algum pobre rapaz, bonequinha. Agora, preciso ir.

– Para encontrar Diana? – perguntou ela, cheia de esperança.

– Isso vai ter que esperar, infelizmente. Tenho uma reunião com alguns investidores na taverna Old Goat. Está marcada há semanas.

Enquanto isso, ele teria tempo para pensar em como lidar com o fato de que mais pessoas sabiam sobre as questões do pai do que ele imaginava. Sem falar que precisava considerar tudo que Diana dissera. Começava a achar que ela estava certa. Poderia haver um meio-termo para solucionar seu problema.

Ou teriam que esperar até o problema se resolver sozinho. E, se ela estivesse disposta a esperar com ele, sendo sua esposa…

– Mas, amanhã, vou vestir minhas melhores roupas e ir até lá – prometeu ele para Rosy e a mãe.

Depois, ele esperava conseguir levar Diana para algum lugar onde pudessem ficar juntos um pouco. Quatro dias sem vê-la, sem tocá-la, era muito tempo na sua opinião.

∽

Diana estava tomando café da manhã sozinha, como de costume, mas dessa vez porque Eliza estava na casa de uma cliente conferindo o piano e a harpa, enquanto Verity conversava com a cozinheira dela. Roupas não eram problema naquele caso. Lady Sinclair tinha um excelente gosto, sempre teve.

Diana esperara que Geoffrey tirasse um ou dois dias para pensar em tudo que um dissera ao outro. Mas *quatro* dias? Já estava ficando desesperada.

Norris entrou.

– Sua Graça, o duque de Grenwood, para ver lady Diana. Devo mandá-lo embora?

Ela se levantou, o coração acelerado no peito.

– Quer dizer que ele não entrou sem ser anunciado, como de costume?

– Não, senhora. Ele foi bem específico ao dizer que eu deveria anunciá-lo e esperar para saber se a senhora queria recebê-lo.

Quem disse que um duque grosseiro não podia aprender com os próprios erros? O simples fato de ele estar seguindo algumas regras sociais para variar já a deixava sem fôlego. Pelo menos ele finalmente estava ali.

– Mande-o entrar, por favor.

Norris ergueu uma sobrancelha, como se questionasse a falta de uma acompanhante.

– *Agora*, Norris.

– Sim, senhora.

Isso deu a ela apenas o tempo necessário para verificar se seu vestido estava direito, se o cabelo estava no lugar e as bochechas, coradas. Graças a Deus, suas regras já tinham acabado. Fora abençoada com regras que duravam poucos dias.

Em instantes, Geoffrey estava ali, na sua frente, e ela ficou sem palavras.

Ele estava magnífico, de paletó marrom e calça azul-clara, com uma gravata que tinha sido amarrada com maestria. Se um dia se casassem, ela iria garantir que ele nunca trocasse de criado. O homem valia seu salário. Mas ela estava se adiantando.

– Você parece bem.

– Você está linda – disse ele.

O tom sério revelou que ele estava ali por alguma razão além de acertar as contas com a Ocasiões Especiais.

– Mas sempre está – completou ele.

A forma como ele a encarava a deixou nervosa.

– Já tomou café da manhã? Gostaria de se juntar a mim?

– Eu me atrevo a dizer que gostaria de comer algo, sim.

Ela riu.

– Acredito que sempre queira comer algo. Na verdade, eu acharia que está doente se não quisesse.

– Você me conhece bem. Melhor do que eu imaginava, na verdade.

Os dois se sentaram à mesa e Diana pediu que Norris fosse à cozinha buscar mais comida, mas a principal razão foi conseguir alguns momentos a sós com Geoffrey. Tinha algo que precisava falar com ele em particular.

– Achei que deveria saber que não estou esperando um bebê – murmurou.

– Como sabe?

– Porque recebi minha visita mensal, se é que me entende.

– Ah. Mas você quer um bebê – deduziu ele, pegando-a de surpresa. – Digo, se nos casarmos. Quer filhos, não quer?

Com o coração na garganta, ela assentiu.

– Ter filhos seria maravilhoso.

– Concordo.

Quando ele ficou em silêncio, ela perguntou:

– Algo mudou em relação à sua… vontade de se casar?

– Muita coisa mudou.

Geoffrey olhou para a porta pela qual Norris entraria e chegou sua cadeira um pouco mais perto, para que pudesse pegar a mão dela.

– Descobri que minha família sabia mais sobre meu pai do que eu imaginava. Mas não é por isso que estou aqui. Eu queria dizer que…

Ele se endireitou e adquiriu um tom mais formal:

– Estou aqui para pagar o dobro dos honorários que prometi.

Como não esperava por aquilo, ela franziu a testa. Então percebeu que Norris tinha entrado na sala.

– Por quê? Hoje ainda é o quarto dia, pelas minhas contas.

– Ah, mas Rosy recebeu visitas de trinta jovens. E agora ela insiste que, como trinta dividido por seis dá cinco visitas por dia, os termos foram cumpridos.

– Muito gentil da parte dela – comentou Diana.

Já tentava pensar em qual tarefa demorada poderia pedir que Norris fizesse para terem mais privacidade.

– Não vai questionar os seis dias? – indagou ele.

– Não, está perfeitamente claro. Ninguém faz visitas aos domingos. Sempre supus que não contaríamos o domingo.

Ele riu.

– Você e minha irmã pensam igual. Talvez devesse se casar com *Rosy*.

Ela ia dizer que preferia se casar com o irmão de Rosy quando Norris se aproximou com um envelope.

– Fui instruído a lhe entregar este bilhete em mãos.

Ele se inclinou para sussurrar:

– É de lady Rosabel e me pediram que só lhe entregasse quando estivesse sozinha.

Na mesma hora, a atenção de Diana se concentrou no envelope.

– Ela disse por quê?

– *Ele*, o criado, disse que a senhora entenderia quando lesse.

Ela abriu o envelope na mesma hora e, enquanto lia, sentiu um aperto no peito.

Querida Diana,

Preciso pedir que me faça um favor. Quando receber esta carta, seu primo e eu estaremos a caminho de Gretna Green. Então, se meu irmão ou minha mãe me procurarem, poderia, por favor, pedir que Norris diga que saí para fazer compras com você? Assim, teremos tempo suficiente para fugir. Seu primo disse que você vai entender e nos ajudar, mas peço que faça isso como minha amiga. Prometo que não contarei a Geoffrey.

Com gratidão,

Rosy

Ela deixou o envelope cair no colo.

– Ah, Rosy. Que tolice!

– O que foi? – perguntou Geoffrey.

Ela entregou o envelope a ele.

– Sua irmã fugiu para se casar com meu primo de segundo grau.

– O quê? Quem é seu primo de segundo grau?

– Lorde Winston Chalmers.

E aquilo provavelmente decretou o fim de um futuro romance entre eles.

CAPÍTULO VINTE

À medida que lia a carta, Geoffrey ficava cada vez mais furioso com a irmã. Era claro que ela estava se aproveitando da amizade com Diana para impor sua vontade. Rosy chegara ao ponto de usar *Geoffrey* como uma forma não muito sutil de comprar o silêncio de Diana!

No mínimo, a irmã não estava sendo justa. E ele sabia, sem a menor sombra de dúvida, que Diana não tinha nada a ver com a fuga. Vira o espanto e o terror no rosto dela enquanto lia. Ninguém saberia fingir tão bem, nem mesmo sua Diana, que era tão boa com as palavras.

Ele ficou de pé.

– Preciso ir. Tenho ao menos que *tentar* alcançá-los antes que cheguem à Escócia.

Ela também se levantou.

– Geoffrey, quero que saiba que eu…

– Isso não importa.

Ela pareceu arrasada.

– Por favor, escute o que tenho a dizer…

De repente ele percebeu como sua frase devia ter soado. Pegou as mãos dela e beijou uma de cada vez.

– Não importa porque sei que você não teve nada a ver com isso, da mesma forma que sei que a amo.

– Você me ama? Mesmo? – perguntou ela, com a voz trêmula.

– Amo, de verdade e até que a morte nos separe. E isso não vai mudar por minha irmã ser uma tola, assim como o seu primo, pelo que parece. Mas ainda preciso ir.

– Então eu vou junto.

Ela se virou para Norris.

– Por favor, peça à cozinheira que embrulhe o que quer que tenha sobrado do café da manhã. Diga para usar a cesta de piquenique e colocar muito café. Depois, peça que leve tudo até a carruagem de Sua Graça. Vamos precisar comer no caminho. Ah, e se puder explicar às minhas irmãs aonde fui e por quê...

– Mas... a senhorita não pode ir com... com *ele*. É inadequado e pode arruiná-la. Se insiste em ir, posso mandar chamar a Sra. Pierce para que os acompanhe.

Antes que Geoffrey pudesse protestar, ela disse:

– Isso demoraria muito. Além do mais, quando a fofoca se espalhar, nós já estaremos noivos e prestes a nos casar.

Ela fez uma pausa, como se só então percebesse que ele ainda não havia feito o pedido.

– Estou certa, Vossa Graça?

– Certíssima – respondeu ele, incapaz de evitar que um sorrisinho aparecesse em seus lábios.

Ela acenou para Norris como quem dissesse *vá fazer o que mandei*, e o mordomo, sem protestar mais, se apressou na direção da cozinha.

– Norris está certo – disse Geoffrey. – Se for comigo, as fofocas serão implacáveis.

– Na verdade, se eu for junto, poderemos salvar Rosy das fofocas implacáveis. Supondo que os alcancemos no final do dia, poderemos dizer que fizemos uma viagem diurna em dois casais. Isso não seria muito aceitável, mas, como ele é meu primo e ela é sua irmã, estaríamos acompanhando nossos parentes. Por outro lado, se você for sozinho na sua carruagem, não terá esse argumento.

– Realmente quer ir, não é mesmo? – indagou ele.

Ela assentiu.

– Por quê?

– Para poder ajudar com Rosy e... bem...

– Evitar que eu mate o seu primo?

– Exatamente.

Ele balançou a cabeça e abriu um sorriso discreto.

– Acho que uma promessa minha de *não* matá-lo não será suficiente, considerando as circunstâncias, não?

– Aí você poderia simplesmente dar uma surra nele. Pior: chamá-lo para um duelo, então vocês *dois* poderiam acabar se matando.

Ela franziu a testa.

– E eu me recuso a ir ao seu funeral se fizer algo tão tolo.

Ele riu.

– Muito bem. Em quanto tempo estará pronta?

– Só o tempo de pegar a minha bolsa e vestir minhas luvas e meu chapéu.

Aquilo o surpreendeu.

– Bem, então vamos.

Pouco tempo depois, estavam na carruagem dele, junto com a cesta de piquenique e a bolsa misteriosa de Diana, que ela parecia levar para todo lugar. Enquanto ela estava se arrumando, ele foi atrás do criado que levara o bilhete e ameaçara dispensá-lo se ele não contasse tudo o que sabia.

Quando ele voltara, Diana já estava na carruagem. Ele dissera ao cocheiro aonde ir e entrara.

Enquanto cruzavam a cidade rumo ao norte, ele fechou as cortinas para que ninguém visse Diana com ele.

– Seu primo tem algum veículo?

Ela ficou tensa.

– Uma carruagem leve, das pequenas, mas precisava de reparos, então não sei se ele conseguiu usá-la.

– Ele não foi numa carruagem pequena. Pelo que meu criado descreveu, ele estava em uma grande, então provavelmente é alugada. Só queria me certificar de que não era dele. Supondo que a alugou, terá que usar as estradas principais para Gretna Green.

Ele tamborilava no joelho.

– Minha irmã disse ao criado que queria que ele entregasse o bilhete a você porque ela iria encontrá-la em uma loja e uma "pessoa amiga" dela a levaria até lá.

– Ah, não. Sinto muito.

– Por quê? Você planejou a fuga deles?

– Claro que não!

– Então, não tem por que se desculpar – disse Geoffrey. – Pelo menos, o fato de ter me mostrado o bilhete e não ter participado da farsa de Rosy vai nos permitir encontrá-la a tempo. Se tivesse feito o que ela pediu, e você poderia com tranquilidade, já que eu não fazia ideia de que o bilhete era dela, não estaríamos na estrada tendo alguma noção de como e onde encontrá-los.

– Eu sei, mas ainda preciso explicar sobre Winston.

– Sinceramente, não precisa.

– Mas eu quero.

Ela colocou a bolsa ao seu lado no assento.

– Quando sua irmã me contou sobre Winston, eu a alertei, exatamente como contei a você.

– Eu sei. Ela confirmou.

– O que não sabe é que escrevi um bilhete para Winston pedindo que não contasse a você sobre nosso parentesco. Fiquei com medo que mudasse de ideia sobre nos contratar quando soubesse que ele era nosso primo.

– Eu poderia. Ou poderia ter visto isso como uma chance de ficar de olho no inimigo.

Ela fez uma careta.

– Mesmo assim, foi errado da minha parte.

– Não importa.

Ele sorriu para ela.

– Já terminou de recitar seus pecados?

– Bem… acho que sim.

– Que bom. Porque estou pronto para absolvê-la.

Ele esticou os braços e a puxou para seu colo.

– O que está fazendo? – questionou ela.

Porém ele percebeu que ela não tentou se desvencilhar.

– Não se perguntou por que fui à Grosvenor Square com esta carruagem grande, em vez de ter usado a menor?

– Confesso que nem pensei nisso.

– Fiz isso para o caso de tudo sair conforme eu tinha planejado e você concordar em se casar comigo. Aí eu poderia levá-la para um passeio no parque e fazer *isso*.

Ele deu um beijo longo e intenso nela, saboreando cada minuto em que ela estava entregue em seus braços.

– E isso.

Ele tirou o lenço dela, então desceu beijando até o vão entre seus seios.

– E isso.

Ele enfiou uma das mãos por baixo das saias dela para acariciar suas coxas através das fendas que ficavam nas laterais internas da combinação. Mas, antes que subisse mais a mão, ele se lembrou que deveria verificar algo antes.

– Ainda está em suas regras?

Sabia que algumas mulheres preferiam não fazer amor nesses dias.

– Não estou mais.

Ela afastou as pernas.

– E, se você tentasse fazer isso no parque, eu estaria definitivamente arruinada. Mas acho que estamos longe o suficiente da Grosvenor Square para que alguém reconheça a carruagem e, se reconhecer, vão supor que você apenas queria privacidade para dormir. Não tem muita coisa mesmo a noroeste do Hyde Park.

Ele subiu mais a mão.

– Excelente. Embora isso só signifique que lorde Winston pode estar bastante à nossa frente.

– Espere. Como sabe sobre as regras das mulheres?

Ele congelou.

– É… Rosy me contou?

– Rosy fica vermelha quando fala dos próprios seios, que ela só chama de "colo". Não tem a menor chance de ela ter lhe contado isso.

Geoffrey abriu a boca para falar, mas Diana emendou:

– E, antes que sugira que foi sua mãe, fique sabendo que mães de homens *definitivamente* não falam de suas regras para os filhos.

– Certo.

Ele suspirou.

– Na verdade, aprendi sobre isso com uma viúva a quem eu fazia companhia na minha juventude.

Ela impediu que a mão dele subisse mais.

– Você ainda…

– Ah, não. Acabou quando ela descobriu que eu tinha 14 anos.

– Catorze? Meu Deus, você começou cedo.

Quando ele tentou subir a mão de novo, ela segurou mais forte.

– Quantos casos como esse você teve no seu tempo de libertinagem?

– Alguns.

Ela arqueou uma sobrancelha.

– Talvez eu também devesse ter meu tempo de libertinagem para me equiparar a você.

– Você não faria isso – sussurrou ele.

– O que faz com que tenha tanta certeza?

A mão dela ainda segurava a dele, então Geoffrey suspeitou que aquilo fosse um teste. Mas a resposta seria a mesma, de qualquer forma.

– Porque meu tempo de libertinagem acabou muito antes de conhecê-la. Eu nunca teria um caso agora. Eu amo você. E pessoas que se amam não têm casos com outras pessoas, principalmente depois que fazem os votos na igreja de se manterem fiéis um ao outro.

Deve ter sido a resposta certa, porque ela soltou a mão dele. Enquanto ele ia subindo para estimulá-la onde sabia que as mulheres mais gostavam, ela murmurou:

– Seu tempo de libertinagem explica por que você é... tão bom nisso.

– Nós vamos conversar? – sussurrou ele no ouvido dela, enquanto sentia seu membro inchar. – Ou namorar? Porque, em menos de uma hora, vamos ter que parar para trocar os cavalos e eu acredito que você não vá querer estar fazendo isso.

– Vamos parar de conversar – disse ela e o beijou de forma ousada.

Ele a acariciou, amando a forma como a excitava. Quando sentiu que seus dedos estavam úmidos, colocou-a no assento ao seu lado só o tempo suficiente para abrir a calça e as ceroulas e abaixá-las até o joelho.

– Venha, doçura – disse ele. – Monte em mim.

– O quê? – indagou ela, confusa.

– Vai ser mais fácil se montar em mim. Nem precisa tirar as roupas. Venha, vou mostrar. Coloque uma perna de um lado e a outra perna...

– Ah. *Montar*. Entendi agora.

Ela montou nas coxas de Geoffrey e o membro dele ficou ainda maior. Ele adorava o fato de ela aprender rápido quando o assunto era relacionado ao que se faz na cama. O entusiasmo dela o deixava louco.

– Agora – explicou ele –, só precisa se ajoelhar no assento e levantar... Não tão alto! Não quero que bata com sua cabecinha linda... Isso, isso. Agora só precisa sentar no meu... meu...

Ele se recusava a chamar de "lápis" de novo.

– As "mulheres maculadas" chamam de "pinto".

O dele ia começar a piar se ela continuasse falando daquele jeito.

– Acho que essas mulheres não são muito recatadas.

– Por quê? Como *você* chama?

– Pinto.

Ele ficou um pouco mais louco quando ela o endireitou para poder sentar nele.

– E você nunca… deve dizer essa palavra… na presença de pessoas edu-cadas, a não ser que esteja falando sobre… galinhas.

– Aah, que palavra feia – zombou ela. – Então, vejamos… Se eu sentar no seu *pinto*…

Só de sentir a pontinha dentro dela, ele já ficou alucinado.

– Desça mais, meu amor. Mais.

Ele jogou a cabeça para trás.

– Ah, Deus, mais. Isso. Bem assim.

– E agora?

– Agora, você sobe e desce. Como fizemos da outra vez, mas o contrário.

O rosto dela se iluminou.

– Ah, entendi!

Ela começou a se mover, hesitante no começo, depois com mais entusias-mo, conforme os movimentos dele mostravam a ela o ritmo.

– Geoffrey… isso é…

– Incrível? Porque é como está sendo… para mim.

O sangue corria pelas veias dele, como uma poção que lhe desse energia, que fizesse com que sentisse poderoso, que se lembrasse que estava *vivo* conforme o calor tomava conta dele.

E era tudo devido a ela… Sua deusa Diana fazia com que ele sentisse aquela onda de excitação. Ela montou nele como uma rainha amazona que não precisava de nada além do próprio corpo lascivo para fazer o que quisesse dele.

– Seu pinto está tão… *duro* – murmurou ela.

– Como deveria estar.

Ela pegou as mãos dele e colocou em seus seios, o que fez Geoffrey endu-recer ainda mais. Ele acariciou os seios volumosos dela através do vestido da melhor forma que podia, feliz por ela não estar usando um corpete que cobrisse os mamilos.

– Da próxima vez que fizermos isso, doçura… você estará nua… para que eu possa vê-la… em toda a sua glória.

– Ah, sim – murmurou ela, rouca, jogando a cabeça para trás, enquan-to fechava os olhos. – Eu vou adorar… eu quero… eu preciso de *você*… meu amor.

Ele sentiu os músculos dela se contraírem em volta do seu membro, então encontrou seu alívio junto com ela. Dessa vez, enquanto ele despejava sua semente, rezou para *criar* raiz. Porque não havia nada que quisesse mais do que um filho com ela, uma vida trazida ao mundo para substituir aquela que escolhera ir embora tão cedo.

Ele a puxou para mais perto e a beijou no queixo, que mostrava a força dela... e onde o pulso batia rápido no pescoço, mostrando sua vulnerabilidade. Foi lavado por uma enxurrada repentina de paz enquanto ela acariciava o cabelo e as têmporas dele, sua respiração ainda rápida, mas a pulsação dos músculos mais abaixo diminuindo o ritmo.

Ela se afastou dele com um sorriso satisfeito.

– Não está feliz por ter me trazido?

– Mais feliz do que pode imaginar. Queria poder tirar seu vestido e soltar seu cabelo. Ainda não a vi com o cabelo solto.

– Você sabe que não pode.

Quando ela acariciou o cabelo de Geoffrey, ele sentiu o aroma dela de morango misturado com algo mais. Jasmim? Não tinha certeza.

– O seu cheiro é sempre tão bom – comentou ele.

– O seu também.

Ela suspirou.

– Eu trouxe minha esponja na bolsa, mas esqueci de usar de novo.

Ele riu.

– Por que você acha que tantas mulheres têm tantos filhos se muitas sabem como prevenir?

Ele comprimiu a pélvis contra ela.

– É porque nós, homens, somos tão bons nisso que fazemos com que se esqueçam.

Então ele ficou sério.

– Eu amo você, minha doce deusa Diana.

– Eu também amo você, Vossa Graça.

Ele franziu a testa, e ela soltou uma gargalhada.

– Eu amo você, Geoffrey Brookhouse, quer seja duque, um engenheiro que projeta pontes ou um metalúrgico. Sendo que, qualquer dia desses, vai ter que me explicar o que é um metalúrgico.

Naquele momento, ele percebeu que era a primeira vez que ela dizia que o amava. Bem, na última hora, ele devia ter presumido o que ela sentia, mas nunca mais faria isso.

Última hora. Droga. O tempo estava passando.

A carruagem já diminuía a velocidade ao se aproximar da hospedaria onde trocariam os cavalos.

– Melhor voltar para o seu lugar, Diana. Deve precisar de algum tempo para ajeitar as roupas.

– Ah – disse ela, sonhadora.

Então arregalou os olhos e também percebeu que a velocidade estava diminuindo.

– Ah! Maldição.

Ela se atirou no banco em frente a ele e começou a tentar endireitar as roupas.

Ele riu enquanto se limpava com um lenço e ajeitava as próprias vestes.

– Vejo que sou uma má influência para você.

Ela colocou o lenço no pescoço com um sorriso maroto.

– Não pior do que sou para você.

Ele teve dificuldade em resistir à vontade de puxá-la de volta para o colo.

– Vou ter que sair quando pararmos – avisou ele. – Precisamos garantir que estamos na mesma estrada que eles.

Ela assentiu e deu uma ajeitada no cabelo.

– Estou bem?

– Está. Parece uma mulher que acabou de ter muito prazer com um sujeito robusto.

– Geoffrey!

– Estou brincando, juro! Está ótima. Por quê?

– Porque quero me retocar quando pararmos.

– Só não demore muito. Não sabemos quanto estão à nossa frente.

CAPÍTULO VINTE E UM

Diana voltou para a carruagem um pouco mais apresentável. Espirrara um pouco de água de morango nos lugares necessários e passara a colônia Floris Jasmine que comprara na semana anterior. Ela só esperava que se... *quando* alcançassem Winston e Rosy, nada no comportamento dela e de Geoffrey os entregasse. Seria difícil dar um sermão no casal se ela e Geoffrey exalassem cheiro de sexo.

Não ficou muito surpresa ao encontrar Geoffrey ainda conversando com o cavalariço quando ela se aproximou.

– Aqui está ela.

Geoffrey colocou uma moeda na mão do homem.

– Obrigado por sua ajuda.

Quando seguiram viagem, ela perguntou:

– Alguma notícia?

– Não estamos tão atrás deles quanto eu temia, talvez apenas uma hora. Ela suspirou.

– Que alívio. Com certeza, vamos alcançá-los.

– Espero que sim. E eles estão mesmo em uma carruagem alugada. Foi bom confirmar isso.

– Quem você disse que *nós* éramos para o cavalariço?

– Marido e mulher. Mas Sr. e Sra. Brookhouse, porque ele não se esqueceria de um duque. Não é uma grande mentira, nós nos casaremos em breve. Suponho que suas irmãs assumirão a tarefa de planejar nosso casamento, não?

– Como é? Nós *três* vamos planejar o casamento. E posso até deixar que você dê uma ou duas sugestões.

– Só quero opinar sobre a comida. Já experimentei alguns dos pratos de lady Verity e estou pronto para listá-los em ordem decrescente de preferência.

– Deixe-me adivinhar. Marzipã está no topo da lista.

– Exato.

A conversa parou enquanto ela tentava pensar em um jeito de fazer a pergunta mais difícil.

– Diga logo, meu amor – instigou-a.

– Então agora você lê minha mente também?

– Às vezes.

Ela decidiu falar.

– O que o fez mudar de ideia e querer se casar comigo, apesar de todos os boatos em Newcastle e do comportamento deplorável dos seus parentes?

– Bem… primeiro de tudo, quatro dias longe de você.

– Poupe-me dessa balela. Você me evitou por três semanas depois do nosso primeiro beijo.

– Mas eu não tinha estado "dentro" de você.

Ela sentiu um calor subir pelo rosto.

– Verdade. Mas nós mal nos vimos depois disso.

Ele levantou um dedo.

– Não de propósito. E vivi esses dias sendo alimentado por aqueles rápidos olhares que trocamos. Foram a razão de eu tomar coragem e lhe contar a verdade.

Ele cruzou os braços.

– Depois disso, você me deu um sermão e me repreendeu por não ter contado nada para minha mãe e minha irmã.

O coração dela começou a acelerar.

– Ah, não. Foi por isso que Rosy fugiu com Winston? Você contou a ela?

– Contei para minha mãe e Rosy, sim, e não me arrependo. Graças a isso, graças a *você*, descobri coisas que não sabia. Como Rosy saber mais do que eu imaginava. E o fato de minha mãe já ter escutado os boatos na cidade sobre o láudano. Ela achava que ele tinha tomado uma overdose acidental, mas comentou que meu pai foi um tolo em achar que um boticário e um médico manteriam segredo sobre o fato de ele usar láudano. Pelo menos agora ela sabe que não podia ter feito nada. Pelo visto, ele já planejava aquilo fazia um bom tempo.

– E Rosy? Como ela ficou?

– Chateada. Furiosa porque ele confiou o segredo a mim e não a ela.

– Era de esperar. Acho que ela fica cansada de você receber toda a atenção, e ela, nenhuma.

– Será que ela fez isso para chamar atenção?

– Acredito que não. Acho que fez porque está apaixonada por ele.

Com relutância, ela lhe contou sobre o encontro com seu primo de segundo grau no Almack's. Esperou para ver a reação dele.

– Então, você acha que ele também está apaixonado por ela?

Surpresa por ele não repreendê-la por não ter contado sobre a conversa, ela respondeu:

– Acho. Pelo menos apaixonado o suficiente para querer tratá-la bem. Ele não é má pessoa. Só aproveitou a libertinagem um pouco mais do que você.

– Para ser justo, acredito que ele não deve ter começado aos 14 anos.

Ele parecia estar, pelo menos, considerando a ideia de ver lorde Winston com sua irmã.

– E você tem certeza que ele não é um caça-dotes?

– Bem, um dote mais polpudo certamente permitiria que eles vivessem com mais conforto. Semana passada, encontrei a avó dele enquanto fazia compras com Eliza. Conversamos um pouco e perguntei quais eram as perspectivas dele de casamento. Quando garanti que não era por mim que perguntava, ela respondeu que eram boas. Ele recebe uma boa mesada do pai, embora provavelmente não fique com o título. Mas eu já disse isso. E não posso garantir que o irmão dele, herdeiro do título, continuaria a dar a mesada. Vai depender muito do testamento do pai.

– Ela disse de quanto é a mesada?

– Pessoalmente, acredito que seja o bastante para morarem em Londres.

Ela disse a quantia e Geoffrey concordou.

– Juntando com o dote dela, elas viveriam bem – concluiu Diana. – Aliás, de quanto é o dote dela?

Quando ele revelou, Diana ficou pasma.

– Quer dizer que todo esse tempo você se preocupou com aproveitadores e o dote dela é só isso?

– Bem… Achei que o dote fosse alto quando meu pai o definiu. Mas, ontem, recebi a conta dos vestidos.

Ele fez uma careta.

– Juntando isso e seus honorários, percebi que um dote alto em Newcastle era bem pequeno para os padrões de Londres, ainda mais para os padrões da alta sociedade de Londres.

Ela riu.

– Não é de admirar que nem Rosy nem sua mãe tenham nos dito de quanto era o dote dela.

– Elas não sabem. Eu não contei.

Diana franziu a testa, e ele logo acrescentou:

– Fiquei com medo que elas saíssem contando para as pessoas e os arrivistas ficassem batendo à nossa porta. Como eu poderia saber que era uma miséria se comparado ao custo de vida em Londres?

– Falando nisso, se eles tentassem morar em Londres com tão pouco dinheiro, estariam sempre endividados. Principalmente se quisessem viver da mesma forma que viveram até hoje.

– Acha que ele vai ser fiel?

– Como alguém pode prever isso? Eu acreditava que minha mãe fosse a metade fiel no casamento, mas estava errada. Se descobrir uma forma de prever isso, me avise. A Ocasiões Especiais ganharia uma fortuna vendendo esse segredo.

Ele estava com a testa bem franzida.

– Na verdade, tenho uma forma de diminuir as chances de ele traí-la. Mas estamos nos adiantando. Ainda nem os alcançamos.

– Sim. E, quando os alcançarmos, não poderemos discutir nada sobre seu pai. Então, preciso saber o que pretende falar sobre *isso*. Porque, se sua intenção ainda é esperar um pouco para nos casarmos...

– Não. Minha mãe disse uma coisa que ficou na minha cabeça: que o maior medo do meu pai era ser considerado *non compos mentis* e que as pessoas o chamassem de louco. Foi por isso que ele preparou tudo para simular uma overdose acidental. Ele queria morrer, mas não queria que o dessem por insano.

– E deve ser por isso que preferiu enquadrar a morte como possível suicídio quando deixou aquela carta com você.

Ela respirou fundo e lembrou a si mesma que Geoffrey precisava escutar aquilo.

– Talvez, só estou dizendo que é uma possibilidade, seu pai o tenha manipulado em nome dos próprios objetivos.

– Será? – questionou ele. – Cheguei a pensar nisso. Depois de anos me vendo dar razão para meu avô materno, talvez meu pai tenha se sentido abandonado. Essa foi a forma dele de se fazer presente na minha cabeça, mesmo depois da morte.

– Pois é. Na sua cabeça e tentando um jeito de tirar você da prisão em que ele o colocou. Desculpe, mas ele está me parecendo um...

– Cretino. Sim, parece mesmo. Mas, sinceramente, ele passou a maior parte da vida tentando se livrar da melancolia. Era por isso que bebia, o que, pelo visto, só piorava tudo. Não que pudéssemos falar isso para ele.

Havia mais do que amargura na voz de Geoffrey. E ela percebeu, pois passara por uma situação parecida durante a separação dos pais.

– Você ainda não chorou por ele, não é mesmo?

Ele não respondeu logo, aturdido com a observação dela. Ela sentiu uma pontada no coração por ele.

– Ficou tão ocupado em tentar cumprir as exigências impossíveis de seu pai que não conseguiu chorar por ele.

– É só que...

Ele passou a mão no rosto.

– Não quero ser como ele. Não quero... perder a vontade de viver.

– Não estou dizendo que você deveria se jogar em um rio de tristeza. Só estou dizendo que você deveria aceitar que ele se foi. E quem ele era.

– Um homem melancólico, é o que quer dizer?

– E um homem que gostava da sua mãe do jeito peculiar dele.

Ela entrelaçou as mãos no colo.

– A propósito, a melancolia é uma das coisas que investigam para considerar se uma pessoa é *non compos mentis*. Se você tiver evidências, além da carta, que provem que ele estava constantemente deprimido, poderia usá-las para reforçar que ele fosse declarado assim. Se chegar a isso, claro.

– Ainda prefiro que não chegue.

Ela suspirou.

– Claro. Mas, se chegar, pelo menos você só vai sofrer pela terrível fofoca e pelo escândalo que isso vai causar. As pessoas vão falar. Sei disso melhor do que ninguém. Você só tem que assumir as rédeas da sua vida e conseguir se esquivar das fofocas. Uma vez, Rosy me disse que você era um solteiro cobiçado em Newcastle. É bem-sucedido na sua área, um dos graduados mais famosos da Academia de Newcastle-upon-Tyne. Acho que deve ter mais gente querendo defendê-lo do que achando que é culpado de homicídio. Você só tem que ignorar os boatos.

– Como você e suas irmãs fizeram.

– Isso, como nós fizemos.

Ela esticou os braços para pegar as mãos dele.

– Sinceramente, não existe nenhuma prova real que sugira que você o matou, não é?

– Não tem nada. Joguei os outros frascos vazios de láudano no rio Tyne. Se algum dia aparecerem, ninguém os ligará a mim.

– Talvez também esteja na hora de consultar um advogado ou, até mesmo, um investigador discreto, que possa descobrir se alguém leva esses boatos a sério e acredita que você matou seu pai. Ou, quem sabe, perguntar para algum amigo em Newcastle. Você deve ter alguns lá.

Ele sorriu.

– Sim, alguns. Espero que nenhum deles acredite que sou capaz de matar alguém.

– E você disse que o ducado só surgiu na sua vida bem depois de ele ter morrido.

– Sim, mas isso não prova nada. Vão argumentar que qualquer pessoa que estivesse visando ao título saberia que meu pai era o próximo da linha.

Ele apertou as mãos de Diana.

– Essa é a minha recompensa por não prestar atenção. Mas não se preocupe com isso.

– Não vou. Porque você e eu estaremos juntos para o que der e vier. Isso é o mais importante.

– Você está certa.

A carruagem parou abruptamente.

Ela olhou pela janela.

– Não estamos em uma hospedaria. O que houve?

Ele saiu da carruagem, então voltou sorrindo.

– Nós os encontramos.

☙

– Não vou voltar para casa com você, Geoffrey, e ponto-final! – exclamou Rosy.

Por que ela precisava ter escolhido *aquele momento* para declarar sua independência ninguém sabia, porém, por mais que Geoffrey quisesse jogá-la por cima do ombro e tratá-la feito criança – como Rosy estava se comportando –, ele sabia que não iria funcionar. Até porque Winston parecia mais determinado do que ele.

Talvez estivesse na hora de entrarem em um acordo.

– E nem vai para Gretna Green – rebateu ele. – O que vão fazer se eu deixá-los aqui, com uma carruagem quebrada? Pelo visto, o cocheiro não está conseguindo consertar.

– Nesse caso, vamos a pé até a próxima hospedaria da estrada – afirmou Winston, pegando a mão de Rosy.

– Posso garantir que minha irmã não consegue caminhar oito quilômetros com esse vestido. E, se seguirem para Gretna Green, eu não darei um centavo do dote dela. O que, sem dúvida, fará com que seu *pai* o deserde.

Antes que Rosy começasse a protestar, Geoffrey levantou a mão.

– Mas tenho uma proposta que vocês dois talvez gostem. Uma proposta justa que permitirá que se casem da maneira adequada, em uma igreja, na presença das duas famílias.

– Pelo menos, vamos até a carruagem, onde será mais confortável discutir o assunto – sugeriu Diana. – Trouxemos uma cesta cheia de comida e bebida.

Winston olhou para Rosy.

– O que você acha, meu amor?

– Acho que devemos escutar o que eles têm a dizer. A família do meu pai o deserdou e isso o magoou profundamente.

Rosy chegou mais perto de Winston e lançou um olhar penetrante para Geoffrey.

– Mas não tente nos enganar e sair correndo para nos levar para Londres em sua carruagem antes que a gente consiga sair.

– Isso seria impossível – afirmou Geoffrey. – Teríamos que manobrar a carruagem, o que é um processo lento, então vocês conseguiriam descer facilmente.

Até mesmo Rosy teve que concordar com a lógica dele.

Quando todos estavam acomodados dentro do veículo e pilhando a cesta de piquenique em busca de comida, Geoffrey apresentou sua ideia.

– Eu aprovo o casamento de vocês *se*, primeiro, Winston passar um ano trabalhando para mim.

– Trabalhando em quê? – indagou Winston.

– No que você quiser. A Stockdon & Filhos tem projetos em todo o país. Ou, se preferir, pode trabalhar na minha propriedade, aprendendo a administrá-la.

Para surpresa de Geoffrey, Winston pareceu interessado.

– Tenho algumas ideias sobre rotação de culturas que eu gostaria de experimentar. Meu pai nem considera o assunto.

– Eu consideraria. Nunca tive uma propriedade. Então, no mínimo, você poderia me ensinar a administrar uma.

– É o castelo Grenwood, em Yorkshire, certo? – perguntou Winston.

– Esse mesmo. Tenho um projeto em Manchester que gostaria de terminar primeiro. Por isso disse um ano. É quanto falta para o projeto terminar. Pensei que você poderia me ajudar a finalizá-lo, mas, se quiser cuidar da propriedade, eu aceito.

– Aí nós poderíamos nos ver – disse Rosy, apertando a mão de Winston.

– Não, Rosy – disse Geoffrey. – Essa é minha única condição. Vou ajudar Winston a experimentar qualquer trabalho que puder oferecer. Mas só se vocês dois ficarem um ano separados.

– Um ano! – exclamou ela.

– Essa é a minha oferta – declarou Geoffrey.

Rosy olhou para Diana.

– Você compreende que um ano é muita coisa, não é? Ele é seu primo!

– Não deveríamos dizer isso – disse Winston baixinho. – Nós combinamos.

– Diana já me contou – falou Geoffrey. – Não temos segredos entre nós.

– O ano vai passar antes que vocês percebam – assegurou Diana. – Seu irmão só está tentando garantir que seu noivo seja capaz de sustentar uma esposa com o que ele ganhar. E Geoffrey quer dar a Winston uma alternativa para o caso de vocês precisarem.

– E, para mim, será um ano em casa com a mamãe? – questionou Rosy.

– Na verdade – explicou Diana –, vou me casar com seu irmão, então pensei que você poderia me ajudar a planejar o casamento. Então já poderia formular ideias para o seu, daqui a um ano.

Como sua futura esposa era esperta. Isso forçaria Rosy a ver quanto custava morar em Londres e a pesar quão pouco o casal teria se fosse contra as duas famílias.

– Quem sabe? – continuou Diana. – Eu poderia até lhe passar o meu posto. Você aprendeu muito sobre moda nos últimos dois meses. Com a minha ajuda, em um ano, será especialista no assunto.

Geoffrey bateu com seu joelho no de Rosy.

– Estou tentando tratá-los melhor do que os Brookhouses trataram nosso pai e nossa mãe. Não quero deserdá-la, bonequinha. Mas também preciso garantir que você... que vocês dois percebam em que estão se metendo.

– Bem... o que você acha? – perguntou Rosy para Winston, que apertou a mão dela.

– Considero uma oferta justa. Exceto por uma coisa.

Ele olhou para Geoffrey, que se preparou para o que viria.

– Quero autorização para que nós dois possamos passar um dia por mês juntos. Acompanhados, claro.

Geoffrey precisou fazer um esforço para não mostrar seu alívio.

– Se isso não interferir no seu trabalho – disse Geoffrey –, eu aceito.

Winston respirou fundo e sorriu.

– Acho que podemos pegar nossas bolsas na carruagem alugada.

Enquanto ele saía, Rosy disse:

– Eu ajudo.

Ela então se juntou a ele.

Geoffrey já ia descer também quando Diana o impediu.

– Eles não vão a lugar nenhum, não têm como. E você não pode culpá-los por quererem um momento para conversarem a sós.

– Então, o que acha, meu amor? Eles vão ficar bem?

– Só o tempo vai dizer, como falam por aí.

Ela pegou o rosto dele entre as mãos.

– Mas, se eles se amam de verdade, vão arranjar um jeito de fazer o relacionamento dar certo, não acha?

– Acho que vou me casar com uma mulher muito inteligente. Hora de ir para casa, doçura.

Então ele a beijou e sentiu que seu coração poderia explodir dentro do peito. Porque sabia que, com Diana, sempre estaria em casa.

EPÍLOGO

Abril de 1812

Diana, a duquesa de Grenwood, estava com as irmãs e o marido na varanda da casa Grenwood, em cujo jardim os votos estavam sendo declarados. Lady Rosabel Brookhouse, agora lady Winston Chalmers, se virou para o marido para beijá-lo.

– Isso, sim, é um beijo – comentou Eliza. – Eis um homem que sabe o que faz.

Geoffrey bufou.

– Tem que saber. Ele treinou muito nos últimos anos.

– Percebi um tom de inveja? – questionou Verity.

– Claro que não – respondeu Geoffrey, soando ofendido.

– Bem, não posso julgar seu beijo – disse Eliza. – Diana não permitiria.

– Acredite em mim. Não há ninguém igual a ele – disse Diana, depois fingiu cochichar para as irmãs: – Ele me obriga a dizer isso sempre. Na verdade, é terrível.

– Ei! – exclamou Geoffrey.

Ele acabou chamando a atenção de quem estava sentado ali perto. Não que isso importasse, porque Rosy e Winston já seguiam pelo corredor em direção ao café da manhã de comemoração do casamento.

Diana deu uma gargalhada.

– Você sabe que estou implicando.

– Sei. Espere só para ver se vou lhe dar mais algum beijo – disse ele, erguendo o queixo em uma demonstração exagerada de esnobismo.

Ela pousou a mão na barriga redonda.

– Talvez seja melhor mesmo.

As irmãs dela riram. Os outros convidados, que – de acordo com a vontade de Rosy e Winston – formavam um grupo pequeno, se dirigiam para dentro da casa a fim de se sentarem e tomarem o café da manhã.

Porém as três irmãs continuaram ali.

– O casamento foi perfeito! – comentou Verity. – Você se superou com o desenho do vestido, Diana.

– Sinceramente, não fiz quase nada.

– Os detalhes das mangas são impecáveis – comentou Eliza.

– Foi ideia de Rosy – disse Diana. – Isso e os babados na bainha.

– Nunca vi uma mulher que gostasse tanto de babados – comentou Verity. – Ela colocaria babados nos sapatos se tivesse espaço.

Diana balançou a cabeça.

– Como eu queria ter pés pequenos como os dela. Nesse momento, me sinto uma bola e com pés redondos.

– Você está radiante – elogiou Geoffrey. – Como sempre.

Verity revirou os olhos.

– Acho que devemos entrar na próxima etapa da avaliação.

– O que estão avaliando? – indagou Geoffrey.

– O casamento, claro – esclareceu Eliza. – Ainda terei que esperar um pouco mais para a minha parte, na hora na dança.

– Mas por que avaliar um casamento que vocês mesmas planejaram? – insistiu Geoffrey, ao entrarem na sala de jantar.

Verity olhou para Diana.

– Você ainda não pediu a ele?

– Estava esperando o momento certo.

– O que você quer me pedir? – questionou ele.

– Para avaliar a forma como Rosy cuidou do casamento – respondeu Diana. – Ou, melhor, cada parte do casamento. Foi tudo ideia dela. Ela aprendeu muito nos últimos onze meses, mas queria um teste para ver se podia fazer tudo com certo nível de competência. Então, concordamos em ensinar todas as áreas para ela e vamos julgar como cuidou de cada uma. Mas queríamos um jurado leigo. Pedimos para sua mãe, mas ela se achou parcial demais para isso.

– E eu não sou parcial? – perguntou Geoffrey.

– Você é o irmão mais crítico que conheço – afirmou Diana. – Mas não se preocupe. Norris concordou em julgar a música e seu criado vai avaliar a moda.

– E o que eu vou julgar?

– A comida – respondeu Verity.

– Ah, isso eu faço. Só posso fazer uma pergunta? Onde está o marzipã, para que eu possa provar?

– Não tem – disse Verity. – Lorde Winston não gosta e Rosy também não liga.

– Entendi. Então são dez pontos a menos, por não considerar os gostos e necessidades dos convidados.

Diana olhou para ele de soslaio.

– Ou seja, os gostos e necessidades de um convidado em particular.

Geoffrey se empertigou.

– Sou irmão da noiva e padrinho. Deveria ter o direito de opinar sobre o marzipã.

– Eu disse que ele seria um péssimo jurado – comentou Diana. – Mas apresente a ele uma roda-d'água ou um moinho e ele dará a nota em um piscar de olhos.

– Essa categoria existe também? – questionou Geoffrey. – Porque posso julgar isso o dia inteiro. Se quiserem, posso avaliar a localização da varanda.

– Nenhuma de nós quer isso – garantiu Eliza.

– Nem agora nem nunca – confirmou Diana.

Ele deu de ombros.

– Vocês que sabem.

– Ah, vejam, Rosy vai jogar o buquê – disse Verity, arrastando Eliza para tentarem a sorte.

– Você se importa se nos sentarmos? – perguntou Diana. – O rapazinho aqui está chutando.

Geoffrey se apressou para o lado da esposa, que posicionou sua mão no lugar certo. Ele riu quando o bebê chutou de novo.

– Pode ser uma menina.

– Isso seria maravilhoso – comentou ela. – O bebê vai poder herdar os negócios.

– Podemos escandalizar a sociedade de novo.

Para Geoffrey, essa ideia devia ser a mais atrativa. Ele adorava escandalizar a sociedade, o que eles vinham fazendo regularmente. Ele começou a guiar Diana para seus assentos à mesa do café da manhã, mas ela sussurrou:

– Seria muito deselegante se eu me sentasse um pouco na sala de estar, naquela poltrona confortável perto da lareira?

– Para mim, não seria.

Os dois saíram sorrateiramente e foram direto para a sala de estar. Ela soltou um suspiro de alívio ao se acomodar na poltrona.

– Não vou demorar muito.

– Vou ficar com você.

– Mas a comida...

– Não vai fugir – declarou ele.

Ela o fitou com atenção.

– Como está se sentindo com Rosy se casando com Winston?

– Ela está feliz e isso foi o que eu sempre quis. E, para ser sincero, até agora, ele tem se mostrado muito disposto a trabalhar. Devo confessar que ele se interessa mais pelo funcionamento da propriedade do que eu.

Ela riu.

– Admita: você e meu primo trabalham bem juntos. Você planeja os aspectos de engenharia para reformar o castelo Grenwood e a mina, ele cuida dos arrendatários e de todo o resto.

– Certo. Confesso que ele tem sido uma bênção.

– Mas me atrevo a dizer que você sente falta de morar em Newcastle – disse ela.

Geoffrey se sentou no sofá.

– Raramente. Até agora, visitar tem sido o bastante. Levou um tempo para os boatos pararem de circular, mas, quando as pessoas perceberam que eu continuava agindo da mesma forma de antes e que ainda contratava as pessoas para trabalhar na Stockdon & Filhos e as pagava corretamente, se deram conta de que eu não era um duque metido a besta que mal podia esperar para me livrar das minhas raízes humildes.

O fato de Geoffrey ter contratado um advogado que seus amigos disseram que seria discreto também ajudara. Quando ele expôs a situação sobre o pai, o advogado lhe garantira que, como já tinha se passado bastante tempo sem uma investigação, era improvável que alguém fosse tentar processar Geoffrey por homicídio ou seu pai por suicídio. Qualquer evidência que tivesse havido já não existia.

O advogado também rira da ideia de que os parentes de Geoffrey pudessem pressionar as autoridades de Newcastle a investigar a caso. A mesma desconfiança que as pessoas nutriam pelo pai de Geoffrey devido a seu berço aristocrático seria ainda mais forte contra eles, que nunca tinham morado lá. Seriam vistos como estrangeiros tentando causar confusão na cidade.

E se, por acaso, alguém tentasse um processo, o advogado garantira que poderia provar facilmente que Geoffrey não tinha assassinado o pai, sem nem mesmo revelar a carta suicida. Ele também recomendara que Geoffrey a queimasse. E foi o que ele fez.

– Deveríamos ir a Newcastle juntos depois que o bebê nascer – sugeriu Diana.

– Na Stockdon & Filhos, vão adorar ver a próxima geração de Brookhouses.

Ele olhou dentro dos olhos dela.

– Espero que você saiba que salvou minha vida.

– Que exagero – disse ela.

– Estou falando sério.

Ele se inclinou para pegar e beijar a mão dela.

– Quem sabe quanto tempo eu teria continuado com aquela ideia martelando na cabeça? Você abriu uma janela na prisão em que meu falecido pai me colocou.

– Ah, mas você conseguiu sair por ela. E foi muito corajoso.

– Se está dizendo…

Ele se ajoelhou ao lado da poltrona.

– Já disse hoje que amo você mais do que a própria vida? Que você é o sol do meu universo e a lua da minha noite?

– Hoje não e nunca de forma tão poética – falou ela, tentando não chorar. – Em resposta, só vou dizer uma coisa: eu também amo você. Você me ensinou que a paixão só dá certo com o amor verdadeiro. E sou muito feliz por você ser o meu.

CONHEÇA OS LIVROS DE SABRINA JEFFRIES

DINASTIA DOS DUQUES
Projeto duquesa
Um par perfeito (apenas e-book)
O duque solteiro
Quem quer casar com um duque?
Um duque à paisana

ESCOLA DE DEBUTANTES
Um duque para Diana

Para saber mais sobre os títulos e autores da Editora Arqueiro,
visite o nosso site e siga as nossas redes sociais.
Além de informações sobre os próximos lançamentos,
você terá acesso a conteúdos exclusivos
e poderá participar de promoções e sorteios.

editoraarqueiro.com.br